JACQUELINE NORDHORN

Aus reiner Barmherzigkeit

EHRE UND KRIEG Kurz vor seiner Entlassung aus dem Krankenhaus in Berlin verstirbt der junge Erich Wiedemann unerwartet. Es ist mitten im 1. Weltkrieg und die Schlacht von Verdun tobt. Erich Wiedemann war von einem Granatsplitter getroffen und im Feldlazarett operiert worden. Hier in Berlin sollte er nur noch einmal abschließend versorgt werden. Nach seinem Tod steht der Chirurg Dr. Richard Oppermann schnell unter dem Verdacht, nachlässig gehandelt zu haben. Hat er zu viel Zeit und Gedanken an seine Forschung oder seine große Liebe, die schöne Schauspielerin Lotte, verschwendet? Weitere Todesfälle von jungen heimkehrenden Soldaten schüren den Verdacht. Oder versucht etwa sein schärfster Widersacher, Konrad Hoffmann, ihn ins Unrecht zu setzen? Auch die Schwesterschülerin Marie verhält sich seltsam und ist plötzlich im Besitz einer wertvollen Halskette.

Fast zur gleichen Zeit wird ein paar Straßen weiter ein älteres Ehepaar brutal ermordet. Gibt es möglicherweise einen Zusammenhang zwischen den Fällen?

Jacqueline Nordhorn wurde in München geboren. Nach jahrelanger Arbeit als Ärztin in der Klinik entschloss sie sich, sich zunehmend für die Gesundheit der Bevölkerung und eine frühzeitige Prävention von Krankheiten zu engagieren. Seit 15 Jahren wohnt und arbeitet sie mit großer Begeisterung in Berlin. Mit dem Berliner Autor Horst Bosetzky (-ky) verbindet sie eine langjährige Freundschaft. Neben ihrer gemeinsamen Liebe zu Kriminalromanen teilen die beiden auch die Freude am Wandern. Auf zahlreichen Ausflügen in die schöne Landschaft Brandenburgs konnten sie sich über das Schreiben austauschen und -ky begleitete Jacqueline Nordhorns erste Schreibversuche. Er ermutigte sie auch, den Schritt zu ihrem ersten Kriminalroman zu wagen.

JACQUELINE NORDHORN

Aus reiner Barmherzigkeit

Kriminalroman

GMEINER *Original*

Besuchen Sie uns im Internet:
www.gmeiner-verlag.de

Im Ehnried 5, 88605 Meßkirch
Telefon 07575/2095-0
info@gmeiner-verlag.de

1. Auflage 2014

Lektorat: Claudia Senghaas, Kirchardt
Herstellung: Julia Franze
Umschlaggestaltung: U.O.R.G. Lutz Eberle, Stuttgart
unter Verwendung eines Fotos von: © Popperfoto / Getty Images
Druck: GGP Media GmbH, Pößneck
Printed in Germany
ISBN 978-3-8392-1623-1

Personen und Handlung sind frei erfunden.
Ähnlichkeiten mit lebenden oder toten Personen
sind rein zufällig und nicht beabsichtigt.

PROLOG

Er lag im Graben, um ihn herum schlugen Steine, Staub und Dreck ein, viel Undefinierbares, und es roch nach Blut. An diesen Geruch hatte er sich schon lange gewöhnt, Blut gemischt mit Schmerzen, Schreien und dem Unglauben, dass es einen selbst erwischt hatte. Bisher hat es zum Glück immer nur die anderen getroffen, neben ihm, hinter ihm, er hatte sie im Lazarett gesehen, immer die anderen.

Hier ging es nur noch um das Überleben, Ideologie gab es keine mehr. Nicht, dass es die bei ihm je gegeben hätte. Er hatte alles versucht, um nicht an die Front zu müssen, hatte sich sogar überlegt, noch zu heiraten. Aber da dies nichts nützte, war er rasch wieder davon abgekommen. Gerade schienen die Einschläge wieder zuzunehmen, und er drückte sich näher an die Erde der vorderen Wand des Schützengrabens, so eng, dass er fast mit ihr verschmolz. Die Erde war seine Rettung geworden, sein einziger Halt inmitten dieser Hölle.

Von wegen Kameradschaft, hier war sich jeder selbst der Nächste, die meisten noch halbe Kinder, einige waren ganz begeistert in den Krieg gezogen. Raus aus der Langeweile und der drögen Arbeit zu Hause. Was für Idioten! Es hielt natürlich nie lange vor. Das erste Mal richtig Hunger und nichts zu Essen in Sicht, in einem Land, das fremd war, das erste Mal vor Angst den eigenen Urin nicht halten kön-

nen, und schon verlor alles romantisch Verklärte des Krieges seine Anziehung.

Das erste Mal wie ein Kleinkind nach seiner Mutter gerufen, und schon wollten sie nur noch eines, nach Hause, zur Freundin oder überhaupt einer Frau, irgendeiner. Warm eingehüllt einschlafen, gut gesättigt, warum haben sie das vorher nicht geschätzt? Warum Helden sein wollen, wegen des Kaisers? Der kümmerte sich doch auch nicht um sie, der lag nicht im Schützengraben, den Mund voller Dreck, neben ihm der tote Kamerad.

Er träumte von Berlin, davon, abends Unter den Linden zu spazieren, im Arm ein Mädchen, und danach in einem der Cafés zu sitzen. Einfach nur die Leute beobachten, die sich fein herausgeputzt haben und flanieren. Im Hintergrund ein Klavierspieler und eine wunderbar plätschernde Musik. Ein Ober, der kommt und ihn fragt, was der Herr denn nähme. Vielleicht ein kleines Pils oder doch lieber ein schönes Stück Kuchen und eine Tasse Kaffee? Das Mädchen neben ihm würde er dann großzügig fragen, was es denn gerne haben wolle. Und sie würde ihn begeistert ansehen, denn er ist der Herr, der Herr von Welt, der weiß, wie er sich zu benehmen hat.

Ja, davon träumte er, immer wieder. Den Gedanken, dass es auch Unter den Linden möglicherweise nicht mehr ganz so herrschaftlich zuging, dass es in den Cafés vielleicht nicht mehr alles in Hülle und Fülle gab und die Leute auch nicht mehr ganz so fein gekleidet waren, den verdrängte er. Der Krieg, das war hier, nicht Berlin. Berlin war die Sonne, und hier war die Düsterheit.

An seine Familie dachte er selten, er hatte sich eigentlich immer als Fremder bei ihr gefühlt, als Eindringling, der das harmonische Miteinander der anderen störte. Nach seiner Mutter hatte er nie gerufen, kein einziges Mal. Nur an dem Traum vom schönen Berlin, dem Berlin seiner Jugend, an dem hielt er eisern fest.

Ein paar Erdklumpen fielen neben ihm auf, er zog den Kopf weiter ein. Wenn er an die dachte, die zu Hause geblieben waren, packte ihn eine unbändige Wut. Diese Drückeberger, diese Feiglinge! Mit den fadenscheinigsten Ausreden, vorgeschobenen ärztlichen Attesten und Unabkömmlichkeit im Dienst kamen sie. Ohne sie würde Berlin zusammenbrechen, und dann sei der Krieg schon von vornherein verloren, erklärten sie ihm, als er einberufen wurde.

Gerade hatte er angefangen, Erfolg zu haben und in der Hierarchie aufzusteigen. Aus eigenen Kräften, ohne von jemandem protegiert zu werden, einfach nur, weil er gut war. Und jetzt dieser tiefe Schnitt. Wenn er zurückkommt, haben andere seinen Platz längst besetzt. Dafür wird irgendjemand bezahlen müssen, dafür, dass er hier Dreck frisst! Irgendetwas wird er sich überlegen, um es diesen Drückebergern heimzuzahlen.

Die Einschläge hatten aufgehört, und etwas von der Anspannung fiel von ihm ab. Wieder einen Angriff überstanden, wieder war er davongekommen. Er konnte vor lauter Staub und Dunkelheit die eigene Hand nicht vor Augen sehen. Es lag eine unheimliche Stille über dem Schlachtfeld, es war, als stünde die Erde still, die Ruhe nach dem Angriff. Alle respektierten sie, selbst die Tiere.

In ein paar Minuten wird sich aufgeregte Hektik ausbreiten, die Verwundeten werden versorgt, die Toten gezählt. Aber für einen kurzen Augenblick gab es nur Ruhe. Er richtete sich auf, streckte seine Glieder, alles tat weh. Er konnte nicht einschätzen, wie lange er in dieser Stellung gekauert hatte, nur an die Wand gedrückt, die Erde im Gesicht. Endlich wieder gerade stehen können, was für ein Genuss!

Er rückte ein Stückchen von der Wand weg, um sich ganz aufrecht hinstellen zu können. Da hörte er es, das Zischen einer Granate, direkt an seinem Gesicht vorbei. Dieses Zischen wird er für den Rest seines Lebens hören, jede Nacht. Nicht den Aufprall der Granate, nicht die Explosion, nur das Zischen, immer das gleiche Zischen. Die Granate schlug direkt hinter ihm ein, explodierte, und er wurde von der Wucht der Explosion gegen die Wand des Schützengrabens geschleudert.

Als er einen kurzen Moment später, noch halb benommen von der Wucht des Aufpralls, wieder zu sich kam, wurde ihm mit schrecklicher Gewissheit klar, dass etwas ganz und gar nicht in Ordnung war. Nein, irgendetwas stimmte nicht mit ihm. Als er begriff, was nicht stimmte, verlor er das Bewusstsein. Den stummen Schrei, der nie nach außen drang, den hörte niemand mehr. Jetzt nicht und auch in Zukunft nicht.

TEIL 1

KAPITEL 1

In der Ziegelstraße an der Chirurgischen Klinik der Charité operierte Dr. Richard Oppermann mitten in der Nacht den entzündeten Blinddarm eines kleinen Mädchens. Das Licht am Operationstisch flackerte, der Notstrom funktionierte im Jahr 1916 nur unzureichend. Mit dem Beginn des Krieges vor zwei Jahren hatten sich die Bedingungen immer mehr verschlechtert.

Wenn aus irgendeinem Grund eine Verzögerung auftrat, war das kleine Mädchen vor ihm nicht mehr zu retten. Der Blinddarm war durchgebrochen und der Eiter hatte sich in den Bauchraum entleert. Da die Züge nicht fuhren, waren die Eltern nicht rasch genug von Buckow nach Berlin gekommen, und die Entzündung hatte ausreichend Zeit, sich auszubreiten. Solche Fälle sah Richard immer häufiger, die indirekten Opfer des Krieges.

»Hoffentlich reicht es diesmal!«, sagte Else, die Operationsschwester, die Richard Oppermann assistierte.

Richard nickte nur.

Beide konnten sich nur zu gut an einen ähnlichen Fall letzte Woche erinnern. Mitten in der Nacht war ein Junge um die zehn Jahre in die Notaufnahme gekommen. Er konnte sich kaum bewegen, und sein Bauch war hart wie ein Brett. Eines der vielen Straßenkinder, Eltern gab es keine mehr. Irgendwie hatte er es geschafft, sich alleine in die Notaufnahme zu schleppen. Als Richard ihn dort sah, hatte er ihn sofort auf der Liege in den Operationssaal geschoben.

Dann, mitten während der Operation, war der Strom ausgefallen. Richard und Else waren über eine Stunde am Operationstisch gestanden, ohne sich zu bewegen, und hatten darauf gewartet, dass das Licht wieder ginge. Es war zu dunkel gewesen, um weiterzumachen. Als sie wieder Strom hatten und sehen konnten, war es zu spät. Der Junge lag im Sterben.

Diesmal schien es besser zu gehen. Das Licht flackerte zwar noch etwas, fiel aber nicht aus.

Richard konzentrierte sich auf die Operation. Eigentlich war das Entfernen eines Blinddarms für einen Chirurgen ein absoluter Routineeingriff. Wenn allerdings der Blinddarm durchgebrochen war, entleerte sich der Eiter in die Bauchhöhle. Dann kam es schnell zu der gefürchteten Peritonitis, einer Entzündung des Bauchfells, und zur Blutvergiftung, die tödlich enden konnte.

Mithilfe von Else und einem Medizinstudenten, der die Haken hielt, damit Richard im geöffneten Bauchraum gut sehen und arbeiten konnte, gelang es, den entzündeten Blinddarm bei dem kleinen Mädchen zu entfernen. Anschließend spülte Richard den Eiter aus dem Bauchraum. Immer wieder. Je mehr sie davon rausspülen konnten, umso besser.

Wie schon oft in den letzten Monaten war Richard froh, dass es meist Else war, die ihm als Schwester assistierte. Die dicke Else, die es schaffte, trotz Kriegszeiten immer runder zu werden. Sie brauche das, um die Operationen durchzuhalten, erklärte Else, wenn sie jemand damit aufzog. Die ganzen jungen Mädchen, die eine nach der anderen am Operationstisch umkippten, zumindest bei den ersten Malen – das konnte ihr nicht passieren. Ein gutes Essen als Grundlage und schon konnte sie viele Stunden arbeiten.

Wie auch immer, Richard wusste, er konnte sich auf sie verlassen. Jeder Handgriff saß, und oft brauchte er gar nichts mehr sagen, weil Else ihm das gewünschte Instrument schon unaufgefordert in die Hand drückte.

Else war für den Dienstplan der Operationsschwestern zuständig und machte keinen Hehl daraus, dass sie sich, falls möglich, eintrug, wenn Richard Dienst hatte. Als eine der ältesten Schwestern sei es schließlich ihr gutes Recht, mit jemandem zusammenzuarbeiten, den sie schätzte, meinte sie. Sollten sich die jungen Schwestern mit den anderen Ärzten plagen, von denen einige ausgesprochen herrisch und unfreundlich waren.

»Wenn sie Glück hat, kommt sie durch«, meinte Richard, während er den Bauchraum des Mädchens wieder zunähte.

Sie hatten das Ihre dazu getan, um dem Mädchen zumindest eine Chance zu geben.

Jetzt lag es an ihrem Körper und dessen Abwehrkräften, ob sie es schaffen würde. Erst einmal kam sie für ein paar Tage auf eine der chirurgischen Stationen der Charité. Alles Weitere würde sich zeigen.

»Else, würden Sie …?«, fragte Richard. »Ich bin einfach zu müde.«

Else nickte.

Sie wusste, Richard bat sie darum, mit den Eltern des Mädchens zu sprechen. Hierbei galt es, einen guten Mittelweg zu finden und die Eltern zunächst erst einmal zu beruhigen, was den Ausgang der Operation betraf. Auf der anderen Seite war das kleine Mädchen noch lange nicht über den Berg und konnte jederzeit an den Folgen einer möglichen Blutvergiftung sterben.

Richard verließ den Operationssaal und ging durch den Waschraum hinten hinaus, um den Eltern nicht zufällig im Gang über den Weg zu laufen. Dann hätte er sich doch verpflichtet gefühlt, mit ihnen über ihre Tochter zu sprechen. Eigentlich war es auch seine Aufgabe als behandelnder Arzt, aber er sah sich heute einfach nicht mehr dazu in der Lage.

Er wollte nur noch in sein Dienstzimmer, das im obersten Stockwerk des Gebäudes in der Ziegelstraße lag, und für ein paar Stunden schlafen. Eigentlich hätte er auch nach Hause, in sein Zimmer in der Invalidenstraße, das er zur Untermiete bewohnte, fahren können, aber selbst dazu fühlte er sich zu erschöpft. Richard war seit mehr als 24 Stunden im Dienst und hatte fast die ganze Zeit im Operationssaal gestanden.

Zwar wäre sein Zimmer sicher komfortabler gewesen als der kleine dunkle Raum unter dem Dach, der als Dienstzimmer für die Ärzte diente, aber das war ihm im Moment vollkommen egal. Hauptsache, er konnte erst einmal liegen und sei es auch nur auf der verrosteten Pritsche des Dienstzimmers. Neben der Pritsche gab es noch einen Stuhl in dem Zimmer, der aussah, als würde er gleich auseinanderfallen, einen alten Tisch und in der Wand ein Waschbecken, das offensichtlich seit Wochen nicht geputzt worden war.

Aber was soll's, dachte Richard noch, wenigstens ist es bequemer als im Schützengraben, legte sich auf die Pritsche und schlief sofort ein.

Später in der Nacht wachte Richard schlagartig auf. Im ersten Moment wusste er nicht, wo er war. Erst als im schwachen Mondlicht, das durch das kleine Fenster schien, die Umrisse des Dienstzimmers sichtbar wurden, wurde ihm klar, dass er noch in der Klinik war.

Mit leichtem Schaudern erinnerte er sich an seinen Traum. Er hatte von abgerissenen Gliedmaßen geträumt, die wild durcheinanderflogen, von vorwurfsvollen Gesichtern, die sich zu ihm hin drehten, und von vereiterten Blinddärmen.

In der Regel blieb er von solchen Träumen verschont.

Es musste mit dem jungen Soldaten zusammenhängen. Ein Fall, der Richard mehr beschäftigte, als er sich eingestehen wollte. Der Soldat, Erich Wiedemann, knapp 18 Jahre alt, war mit dem Krankentransport von der Front zurückgekommen. Beim letzten Angriff auf die Franzosen mit dem erneuten, vergeblichen Versuch, die Burg von Verdun einzunehmen, wurde Erich Wiedemann von einem Granatsplitter im rechten Bein getroffen. Dieser hatte eine Entzündung im umliegenden Muskelgewebe verursacht.

Im Feldlazarett war ihm an Ort und Stelle der rechte Unterschenkel amputiert worden, um zu verhindern, dass sich die Entzündung im Körper ausbreiten konnte. Erich Wiedemann hatte die Operation gut überstanden. Insgesamt hatte er mehr Glück als die meisten; der Unterschenkel wurde unterhalb des Kniegelenks amputiert. Damit blieb ihm die volle Beweglichkeit des Knies erhalten.

In die Charité war Erich Wiedemann gekommen, da sich die Wundränder am Stumpf leicht entzündet hatten. Sie waren gerötet, und aus dem Stumpf suppte immer wieder Flüssigkeit. Nichts Dramatisches. Es war allerdings erforderlich, die Wundnaht noch einmal zu revidieren.

Richard konnte sich noch gut an das kindliche Gesicht von Erich Wiedemann und die rotblonden Haare erinnern. Erich Wiedemann war nicht lange genug an der Front gewesen, um das typische ausgemergelte Aussehen und den leeren Blick eines Frontsoldaten zu bekommen. Der Einsatz in Verdun war sein erster gewesen, frisch von der Schulbank weg.

Sie hatten noch zusammen gescherzt, als Richard die Naht in lokaler Betäubung revidierte. Erich Wiedemann meinte, die Naht müsse aber richtig schön werden, nicht, dass er später keine Chancen mehr bei den Mädchen hätte. Richard lachte und versprach ihm, sich besondere Mühe zu geben. Er wolle schließlich nicht dafür verantwortlich sein, wenn es bei Erich und den Mädchen nicht klappen sollte.

Und dann war Erich Wiedemann gestorben. In der Nacht vor seiner geplanten Entlassung. Richard hatte für einen kurzen Moment überlegt, ihn in der Rechtsmedizin obduzieren zu lassen. Aber bei all den Toten schien es ihm letztendlich müßig. Im Nachhinein bereute er seine Entscheidung. Der Tod von Erich Wiedemann nagte an ihm und er hatte das Gefühl, etwas ganz Wesentliches übersehen zu haben. Zumal es bereits das zweite Mal war, dass einer seiner Patienten in den letzten Tagen gestorben war.

Es dauerte lange, bis Richard wieder einschlafen konnte. Nur der Gedanke an Lotte tröstete ihn, seine Lotte, die er hoffentlich morgen endlich wiedersehen würde.

KAPITEL 2

Ein paar Stunden später stand Richard Oppermann in seinem Zimmer vor dem Spiegel und betrachtete sich. Er war kein eitler Mann, aber heute Abend würde er Lotte treffen. Da war es ihm wichtig, dass er gut aussah, auch wenn er nach der letzten Nacht noch immer hundemüde war. Deshalb hatte er auch seinen Anzug aus der hintersten Ecke des Kleiderschranks gekramt, zusammen mit der Krawatte, die ihm seine Schwester Hilde zum 30. Geburtstag geschenkt hatte.

»Du siehst schon gut genug aus, keine Angst! Mit deinen blauen Augen und den blonden Haaren, richtig schmuck eben«, neckte ihn Hilde immer, wenn sie ihn vor einem Spiegel ertappte. »Du weißt doch, meine Freundinnen finden dich alle richtig imposant! Das war schon in der Schule so, und jetzt als Chirurg an der Charité erst recht.«

»Ja, mach' dich nur über mich lustig! Davon habe ich nie etwas gemerkt«, antwortete Richard dann.

»Das ist doch nur, weil du immer so ernst bist und dich nicht umschaust. Dann ist das kein Wunder, dass es dir nicht auffällt, wenn sich ein Mädchen für dich interessiert. Aber dir kann doch keine widerstehen. Du siehst eben aus wie ein großer Held, mein Held!«

Seine jüngere Schwester war für Richard ein Segen. Mit ihrer fröhlichen, liebevollen Art hatte ihm Hilde schon über etliche Krisen hinweggeholfen. Wenn er wieder an sich selbst gezweifelt hatte, ob er der Aufgabe als Chirurg auf Dauer gewachsen sei, oder wenn er wieder einmal der Kritik ihres strengen Vaters ausgesetzt war.

Vorletzten Sonntag erst wieder, beim gemeinsamen Mittagessen mit der Familie, in der Wohnung im Jugendstil in der Prinzregentenstraße.

»Junge, es wird Zeit, dass du heiratest und eine Familie gründest«, sagte sein Vater Gustav, seines Zeichens Stadtrat von Wilmersdorf. »In deinem Alter waren deine Mutter und ich schon fast fünf Jahre verheiratet. Und dein Bruder Egon und du, ihr wart schon auf der Welt. Hildchen noch nicht, das hat noch etwas gedauert.«

Zärtlich sah Gustav seine Tochter an, die neben ihm saß. So streng er mit seinen Söhnen war, so weich wurde er, wenn es um Hilde ging. Dann kam er wieder zurück zu seinem derzeitigen Lieblingsthema.

»Und sieh dir Egon an. Der hat es schon zum Beamten und auf drei Kinder gebracht. Das ist eine Leistung, damit hat er ausgesorgt! Nicht war, Elfi?«, fragte er in Richtung seiner Frau Elfriede.

»Ja, das stimmt. Aber lass doch auch mal gut sein, Gustav«, beschwichtigte seine Frau, wie schon so oft. »Richard weiß doch selbst, dass er sich langsam niederlassen sollte. Nicht wahr, Richard?«

Richard nickte nur.

»Siehst du, Gustav? Das weiß Richard schon. Das brauchst du ihm doch nicht jeden Sonntag aufs Butterbrot zu schmieren. Sonst kommt er irgendwann gar nicht mehr zum Essen. In diesem Monat war er nur ein einziges Mal da.«

»Das geht leider nicht anders«, rechtfertigte sich Richard. »Ich bin fast jedes Wochenende zum Dienst eingeteilt. Jetzt, da so viele an der Front sind, sind für uns anderen die Dienste mehr geworden.«

Aus den Augenwinkeln sah Richard Hilde grinsen und hoffte, sein Vater bemerkte es nicht. Hilde war natürlich sonnenklar, dass sich Richard in der letzten Zeit häufig freiwillig für die Sonntagsdienste eintrug, um sich vor dem sonntäglichen Mittagessen zu drücken. Oder die Dienste vorschob, um Lotte zu treffen.

»Mein Junge, was ich nicht verstehe: Warum gefällt dir denn kein Mädchen? Es gibt doch so viele fesche Mädchen, wohin man nur sieht. Und auch aus gutem Hause«, fragte seine Mutter. »Oder gefällt dir eines, und du willst es uns nur nicht erzählen?«

Richard zuckte zusammen und versuchte sich nicht anmerken zu lassen, dass seine Mutter unwissentlich ins Schwarze getroffen hatte.

»Komm, jetzt lass doch Richard endlich in Ruhe! Ich will jetzt endlich über meine Hochzeit reden. Warum heirate ich denn sonst, wenn ich nicht darüber reden kann?«

Hilde rettete, wie schon so oft, die Situation und ersparte es Richard, antworten zu müssen.

»Wenn du willst, Hilde, kann ich mich dafür einsetzen, dass Friedhelm in den Beamtendienst aufgenommen wird. Wenn mein Vorgesetzter weiß, dass er mein zukünftiger Schwager ist, wird das die Sache sicher beschleunigen«, bot Richards älterer Bruder Egon, der wie eine jüngere Ausgabe seines Vaters aussah, an. »Dann ist euer Einkommen gesichert, und ihr bekommt später eine gute Pension.«

»Ja, gerne. Ich frage aber lieber noch einmal Friedhelm, ob er damit einverstanden ist. Du weißt ja, wie er ist, von Vetternwirtschaft hält er nicht viel.«

Als Hilde ihm ihren Verlobten vorstellte, hatte Richard zunächst Bedenken. Seine lebhafte Schwester und ein Verwaltungsangestellter? Er konnte sich nicht vorstellen, dass es gut ging. Hilde würde sich sicher in kürzester Zeit mit Friedhelm langweilen, und dann waren dessen Tage gezählt. Aber er hatte sich gründlich getäuscht. Friedhelm war mit seiner ruhigen, bedächtigen Art der ruhende Pol in der Beziehung, und Hilde schien an seiner Seite ausgesprochen glücklich zu sein.

»Na, was meinst du, Richard? Soll ich ein weißes oder lieber ein elfenbeinfarbenes Kleid anziehen? Ich weiß, das interessiert dich brennend …« Hilde zwinkerte ihm zu.

Richard lachte schuldbewusst. Wie schon so oft waren seine Gedanken mitten im sonntäglichen Familiengespräch gewandert, und er hörte nicht mehr zu, worüber die anderen sprachen. Kurz darauf verabschiedete er sich dann mit dem Vorwand, er müsse eine schwierige Operation am nächsten Tag vorbereiten, von der Familie.

Richard versuchte, die Krawatte besonders sorgfältig zu binden, damit sie gut aussah. Unter seinem Visitenrock in der Klinik fiel es nicht auf, wenn die Krawatte einmal nicht richtig saß, aber bei dem dunklen Anzug, den er heute tragen wollte, war es natürlich etwas anderes.

Und in weniger als einer Stunde würde er Lotte sehen. Oder zumindest im Theater sein und auf ihren Auftritt warten. Richard war nervös, fast als ob er selber auf die Bühne sollte. Er konnte Lottes Nervosität über die Entfernung beinahe körperlich spüren oder bildete es sich zumindest ein. Richard warf noch einen letzten Blick in den Spiegel und verließ dann die Wohnung, um in Richtung Deutsches Theater in der Schumannstraße zu gehen.

KAPITEL 3

Durch das offene Fenster des kleinen Zimmers unter dem Dach drangen Vogelstimmen. Eigentlich ließ sich Max Winter gerne davon wecken. Gerade hier in Templin erinnerte ihn das immer an seine Kindheit.

Nicht, dass diese so besonders rosig gewesen war. Vor allem, wenn er an die vielen Prügel dachte, die er von seinem Vater Otto erhalten hatte. Aber normalerweise würde er jetzt aufstehen und schon einmal nach draußen gehen, runter an den Templiner See. Und die Ruhe genießen, bevor seine Mutter Käthe aufwachte und auf ihn einredete.

Winter schaffte es nie, den Wortschwall seiner Mutter zu unterbrechen, wenn sie einmal angesetzt hatte. Er nickte dann immer nur in regelmäßigen Abständen, die angemessen erschienen, um Interesse vorzutäuschen, und dachte dabei an anderes. Als Kriminalkommissar war er es eigentlich gewohnt, Gespräche in die von ihm gewünschte Richtung zu lenken. Aber bei seiner Mutter versagten all seine Techniken. In der Regel blieb ihm nichts anderes übrig, als sich bei der ersten Gelegenheit mit einer Ausrede abzusetzen.

Heute jedoch blieb er liegen und drückte sich wieder in die Matratze, die den Geruch des leerstehenden Zimmers angenommen hatte.

Es war sein altes Kinderzimmer, das er sich früher mit seinem kleinen Bruder Theo geteilt hatte. Natürlich waren die Spielsachen längst weggeräumt, die erst in den Besitz seines Bruders übergegangen waren, um dann später im Bekanntenkreis seiner Mutter weiterverschenkt zu werden. Nein, übergroße Sentimentalität konnte man seinen Eltern nicht wirklich vorwerfen. Sie waren froh gewesen, mehr Platz in dem kleinen Häuschen zu haben. In ein paar Tagen würde er zum ersten Mal in eine eigene Wohnung ziehen, zusammen mit seiner frisch angetrauten Ehefrau Helene. Bisher hatte er immer nur zur Untermiete gewohnt. Drei Zimmer hatte seine neue Wohnung, er konnte es noch gar nicht glauben. Damit hätten all seine Bücher endlich Platz, die zu einem großen Teil mittlerweile auf den Speicher im Haus seiner Eltern verfrachtet waren. Max Winter las alles, was ihm in die Hände kam, ob Gedichte, Romane, Frauenliteratur, Landschaftsbeschreibungen oder Kriminalromane. Nicht schlecht für einen einfachen Kriminalkommissar, dachte er manchmal. Allerdings konnte Max Winter sich zum Leidwesen seines Umfeldes kaum von einem der gelesenen Bücher trennen. Seine Lieblingsbücher hatte er schon mehrfach gelesen und immer wieder im Kopf rezitiert. Von seinen Kollegen im Kommissariat ahnte keiner, dass einer unter ihnen sämtliche Klassiker fast auswendig kannte, sein fotografisches Gedächtnis half ihm dabei zusätzlich.

Der Gedanke an die neue Wohnung führte ihn unvermeidlich wieder zurück zu dem Ereignis, an das er am liebsten gar nicht mehr denken würde: Seine Hochzeit gestern, die eigentlich der schönste Tag in seinem Leben hätte sein sollen.

»Max, schläfst du noch?« Helene Winter, geborene Rhiensch, legte ihm vorsichtig die Hand auf die Schulter.

Winter roch ihren frischen Duft, zum ersten Mal als Ehepaar am Morgen im elterlichen Haus, und wusste, dass er ihr nicht wirklich länger grollen konnte.

»Es tut mir leid, was passiert ist, das habe ich nicht gewollt.«

Winter schwieg, ganz so einfach wollte er es ihr nicht machen.

»Da ist einfach der Gaul mit mir durchgegangen, ich weiß nicht, warum. Aber es war doch unsere Hochzeit und unser Tag. Und dann kommt deine Tante und macht uns Vorwürfe, warum wir hier so feudal Hochzeit feiern würden, während ihr zukünftiger Schwiegersohn im Feld um sein Leben kämpft. Wenn du mich fragst, ist sie immer noch sauer, dass du mich geheiratet hast und nicht ihre Tochter. Das ist doch nur vorgeschoben, das mit dem Krieg. Sie wollte uns einfach unsere Hochzeit vermiesen, aus reinem Neid.«

Helene steigerte sich wieder in ihre Wut hinein.

»Und von wegen feudal, darunter stelle ich mir etwas anderes vor.«

Winter spürte einen Stich. Er hatte alles in Bewegung gesetzt, um die Hochzeit so prächtig wie möglich zu gestalten, nein, nicht für sich. Ihm war das ziemlich egal. Aber er wusste, dass es für Helene wichtig war. Und das mitten in Kriegszeiten, in denen in der Stadt schon die ersten Leute verhungerten. Er hätte die Hochzeit am liebsten ganz klein gefeiert: nur er, Helene, die beiden Trauzeugen, sein Freund Andreas Berger und Helenes Freundin Gretchen, seine Eltern und die Schwester Mira.

Mira war hochschwanger, im achten Monat, und hatte gerade noch einmal Glück gehabt. Mit einer Blitzhochzeit konnte sie ihren Freund Paul Albrecht bei dessen letztem Heimurlaub von der Front innerhalb von zwei Tagen heiraten, ganz in Stille, nur zu zweit. Da war ihr Bauch schon deutlich sichtbar gewesen, und die Eltern hatten ihr verboten, so, ohne Trauschein, nach Templin auf Besuch zu kommen.

Bei ihrer Dienstherrin war Mira nur deshalb nicht rausgeflogen, weil ihr Freund Paul der allseits geschätzte Koch der Familie war. Und weil er ihr noch kurz vor seinem Einzug einen Verlobungsring an den Finger steckte. Damit war Miras wenig ehrenvoller Zustand letztlich vom Krieg verursacht, und ihre Dienstherrin hielt es für ihre Pflicht, Mira als ein Opfer des Krieges in ihrem Dienst zu behalten.

Winter dachte manchmal zynisch, dass es nun nicht mehr ganz so tragisch wäre, wenn sein Schwager Paul, den er für etwas einfältig hielt, fallen würde. Seine wichtigste Pflicht, aus Mira wieder eine anständige Frau zu machen, hatte er gerade noch erfüllt. Aber er schalt sich dann gleich solcher Gedanken. Schließlich konnte Paul nichts dafür, dass er etwas schlichter veranlagt war. Winter fragte sich nur manchmal, wie Mira das aushielt. Aber wo die Liebe – oder was es auch immer war – eben hinfiel!

Immerhin hatte sie den Status der verstoßenen Tochter verloren und durfte offiziell zur Hochzeit kommen. Miras Hochzeitsdatum wurde von ihrer Mutter großzügig nach vorne gelegt. In Kriegszeiten konnte das ohnehin niemand nachvollziehen. Außerdem war Berlin weit weg, zumindest für die Bewohner rund um den Templiner See.

»Max, komm, dreh dich um zu mir, ich kann doch nicht nur mit deinem Rücken sprechen.«

Helene schmiegte sich an ihn.

»Lass uns doch das Ganze vergessen und uns einfach freuen, dass wir zusammen sind.«

Er atmete wieder ihren Duft ein und konnte nicht widerstehen. Winter drehte sich zu ihr um und sah ihr ins Gesicht. Ein paar Locken ihres dunklen Haares fielen Helene ins Gesicht, und mit ihren großen dunklen Augen sah sie aus wie sein wahr gewordener Traum.

Kein Wunder, dass er sich sofort in sie verliebt hatte und es um ihn geschehen war, als sie ihm im Kaufhaus des Westens ein Garn in einem ganz speziellen Rot verkauft hatte, ein Geburtstagsgeschenk für seine Mutter. Und er in diese Augen gesehen hatte. Schicksal, hatte er gedacht, das Schicksal wollte, dass wir zusammenkommen.

Und dann musste er noch so lange auf sie warten! Fast sechs Jahre, obwohl er Helene dazwischen ein paar Mal gefragt hatte, ob sie seine Frau werden wolle. Immer wieder zögerte sie und berief sich auf alles Mögliche. Dass sie noch ein Weilchen arbeiten wolle, bevor sie Hausfrau und Mutter würde, dass er mit seinem kargen Gehalt als Kriminalwachtmeister sie und die potenziellen Kinder doch gar nicht ernähren könne, und schließlich, als der Krieg kam, dass es doch gar nicht klar ist, ob er nicht an die Front müsse. Winter war bewusst, dass es durchaus besser aussehende Männer als ihn gab. Von Natur aus eher untersetzter Statur hatte der Zahn der Zeit schon an ihm genagt, und mit Mitte 30 lichtete sich sein Kopfhaar unübersehbar. Trotzdem mochten ihn die Frauen in der Regel. Winter konnte gut zuhören, und er hatte ein Gefühl für Frauen. Er hätte keine Schwierigkeiten gehabt, eine andere zu finden, aber für ihn musste es Helene sein.

Daher hatte er die ganzen Jahre über auf sie gewartet und nach und nach versucht, alle möglichen Hindernisse aus dem Weg zu räumen. Ganz gegen sein Naturell hatte er bei seinem Vorgesetzten, Herrn von Barten, nachgefragt, ob dieser nicht seine Beziehungen spielen lassen könne, damit er, Winter, vom Kriminalwachtmeister zum Kommissar befördert würde. Herr von Barten hatte ihn überrascht angesehen. Er war es nicht gewöhnt, dass Winter sich so forsch für seine Karriere einsetzte.

Der Versetzung von Winter damals von Templin nach Berlin hatte er dann schweren Herzens zugestimmt, da er gespürt hatte, wie sehr sein jugendlicher Mitarbeiter sich danach sehnte, aus der Provinz in die Großstadt zu kommen. Zudem hatte es sich in Templin bereits herumgesprochen, dass die zukünftige Ehefrau von Winter auf gar keinen Fall hier wohnen wollte.

Auch wenn er versuchte, es Winter nicht spüren zu lassen, konnte von Barten eine gewisse Enttäuschung nicht ganz verbergen. Für ihn war Winter sein designierter Nachfolger gewesen und er hatte ihn mit all seiner fachlichen Kompetenz gefördert und in die Abläufe eingeweiht. Wenn sie sich nun zufällig in Templin über den Weg liefen, war das Treffen meist befangen und jeder ging schnell wieder seiner Wege, auch wenn sich beide weiterhin schätzten.

»Du weißt doch, dass ich dir nicht böse sein kann. Dazu kennst du mich doch viel zu gut.«

Winter drehte sich nun ganz zu Helene hin. Er spürte, wie sehr sie ihn körperlich anzog, dass er willenlos war und ihr nie widerstehen konnte. Er legte seinen Arm um ihre Taille und zog sie an sich heran.

»Ich glaube, es wird Zeit, dass wir unsere Hochzeitsnacht nachholen!«

Helene nickte und drückte sich eng an ihn. Sie liebten sich, und Winter fühlte sich für alles entschädigt, was er dafür hatte in Kauf nehmen müssen. Es war zwar nicht das erste Mal, bei sechs Jahren Verbundenheit hätte ihnen das ohnehin niemand abgenommen, aber das erste Mal als Eheleute und damit etwas ganz Besonderes. Als Helene in seinen Armen eingeschlafen war, musste Winter sie immer wieder ansehen und konnte es nicht fassen, dass so etwas Schönes nun seine Frau war. Allerdings war es auch unglaublich, dass jemand, der im Schlaf wie ein Engel aussah, sich vor wenigen Stunden wie ein Marktweib mit seiner Tante gestritten hatte.

Wenn er daran dachte, sträubte sich alles in ihm vor Peinlichkeit. Der Streit war aus dem Nichts heraus entstanden. Seine Tante Magda Schreiber, Frau des Kolonialwarenhändlers Robert Schreiber, war mit ihrer Tochter, Winters Kusine Luise, zur Hochzeit gekommen. Ihr Mann Robert, der Winter von frühester Kindheit an immer ausgesprochen unsympathisch gewesen war, war zum Glück aufgrund eines Gichtanfalls zu Hause geblieben.

»Kein Wunder bei seinem massiven Gewicht und dem vielen Bier«, spöttelten die anderen hinter seinem Rücken.

Magda Schreiber hatte lange versucht, ihre Tochter mit Winter zu verkuppeln. Aber Luise Schreiber war keine Frau, die Männer anzog, auch Winter nicht. Dazu war sie viel zu lang und zu dünn, außerdem schüchtern. Winters Mutter Käthe meinte immer: »Kein Wunder bei den Eltern; der Mutter, die sie immer verkuppeln will, und dem Vater, den nichts interessiert außer Geld. Was bleibt ihr da anderes übrig, als sich zurückzuziehen?«

Luise hatte sich in die Welt der schönen Künste geflüchtet und liebte Musik, die Poesie und die Malerei. Immer, wenn es ihr möglich war, besuchte sie Konzerte oder Lesungen in Cafés und Buchhandlungen. Ihre Mutter, die ihrerseits nicht besonders belesen war, bestand nicht darauf, sie zu begleiten, und so konnte Luise sich ihren kleinen Freiraum schaffen. Bei einer Lesung im Café Kranzler an der Ecke Unter den Linden/Friedrichstraße hatte Luise dann auch Alfred Schulze zum ersten Mal gesehen. In dem dicht gefüllten Raum saßen sie nebeneinander, in der letzten Reihe, beide bemüht, nicht aufzufallen.

Alfred war fast ein genauso langes und dünnes Elend wie Luise selbst, und beide fühlten sich gleich zueinander hingezogen. Nach der Lesung nahm Alfred dann seinen ganzen Mut zusammen und lud Luise linkisch zu einem Kaffee ein. Während des Kaffees besprachen sie den Inhalt der Lesung und hatten sich auch ansonsten viel zu sagen, was für beide eher ungewöhnlich war. Als sie sich für die nächste Lesung verabredeten, war Luise zum ersten Mal in ihrem Leben wirklich glücklich.

Zu Hause erzählte sie erst einmal kein Wort davon. Ihrer Mutter fiel auch weiter nichts auf, da sie viel zu sehr mit sich und ihren Verkupplungsplänen beschäftigt war, um ihre Tochter wirklich wahrzunehmen. Luise traf Alfred regelmäßig, was aber nicht weiter bemerkt wurde, da ihre Mutter sich an ihr eigenartiges Interesse für Bücher und Lesungen mittlerweile gewöhnt hatte und ihre häufigen Abwesenheiten mehr oder weniger hinnahm.

Während Magda Schreiber weiter versuchte, ihre Tochter mit Winter zusammenzubringen und sie bei jedem Treffen mit einem neuen Kleid ausstaffierte, fiel dem schon ein paarmal auf, dass Luise selbst ihn zwar mit viel Sympathie ansah, aber längst nicht mehr wie früher anhimmelte. Ein bisschen kränkte ihn das sogar, wenn er ehrlich zu sich war.

Irgendwann teilte Luise ihren Eltern dann mit, dass sie sich verlobt hat. Ihre Eltern fielen aus allen Wolken, aber als sie erfuhren, dass Alfred Prokurist war und über ein geregeltes Einkommen verfügte, arrangierten sie sich mit der neuen Situation. Kurz nach Ausbruch des Krieges wurde Alfred eingezogen, ausgerechnet er, der sich bei seinen Büchern am wohlsten fühlte.

Luise und er schrieben sich fast täglich Briefe, voller Gedichte und poetischer Gedanken. Nur Magda Schreiber war innerlich noch immer enttäuscht, dass Winter und ihre Tochter nicht zueinanderfanden, zumal Winter mit seiner kräftigen, fast korpulenten Statur für sie ein richtiger Mann war. Damit konnte Alfred in ihren Augen nicht mithalten.

»Also, manchen würde ein bisschen mehr Bescheidenheit ganz gut anstehen. So ein Theater mit der Hochzeit machen! Und das mitten im Krieg.«

Magda Schreiber sprach schon seit Stunden dem Alkohol zu, der allmählich seine Wirkung zeigte.

»Andere kämpfen um ihr Leben, und hier wird gefeiert.«

Ihre Tischnachbarin Gerda, eine alte Bekannte der Winter aus Templin, sah sie erstaunt an.

»Na, der Max wollte eben seiner Braut eine Freude machen. Der is überall rumgelaufen und hat alle Leute jefragt, ob se noch was Frisches in ihrem Garten haben.

Mann, hat der sich eine Mühe jemacht«, versuchte Gerda, Magda zu beruhigen. »Und haben doch auch alle was von. Man muss den Krieg auch mal vergessen, bringt ja nischt.«

»Trotzdem, anständig ist das nicht. Und schau mal, wie die Helene sich rausgeputzt hat und hier rumstolziert.«

Wütend sah Magda zu Helene hinüber, die sich, wie wenn sie es spüren würde, noch ein Stückchen näher an ihren Max anschmiegte.

»Und dann extra einen Raum mieten, statt zu Hause bei den Eltern feiern. War ihr wohl nicht fein genug. Was das kostet! Nur damit alle ihre albernen Freundinnen kommen können, und sie denen was vorführen kann. Das hätte meine Luise nie gemacht, so einen Affenzirkus, mitten im Krieg.«

Winter hatte den Raum mithilfe seines Freundes Berger hergerichtet und mit vielen Lampions geschmückt, sodass alles sehr festlich aussah. In der Ecke stand ein Fass mit Bier, und auch ein paar Flaschen Wein und Sekt aus dem Keller des Bürgermeisters kamen dazu. Der Raum war voll, die Musik spielte, und es herrschte eine ausgelassene Stimmung. Alle waren froh, den Krieg wenigstens für ein paar Stunden vergessen zu können. Alle bis auf Magda, die hinten in einer Ecke saß und das Geschehen missgünstig beobachtete.

»Und der Max, der wird auch immer dicker«, sagte Magda nun schon ziemlich laut, sodass sich einige nach ihr umsahen. »In Berlin, da essen die Leute aus den Mülltonnen, und der wird dort immer dicker.«

»Magda, nu lass man jut sein, ich glaube, du hast 'n bisschen viel intus.«

Gerda versuchte, sie zu beschwichtigen.

»Gönn das doch man dem Max, der hat ja lange genug

auf seine Helene gewartet. Und das ist doch auch ein ganz Netter, weißte doch selba.«

»Ja, der Max schon, aber seine hochmütige Frau nicht.« Das Wort *Frau* spuckte Magda fast aus. »Die hat den doch gar nicht verdient. Und dabei hätte er doch meine Luise haben können.«

Vielleicht wäre alles noch einmal gut gegangen, und Magda wäre in einen trunkenen, seligen Schlaf hinübergeglitten, wenn nicht Helene gerade in diesem Moment mit ihrer Freundin Gretchen vorbeigegangen wäre und laut losgelacht hätte. Magda schreckte hoch und sah Helene, die sich in ihrem Hochzeitskleid hin und her drehte, um es ihrer Freundin in seiner ganzen Pracht zu zeigen.

Das Kleid war strahlend weiß, passend zu Helenes dunklem Haar, und betonte ihre zarte Haut auf das Beste. Helene hatte als Abschiedsgeschenk von ihrer Arbeitsstelle im Kaufhaus des Westens den weißen seidigen Stoff geschenkt bekommen, und Winters Mutter hatte ihr daraus ein richtiges Hochzeitskleid genäht.

»Das arme Ding hat ja keine eigene Mutter mehr«, erzählte Käthe Winter mit ihrer großherzigen, überschwänglichen Art jedem, der es wissen wollte oder auch nicht. Das Ergebnis konnte sich jedenfalls sehen lassen.

Magda versuchte schon den ganzen Abend über, sich vorzustellen, wie ihre Luise in so einem Kleid aussehen würde, aber es gelang ihr nicht. Es steigerte ihren Zorn weiter, dass sie es trotz all ihrem Geld und den vielen Jahren harter Arbeit nie schaffen würde, dass ihre Tochter jemals wie heute Helene aussehen würde. Und als dann Helene in ihre Richtung sah und Gretchen etwas lachend ins Ohr flüsterte, reichte es ihr. Dieses Biest machte sich über sie lustig, daran bestand gar kein Zweifel. Magda erhob sich schwerfällig von ihrem Stuhl und musste sich dabei am Tisch abstützen, sonst wäre sie gleich an Ort und Stelle hingefallen. Als sie es schaffte, aufzustehen und das Gleichgewicht einigermaßen zu halten, torkelte sie auf Helene zu.

»Sag mal, mein feines Fräulein, den Max, den hast du doch nur genommen, weil sich kein Besserer aufgetan hat.«

Helene roch den Alkohol in Magdas Atem und wich ein Stück zurück.

»Ja, du bist dir wohl zu fein, um mit der Tante von Max zu sprechen, oder?«

»Ich verstehe nicht, was Sie meinen. Kann ich Ihnen ein Glas Wasser holen?«

»Wasser brauche ich keines, ich will Champagner. Damit meinst du, kannst du mich abspeisen, mit einem Glas Wasser. Und den Champagner, den trinkst du dann später alleine, was?«

Magda wurde immer lauter und sprach nun so laut, dass sich alle im Raum zu ihnen hindrehten. Die Musik verstummte.

Helene wurde rot, als alle Blicke auf sie gerichtet waren, und sah sich nach Winter um. Der hatte zunächst nichts von dem ganzen Aufruhr gemerkt, da er sich mit seinem Freund Andreas Berger ein Stückchen weiter weg unterhielt. Berger war auf Heimaturlaub da und erzählte von der Front. Winter fand das alles schrecklich und hätte am liebsten nichts davon gehört, meinte aber es seinem Freund schuldig zu sein, wenigstens zuzuhören.

Als er sich umdrehte und sah, dass seine Tante gerade dabei war, seine frisch angetraute Frau anzupöbeln, sprang Winter auf und rannte zu Helene.

Doch die fing nun an, sich selbst zu verteidigen.

»Sie sind doch nur eifersüchtig, weil Max mich geheiratet hat und nicht die Luise. Das ist doch alles nur der Neid.«

Helenes Stimme war mittlerweile genauso laut wie die von Magda, und auch die Tonlage war ähnlich. »Seien Sie doch froh, dass die Luise überhaupt einen abbekommen hat, bei dem Männermangel im Moment.«

Winter zuckte zusammen, wie konnte Helene so etwas nur sagen, egal wie sich Magda aufführte. Aber Helene war noch nicht fertig.

»So eine hochgeistige Madam, die mag doch kein Mann«, redete sie weiter. »Die hätte der Max nie gewollt, der will doch eine richtige Frau.«

Magda war ganz still geworden und sah Helene nur noch mit offenem Mund an.

»Helene, es reicht«, sagte Winter. »Hol bitte sofort deinen Mantel, es wird Zeit für uns, nach Hause zu gehen.«

Helene wollte noch ansetzen, dass es doch noch gar nicht so spät sei und sie noch ein Weilchen feiern wollte. Und dass sie sich von ihren Gästen verabschieden müssten. Winters Blick ließ sie verstummen. Und als sie sich umdrehte, sah sie Luise starr und mit bleichem Gesicht dastehen. Nun regte sich doch das schlechte Gewissen in ihr, und sie wollte etwas Versöhnliches sagen. Aber Luise schüttelte abwehrend den Kopf und sah an ihr vorbei.

Auf dem Heimweg zum Elternhaus der Winters, in dem auch die Schreibers übernachten sollten, sprach keiner mehr ein Wort.

Draußen hämmerte es gegen die Tür. Winter drehte sich im Bett unwillig von einer Seite zur anderen.

»Max, wach auf, komm raus. Hier ist eine Nachricht für dich.«

Winter hörte die Stimme seiner Mutter, unverkennbar. Da er wusste, dass nun ohnehin kein Entkommen mehr war, rappelte er sich auf und ging zur Tür. Bevor er sie öffnete, warf er sicherheitshalber noch einmal einen Blick auf das Bett, um zu sehen, ob Helene auch richtig zugedeckt war.

»Max, du musst nach Berlin, die brauchen dich dort ganz unbedingt. Hier ist die Nachricht.«

Käthe hielt ihm die Depesche aus Berlin unter die Nase, in der es hieß, dass er unbedingt prompt nach Berlin zurückkommen müsse.

»Du, ich glaube, die haben dort wieder eine Leiche«, meinte seine Mutter verschwörerisch und fast ein wenig stolz, weil ihr Sohn so wichtig war, dass man extra für ihn eine Depesche aus Berlin schickte.

Ein Telefonanruf hätte es natürlich auch getan, aber die Winters besaßen als einfache Fischerleute noch kein so neumodisches Teil.

Winter fiel auf, dass seine Mutter geradezu euphorisch strahlte, und sah sie mitleidig an. Er wusste, dass dies nicht nur dem Stolz über die Bedeutung ihres ältesten Sohnes zu verdanken war.

Bei der Ankunft der Depesche hatte seine Mutter gewiss Todesangst ausgestanden. Wie jedes Mal, wenn jemand zu ungewöhnlichen Zeiten bei ihnen anklopfte. Angst, dass ihr jüngerer Sohn gefallen war. Der kleine Theo, der immerhin auch schon 18 Jahre alt war und sich freiwillig gemeldet hatte und nun bei Verdun stationiert war. Winter legte kurz den Arm um seine Mutter und drückte sie an sich. Für einen Moment standen sie still aneinander gelehnt und waren beide nur froh, dass diesmal nichts passiert war. Winter löste sich von seiner Mutter, schlich noch einmal kurz in sein ehemaliges Kinderzimmer und drückte Helene noch einen Kuss auf die Wange. Helene murmelte kurz etwas im Halbschlaf und war sofort wieder eingeschlafen.

Ein wenig Schadenfreude verspürte Winter schon, wenn er daran dachte, dass sie in Kürze den Schreibers am Frühstückstisch gegenübersitzen würde. Dann würde sie sich bemühen müssen, den Schaden von gestern Abend wieder gutzumachen.

Winter war froh, dass er nicht dabei sein musste. Nach all dem Trubel der letzten Tage freute er sich darauf, wieder zur Arbeit gehen zu können und noch ein paar Tage in Berlin seine Ruhe zu haben.

KAPITEL 4

Max Winter rannte die Treppen hoch in den 2. Stock des Polizeipräsidiums am Alexanderplatz. Hier war sein neuer Arbeitsplatz als Kriminalkommissar, nicht mehr als einfacher Kriminalwachtmeister. Er öffnete die Tür zu seinem Büro und erwartete fast, seinen Kollegen Otto Scheuner an seinem Schreibtisch sitzen zu sehen.

Scheuner hätte nun als Erstes eine seiner unvermeidlichen Bemerkungen abgegeben.

»Da schau an, der Max. Haben sie dich einfach aus dem Bett geschmissen, wie? Aber keene Angst, haste die Frauen mal unter der Haube, haste die für immer. Dann machste ihr noch jedes Jahr ein Balg, und schon kann se auch nicht mehr weglaufen.«

Er würde anzüglich grinsen und Winter anerkennend auf die Schulter klopfen.

»Die Helene, des is schon ’ne ganz Schmucke, Respekt! Aber genug gefeiert, jetzt heißt es mal arbeiten.«

Scheuner selbst war nicht gerade einer der Fleißigsten. Aber weder das, noch seine vielen Kinder hatten ihn davor bewahrt, eingezogen zu werden.

Jetzt war alles leer, nur ein Zettel lag auf Winters Schreibtisch mit der Nachricht: »Wir sind im Scheunenviertel, Große Hamburger Straße 32, Erdgeschoss, sofort nachkommen. Glückwunsch zur Vermählung.«

Winter steckte den Zettel ein und machte sich auf den Weg. Die Hamburger Straße war ein Stück weg, aber mit der Straßenbahn zu fahren, lohnte sich zurzeit nicht. Diese fuhr nur noch unregelmäßig, und oft wartete man dann vergeblich. Er lief stramm, das war er von seinen zahlreichen Märschen rund um den Templiner See gewohnt.

Während er vorbei am Hackeschen Markt zur Großen Hamburger Straße marschierte, fiel ihm wie jedes Mal auf, wie sich das Stadtbild fast täglich veränderte. Die Zahl der halb verhungerten und bettelnden Kinder stieg immer weiter, ebenso die Zahl derer, die im Müll nach etwas Essbarem suchten. Die Armen in den Städten traf es bei einem Krieg immer zuerst.

Auf dem Land bei sich zu Hause in Templin sah es zwar auch nicht gerade üppig aus, aber das war kein Vergleich zu dem Elend hier. Die Landbevölkerung fand immer etwas zu essen, und sei es nur, weil die Menschen Gemüse oder Obst im Garten anbauten. Und man half sich auch eher untereinander als hier in der Großstadt Berlin.

Hier sah niemand mehr hin, man hatte sich einfach schon sehr an das Leid gewöhnt, und jeder war froh, zu überleben.

Am Boden sah Winter den Berliner Lokalanzeiger mit dem Datum vom gestrigen Tag. Er bückte sich und hob die Zeitung auf, vielleicht konnte er sie wieder in Form bringen und als Erinnerung an seinen Hochzeitstag aufbewahren. Da las er die Überschrift *Erlass gegen die Modetorheiten* und den kurzen Text dazu:

Ein Erlass
gegen die Modetorheiten

Telegr. unseres Korrespondenten
P. München, 13. März 1916

Der kommandierende General in Nürnberg, General der Kavallerie, Freiherr von Könitz, wendet sich in einem Erlass gegen die faltenreichen Röcke und hohen Stiefel der Frauen. Er bezeichnet sie als Modetorheit, Stoff- und Lederverschwendung und erwartet vom vaterländischen Sinn der Frauenwelt, dass sie dem Ernst der Zeit entsprechend zu schlichter Kleidung zurückkehren.

Die Botschaft hör' ich wohl … Das Beste wäre, auch die Modetorheiten vor ihrem Erscheinen durch unsere Generalkommandos zensieren zu lassen. Im Übrigen alle Hochachtung vor dem wackeren General, der modenärrischen Weibern so gründlich die Meinung sagt.

Zum Glück hatte der Schreiber des Textes Helenes Hochzeitskleid nicht gesehen, dachte Winter nur. Aus Seide und mit Rüschen verziert und mit weiten Falten.

Außerdem las Winter noch die Überschrift:
Kuchenbackverbot ab dem 13. März

Damit hatte er offensichtlich gleich an seinem Hochzeitstag gegen ein Verbot verstoßen, unwissentlich zwar, aber immerhin. Er, als Hüter des Gesetzes, konnte sich das eigentlich nicht erlauben und sollte mit gutem Beispiel vorangehen. Obwohl, das Verbot war, streng genommen, nur für Berlin ausgesprochen und nicht für die Umgebung. Und – Kuchen auf der eigenen Hochzeit konnte einem doch wirklich keiner verübeln, oder?

Aber halt, da stand doch auch noch, dass das Kuchenbackverbot in erster Linie für Bäckereien und Konditoreien galt. Zu Privathaushalten gab es keinen Vermerk. Winter war erleichtert.

Trotzdem faltete er die Zeitung mit leichtem Unbehagen immer weiter zusammen, bis die Überschrift nicht mehr lesbar war, und steckte sie ganz tief in seine Tasche. Lieber die Kollegen gar nicht erst auf falsche Gedanken bringen, dachte er und ging rasch weiter.

Der düstere Hinterhof des Hauses 32 in der Großen Hamburger Straße verhieß nichts Gutes. Winter musste erst einmal über allerlei Gerümpel steigen, um überhaupt zum Hinterhaus zu gelangen. Die Türen waren offen, und aus der Wohnung im Erdgeschoss drangen vertraute Stimmen.

»Vorsicht! Nichts anrühren, bis ich fertig bin.«

Dr. Schmidt, der Kriminaltechniker, herrschte gerade einen der jungen Kriminalwachtmeister an. Winter hörte seine durchdringende Stimme, bevor er ihn sah. Er konnte sich noch gut daran erinnern, wie Dr. Schmidt ihn immer herumkommandiert hatte, bevor er Kriminalkommissar geworden war.

»Guten Tag allerseits.«

Winter trat durch die enge Eingangstür in die Wohnung.

»Ah, Herr Winter, gut, dass Sie da sind. Kommen Sie mit, ich zeige Ihnen die Opfer, Herr und Frau Kaminski, hinten im Schlafzimmer.«

Dr. Schmidt führte Winter durch den schmalen Gang der Wohnung in das hintere Zimmer. Der Geruch in der Wohnung war bestialisch, entweder lagen die Toten hier schon eine Weile oder etwas anderes verweste seit Tagen.

»Ja, der Geruch hat die Nachbarn alarmiert. Die haben

sich beschwert, und dadurch sind wir darauf gestoßen«, erklärte Dr. Schmidt. »Das ist wirklich nicht zum Aushalten.«

Winter widerstand der Versuchung, sich ein Tuch vor die Nase zu halten, und trat in das Schlafzimmer.

Hier lagen, fast wie aufgebahrt, die beiden Toten, ein älteres Ehepaar, beide in ihren Nachthemden. Die Körper waren übersät mit Einstichen, das blutige Messer lag zwischen ihnen, genau in ihrer Mitte.

»Wie lange sind sie schon tot? Was meinen Sie?«, fragte Winter Dr. Schmidt.

»Ungefähr zwei bis drei Tage, würde ich schätzen. Der Geruch kommt allerdings nicht nur von den Leichen, der Müll hier liegt wohl schon seit Tagen. Die Küche müssen Sie sich nachher einmal ansehen, verschimmelte Speisereste überall, einfach unglaublich! Ein paar Ratten waren auch schon da.«

Die Toten würden zur weiteren Untersuchung in die Gerichtsmedizin kommen. Dr. Schmidt war als Ingenieur eher für die kriminaltechnischen Aspekte des Falles zuständig. Allerdings hatte er sich aus Interesse in die forensische Medizin eingearbeitet. Damit hatte er in der Vergangenheit schon des Öfteren wertvolle Hinweise zu Todesart und -zeitpunkt geliefert, und Winter legte auf seine erste Einschätzung immer großen Wert.

»Und dann gibt es noch das da hinten.«

Dr. Schmidt machte eine Kopfbewegung zur rechten Ecke des Zimmers. Winter erschrak. Er hatte nicht gesehen, dass dort, fast vollständig von dem wuchtigen Kleiderschrank verborgen, eingerollt wie ein menschlicher Fötus, ein junges Mädchen auf dem Boden lag.

»Mein Gott, hat sie das alles mit angesehen? Wie lange liegt sie schon so da?«

»Weiß keiner, im Haus kennt sie fast niemand. Sie ist die Enkeltochter der beiden, die Mutter ist … während einer Operation … gestorben.«

Dr. Schmidt machte die entsprechende Geste mit seiner linken Hand.

»Dann kam sie hierher, zu ihren Großeltern. Sie hat die Wohnung anscheinend so gut wie nie verlassen, nur der Nachbarjunge hat ab und zu einmal mit ihr gesprochen. Ihr Name ist Gertrud Richter.«

Winter näherte sich vorsichtig dem zusammengekauerten Wesen in der Ecke. Von ihrem Gesicht war nichts zu sehen, nur die aschblonden langen Haare, die ihr über das Gesicht und die dünnen Schultern fielen.

»Hallo, Gertrud, mein Name ist Max Winter. Ich untersuche den Mord an deinen Großeltern.«

Nichts bewegte sich. Winter wartete einen Moment, dann kniete er sich neben Gertrud nieder. Vorsichtig legte er die Hand auf ihre Schulter. In diesem Moment fuhr Gertrud herum und richtete sich zum Sitzen auf. Winter sah ihr Gesicht, große blaugraue Augen blickten ihn entsetzt an. Dann stieß Gertrud ein paar seltsame Laute aus, fast wie ein Wimmern, rollte sich wieder ein und schien sich noch tiefer in ihre Ecke zu drücken.

»Da ist nichts zu machen. Haben wir auch schon versucht«, meinte Dr. Schmidt.

Winter versuchte einen kurzen Moment, sich den nüchternen und mehr an Technik als an Menschen interessierten Dr. Schmidt als Seelentröster vorzustellen, und scheiterte. Nicht, dass er selbst gerade besonders erfolgreich gewesen war.

Winter blickte sich um, und seine Wahl fiel auf den jungen Kriminalwachtmeister, den Dr. Schmidt kurz zuvor so rüde angefahren hatte. Wie schon des Öfteren bedauerte Winter, dass es bei der Polizei keine Frauen gab, die für solche delikaten Aufgaben sicher wesentlich geeigneter waren. Aber auch wenn sich das Straßenbild derzeit, bedingt durch den Krieg, deutlich änderte und man immer mehr Frauen in Männerberufen sah, so war dieser Wandel noch nicht in der Polizei angekommen.

Ernst von Reutersheim, der junge Kriminalwachtmeister, den Winter für die Aufgabe ausersehen hatte, stand gerade im Flur des Hinterhauses und befragte den Nachbarjungen, Emil Küppers. Von Reutersheim stammte aus einer verarmten adeligen Familie aus Neuruppin, war also, wie Winter in seinen Anfangsjahren, ein Landei. Vermutlich hatte ihn Winter auch deshalb unter seinen Schutz genommen.

Der junge Kriminalwachtmeister war ausgesprochen kurzsichtig, da half auch die Brille mit den starken Gläsern nur bedingt. Das hatte ihn davor bewahrt, an die Front zu müssen. Er hätte den Feind nicht gesehen, auch wenn dieser direkt vor ihm gestanden wäre.

Winter dachte sich manchmal, dass ihm nur noch die Blinden und Tauben geblieben waren, um die Arbeit zu erledigen. Aber er schätzte Ernst von Reutersheim ausgesprochen, auch wenn ihn viele für etwas langsam hielten. Von Reutersheim sagte nicht viel, das wenige war allerdings meist wesentlich durchdachter als bei den meisten.

»Und, was haben Sie gesehen?«, erkundigte sich Ernst von Reutersheim.

»Se können mir ooch duzen. Bin erst 15«, entgegnete Emil. »Ick hab nen janz großen Mann jesehen, der is wegjeloofen. Der war det bestimmt, so schnell wie der de Beene in de Hand jenommen hat.«

»Wie sah denn der Mann aus?«

»Hab ick nich so schnell jesehen. Ick globe, der hatte janz schwarze Haare und nen Schnauzer. Und janz groß war der.«

»Ja, ja, das haben Sie schon erzählt. Haben Sie ihn vorher schon mal gesehen?«

»Nö, noch nie. Aber die Alten da unten, die hatten Jeld, det wussten alle hier im Haus. De haben alles jebunkert, unter der Matratze, glob ick. Bestimmt hat er se deshalb um die Ecke jebracht.«

»Haben Sie das Geld einmal gesehen?«, fragte von Reutersheim.

»Nö, aber det wussten alle. Det janze Haus.«

Wie zur Bestätigung zog Emil Küppers seine laufende Nase hoch und sah in diesem Moment tatsächlich mehr wie ein Kind als ein junger Mann aus.

»Ja ja, schon gut. Eine letzte Frage noch: Wie alt ist denn die Gertrud Richter und wie lange wohnt sie schon hier? Gibt es jemand, der sich um sie kümmern könnte?.«

»Wie lang se da schon wohnt, weeß keena so jenau. Off eenmal war se da. Ihre Mutter hat sich, naja, Se wissen schon …«, erzählte Emil. »De Jertrud is, globe ick, 15, so wie icke.«

Von Reutersheim versuchte, nicht zu überrascht zu schauen, was ihm nicht wirklich gelang. Er hätte Gertrud Richter auf höchstens zwölf Jahre geschätzt. Vermutlich, weil sie so mager war. Er verabschiedete Emil Küppers und bemerkte erst jetzt Kriminalkommissar Winter, der schon seit einiger Zeit versuchte, ihn zu sich heranzuwinken.

»Von Reutersheim, ich habe eine Aufgabe für Sie. Bringen Sie Gertrud Richter in die Psychiatrie der Charité. Falls Sie Hilfe brauchen, holen Sie sich jemanden von dort, eine Krankenschwester oder einen Pfleger.«

Winter versuchte, das so neutral und sachlich wie möglich zu sagen und sich nicht anmerken zu lassen, dass ihm der junge Kriminalwachtmeister wegen dieser heiklen Aufgabe leidtat.

»Lassen Sie sie nicht aus den Augen! Ich will nicht, dass sie sich etwas antut.«

»Ja, mache ich, Herr Winter.« Von Reutersheim schluckte. »Wenn Sie gestatten, hole ich mir lieber gleich Hilfe von der Charité.«

»In Ordnung, gehen Sie schon, wir sind sicher noch eine Weile hier und können das Mädchen im Auge behalten. Ach, eine Frage noch, von Reutersheim: Ist Kriminalinspektor von Riedel schon da gewesen?«

»Ja, aber er hatte nur kurz Zeit und musste gleich zu einem wichtigen Termin. Er meinte, Sie würden das dann schon machen«, antwortete von Reutersheim mit einem Schulterzucken und machte sich auf den Weg in die Charité.

Wahrscheinlich war der wichtige Termin ein Billardspiel oder vielleicht ein geselliges Mittagessen mit einem seiner Freunde, dachte Winter zynisch. Oder von Riedel hatte einfach der Geruch in der Wohnung nicht behagt. Winter würde es nicht wundern, wenn sein Vorgesetzter gleich an der Tür wieder kehrtgemacht hätte. Nach all den Jahren kannte er ihn gut genug und hatte jegliche Illusionen verloren, dass sich dieser ernsthaft für einen Fall interessieren würde. Lieber ließ ihn von Riedel von seiner Hochzeit holen, als sich selbst die Hände schmutzig zu machen. Aber was sollte er sich ärgern? Er würde ihn ohnehin nicht mehr ändern, lieber konzentrierte er sich auf den Fall. Winter drehte sich um und ging zurück in das Schlafzimmer zu den beiden Toten und dem Häufchen Elend in der Ecke.

KAPITEL 5

Max Winter schlich den Gang entlang, bemüht, auf keine der knarrenden Dielen zu treten. Nach den langen Jahren, die er bei Magda Sieber zur Untermiete gewohnt hat, kannte er jede einzelne davon.

Umsonst, die Tür zur Witwe Siebers Zimmer wurde aufgerissen.

»Na, so jeht det aba nischt, Herr Kriminalkommissar«, meinte Magda Sieber. »Jestern Abend habe ich det noch mal durchjehen lassen, aba heute Morjen müssen Se mer von Ihrer Hochzeit erzählen. Vor allem, wenn Se mer in een paar Tagen ohnehin verlassen.«

»Ja, ja, wollte ich ja auch.«

Winter fühlte sich wie ein ertappter Schuljunge.

Er hatte schon lange den Verdacht, dass Magda Sieber seine Versuche, sich aus der Wohnung zu schleichen, aus ihrem Zimmer ganz genau mitbekam. Meistens stand die Tür zu ihrem Zimmer ohnehin offen, oder sie passte ihn gleich an der Haustür ab. Er mochte Magda Sieber, aber ihre Neugier war oft schwer zu ertragen. Nachdem ihre eigenen beiden Söhne schon lange ausgezogen waren, übertrug sie ihre gesamte mütterliche Fürsorge auf ihren jeweiligen Untermieter.

»Und nischt mit Arbeit, det sind die Flitterwochen, da wird nischt jearbeitet. Kommen Se mal rein, ick hab noch een Stückchen Kuchen übrig. Is zwar nischt mehr janz frisch, aber wird ja wohl für lange Zeit das letzte Stückchen seen.«

Magda Sieber zog Winter am Arm in ihr Zimmer. Er ließ es bereitwillig geschehen, ein Ereignis wie seine Hochzeit konnte er ihr nicht wirklich vorenthalten. Außerdem würde er nächsten Mittwoch in die neue Wohnung ziehen, damit waren seine Tage als Untermieter von Magda Sieber ohnehin gezählt.

Magda Sieber bugsierte Winter auf das Sofa und drückte ihm den Teller mit dem Zopfkuchen in die Hand. Das Sofa war, wie alles in der Wohnung, zwar peinlich gepflegt, hatte aber schon bessere Tage gesehen. An einigen Stellen war der Bezug fast durchscheinend. Witwe Sieber hielt nichts davon, auf ihre alten Tage noch Geld für sich selbst auszugeben, sondern sparte lieber alles für ihre Söhne und ihr bisher einziges Enkelkind auf.

»Also, wie viele Leute sind jekommen? War ooch jenuch zu essen da?«, fragte Magda Sieber.

Winter beschrieb gutmütig alle Einzelheiten, vom Hochzeitsbraten über die Nachspeise zu den Räumlichkeiten und auch dem Brautkleid. Wie das Kleid ausgesehen hat, wollte Magda Sieber ganz genau wissen.

Den Streit und das abrupte Ende der Hochzeit ließ er aus, zumal er und Helene in eine Wohnung nur zwei Häuser weiter ziehen würden, in die Waldemarstraße 71, und Witwe Sieber damit sicherlich öfter über den Weg laufen würden. Tatsächlich hatte ihnen Magda Sieber die Wohnung über eine Bekannte vermittelt, wofür ihr Winter sehr dankbar war.

»So, Frau Sieber, jetzt muss ich aber tatsächlich gehen. Ich muss noch einiges vorbereiten, bevor Helene nach Berlin kommt.«

Winter stellte den Kuchenteller auf den Beistelltisch und machte einen vorsichtigen Versuch, aufzustehen.

»Moment noch, eene Sache muss ick Ihnen doch noch berichten.« Magda Sieber legte ihm die Hand auf die Schulter und drückte Winter wieder zurück aufs Sofa. »Der Fridolin kommt nächste Woche heim, von der Front. Und muss ooch nicht mehr zurück.«

»Das ist ja sehr gut, da werden Sie aber froh sein!«

»Ja, bin ick ooch. Und dann kann der endlich seinen Kleenen mal sehen. Den Lütten hat er doch noch gar nicht jesehen, obwohl der schon een halbes Jahr alt is. Und de Mutta war janz aleene mit dem, wenn de mir mal nicht jehabt hätte. Ick weeß ooch nicht, wie die das jeschafft hätte.«

»Das kann ich mir vorstellen.« Winter bemühte sich, allen ihm zur Verfügung stehenden Ernst in seine Stimme zu legen. »Aber warum muss der Fridolin nicht an die Front zurück?«

»De Franzmänner ham ihm doch das Knie kaputt jeschossen, der kann kaum noch loofen. Aber is mir trotzdem lieba so, wenigstens lebt er noch. Kann sein, dass se ihn noch mal operieren müssen, weeß man nich so jenau. Da mach ick mir schon Sorgen.«

»Aber, Frau Sieber, die Ärzte machen das schon. An der Charité gibt es genug Spezialisten für so etwas, da brauchen Sie sich keine Sorgen zu machen!«

»Ne, ne, an die Charité kommt er mir nich. Da jeht es nich mit rechten Dingen zu! Der Junge von eener Bekannten, der Erich, der war janz munter und fröhlich und hatte schon seene Sachen jepackt, um am nächsten Morjen heimzukommen. De Mutta war schon janz oofgeregt und hat sich jefreut. Und dann isser jestorben, janz plötzlich, ohne Grund. Seien Se froh, dass Se de Mutta nicht erleben mussten, janz schlimm war det!«

Max Winter machte sich auf den Weg. Er hatte Frau Sieber lieber nicht davon erzählt, dass sein nächstes Ziel die Charité war. Seine Aufgabe war es nämlich, Gertrud Richter in der Psychiatrie der Charité aufzusuchen und den Versuch zu machen, sie zu den Ereignissen in der Großen Hamburger Straße zu befragen. Aber das fiel unter das Berufsgeheimnis und ging Magda Sieber nichts an.

Auf dem Weg zur Charité, von der Waldemarstraße über die Fischerinsel zur Breiten Straße und dann weiter an der Spree entlang, dachte er über die Worte von Magda Sieber nach. Dass es an der Charité nicht mit rechten Dingen zugehen sollte, konnte er sich nicht vorstellen. Die Charité war eine altehrwürdige Institution in Berlin, die von den Berlinern fast verehrt wurde und deren Name immer mit Respekt ausgesprochen wurde. Solche Gerüchte passten einfach gar nicht dazu. Frau Sieber musste etwas falsch verstanden haben. Wahrscheinlich war die Mutter des verstorbenen Soldaten vor Schmerz so außer sich gewesen, dass sie unbedingt einen Schuldigen für das Geschehen brauchte. Aber im Krieg starben nun einmal die Soldaten, daran ließ sich nichts ändern. Und wenn später als erwartet, dann sicher trotz allem als eine Folge des Krieges. Und wer weiß, was der junge Soldat noch für Verletzungen gehabt hatte.

Mit strammem Schritt marschierte Winter weiter. Er kam am Stadtschloss vorbei, am Lustgarten, in dem die ersten zarten Knospen als Vorboten des Frühlings sprießten, und überquerte dann die Spree an der Friedrichsbrücke. Ein weiterer Frühling im Zeichen des Krieges, dachte Winter. Der Krieg – wie überflüssig. Nicht, dass er erklärter Pazifist war, immerhin arbeitete er bei der Polizei, nein, aber Krieg hatte für ihn immer etwas von einer Spielerei unter Mächtigen.

Was kümmerte es ihn hier in Berlin, ob auf dem Balkan oder in der Türkei unerfüllte Territorialansprüche bestanden? Wenn er an all die jungen Männer dachte, die gerade unter katastrophalen Bedingungen um ihr Leben kämpften, packte ihn regelrecht die Wut. Ob sein Freund Andreas Berger oder Alfred Schulze, der Verlobte seiner Cousine Luise – nur wenige waren wie sein jüngerer Bruder Theo naiv genug, um mit Begeisterung und aus Patriotismus in den Krieg zu ziehen.

Den meisten war gar keine Wahl geblieben. Wer ließ sich schon gerne freiwillig zum Krüppel schießen oder kam im schlimmsten Fall in einem Sarg aus billigen Brettern nach Hause, wenn es überhaupt noch Überreste gab, die beerdigt werden konnten? Von den seelischen Verwundungen der Überlebenden einmal ganz abgesehen.

Winter lief weiter durch die Ziegelstraße, vorbei an der Chirurgie der Charité und näherte sich allmählich dem Hauptgelände der Klinik. Es war schon später Vormittag, seine nicht ganz freiwillige Unterhaltung mit Magda Sieber hatte Winter fast eine Stunde seiner wertvollen Zeit gekostet. Er würde den Fall Kaminski lieber heute als morgen lösen, da er dringend die Zeit brauchte, um sich um den bevorstehenden Einzug in seine und Helenes neue Wohnung zu kümmern.

Obwohl es eher unwahrscheinlich war, dass Gertrud Richter, die einzige Zeugin des Verbrechens, heute wesentlich zugänglicher als gestern wäre. Allerdings lag die Zeit insofern günstig, da die Ärzte vermutlich ihre Morgenvisite schon beendet hätten, aber noch nicht beim Mittagessen waren. Vielleicht war es auch einem von ihnen gelungen, aus Gertrud etwas über das Geschehen herauszubekommen. Sie verfügten doch über mehr Erfahrung mit derartigen Zuständen als er und wussten, wie man sich Gertrud gegenüber am besten verhielt.

Je mehr er sich der psychiatrischen Klinik näherte, desto unwohler fühlte er sich. Er kannte den mit Efeu berankten Backsteinbau gut – besser als ihm lieb war. Von außen sah das Gebäude friedlich und harmlos aus und strahlte eine gewisse Ruhe aus, fast wie eine zu groß geratene Familienvilla. Auch innen war es architektonisch ein kleines Schmuckstück, mit Rosetten in den Treppenaufgängen und den schlichten hohen Räumen.

In dem Moment, in dem man als Besucher das Gebäude betrat, setzte allerdings eine gewisse Beklemmung ein. Es war, als würden sich die seelischen Qualen der Patienten direkt auf den Besucher übertragen. Winter wusste nicht, ob das anderen ähnlich ging, oder ob nur er es so empfand. Eigentlich sollte es diesmal anders sein, denn er war zum ersten Mal als Kriminaler hier, der in einem Fall ermittelte.

Winter nahm all seinen Mut zusammen und öffnete die schwere Tür zur psychiatrischen Klinik.

KAPITEL 6

Richard marschierte mit raschem Schritt die Invalidenstraße entlang und bog dann links in die Luisenstraße ein. Zur rechten Seite lag der massive Bau der Zahnklinik, danach kam er am Kaiserin-Friedrich-Haus vorbei und kurz darauf an den Polikliniken der Charité. Die roten Backsteinbauten, an denen der Efeu hochwuchs, sahen eher aus wie Landhäuser als ein Krankenhaus. Hier waren die Medizinische Klinik und die Augenärztliche Klinik untergebracht. Eine kleine Siedlung inmitten der Großstadt Berlin. Die Charité und die Berliner Universitätsmedizin nahmen insgesamt eine gewaltige Fläche ein, von der Invalidenstraße über die Luisenstraße bis hin zur Ziegelstraße, in der die Chirurgie lag. Durch die lockere Bauweise fiel das zunächst nicht so auf, aber Richard war jedes Mal wieder aufs Neue beeindruckt, wenn ihm klar wurde, welche Ausmaße die Klinik hatte.

Zur linken Hand lag das Gebäude Luisenstraße 57, das Richard immer besondere Ehrfurcht einflößte. Hier hatte Robert Koch gearbeitet, sein großes Vorbild. Robert Koch, der Entdecker des Tuberkuloseerregers.

Richard war einmal sonntags um das Haus geschlichen und hatte sich überlegt, hinter welchem der Fenster wohl das Zimmer von Robert Koch gelegen hatte. Es hieß, es sei eines der Zimmer im Hinterhaus des ersten Stockes. Richard hatte gelesen, dass sich Robert Koch oft mit seinem Vorgesetzten stritt, weil er zu viele Patienten versorgen musste und zu wenig Zeit für seine Forschung hatte. Das hatte Richard sehr beeindruckt und ihn an seine eigene Situation erinnert.

Robert Koch zog seinerzeit die Konsequenzen und wechselte die Arbeitsstelle.

Ob er den Mut dazu hätte, wusste Richard nicht. Außerdem, wenn er ehrlich zu sich war, operierte er viel zu gerne. Außerdem würde ihm sicherlich der Kontakt zu Patienten fehlen. Aber mehr Zeit für die Forschung, das wäre sein Traum. Ruhm und Ehre gab es in der Medizin eben nur mit Forschung zu verdienen.

Und es gab so viel zu erforschen. Wenn er nur an den Ordinarius der Chirurgie in der Ziegelstraße dachte, Professor August Bier, der sich im Selbstversuch Narkotika in den Rückenmarkskanal gespritzt hatte, um zu untersuchen, ob sich damit der Bereich der Lende und der unteren Körperhälfte für Operationen betäuben ließ. Richard hatte Professor Bier einige Male bei Operationen assistieren dürfen und war jedes Mal so nervös gewesen, dass er Mühe hatte, die Haken richtig zu halten. Zurzeit weilte Professor Bier als Obergeneralsarzt der Marine an der Westfront.

Vor kurzem erst hatte Prof. Bier zusammen mit einem Ingenieur von der Technischen Hochschule in Berlin nach antiken Vorbildern einen Stahlhelm konstruiert, der die Soldaten vor Kopfverletzungen durch Granatsplitter, die er als Arzt bereits gesehen hatte, schützen sollte.

Richard bog von der Luisenstraße nach links in die Schumannstraße. Nach ein paar Hundert Metern öffnete sich linker Hand der großzügig angelegte Platz vor dem Deutschen Theater. Die Lichter des Hauptgebäudes und der daneben liegenden Kammerspiele strahlten, und eine festliche Atmosphäre lag über dem Platz. Elegant gekleidete Damen und Herren strömten auf das Gebäude zu. Für einen Abend galt es, den Krieg und die damit verbundenen Einschränkungen zu vergessen, und in der Kunst die Katharsis zu suchen.

»Herr Oppermann, was machen Sie denn hier? Haben Sie denn nicht genug zu tun oder wieso haben Sie Zeit, ins Theater zu gehen?«

Richard hörte die altvertraute tiefe Stimme, als er gerade am Eingang zum Theater sein Billett vorzeigte, um eingelassen zu werden. Er drehte sich um und blickte in das zerfurchte Gesicht von Prof. Neugebauer, das von dem mächtigen Schnauzbart fast zur Hälfte eingenommen wurde.

»Nein, nein, nichts für ungut. Sie dürfen natürlich auch mal ins Theater gehen, solange das die Ausnahme bleibt. Aber Spaß beiseite, Sie kennen doch meine Frau, oder?« Prof. Neugebauer trat ein Stück beiseite, um seine Frau vorzulassen, die von seiner mächtigen Gestalt fast vollständig verdeckt worden war. »Martha, du kannst dich doch noch an Richard Oppermann erinnern, der bei uns als Assistent arbeitet?«

»Aber natürlich!«, rief Martha Neugebauer aus. »Sie waren doch letztes Jahr bei unserem Weihnachtsessen und hatten so einen reizenden Blumenstrauß dabei. Mitten im Winter! Natürlich erinnere ich mich. Außerdem erzählt mein Mann viel von Ihnen, er hält große Stücke auf Sie.«

Richard spürte, wie er rot wurde. Er konnte sich nicht wirklich vorstellen, dass Prof. Neugebauer zu Hause über ihn sprach.

»Siehst du, Martha, jetzt bringst du den jungen Mann noch in Verlegenheit!«, lachte Prof. Neugebauer.

Die Leute drängten sie weiter in die Halle des Deutschen Theaters. Sie stellten sich in eine der hinteren Ecken. Es würde noch eine Weile dauern, bis der Theatersaal geöffnet würde.

»Ich werde mich kurz zurückziehen und die Nase pudern. Dann können die Herren über Operationen und sonstige unangenehme Dinge fachsimpeln.«

Martha Neugebauer lächelte Richard wohlwollend an und ging dann in Richtung Damentoilette. Trotz ihrer grau melierten dunklen Haare sah sie mit ihrer zarten und fast ätherischen Gestalt beinahe wie ein junges Mädchen aus und bewegte sich mit angeborener Eleganz. Soweit Richard wusste, waren Martha und Konrad Neugebauer beide Mitte 50. Während man Konrad Neugebauer sein Alter durchaus ansah, konnte seine Frau auch für gut zehn Jahre jünger durchgehen.

»Ja, es ist wirklich nicht vorzustellen, dass so ein Wesen mich zum Mann genommen hat«, sagte Prof. Neugebauer, während sie beide seiner Frau hinterher sahen. »Ihre Familie war auch alles andere als begeistert. Eine der besten Familien Berlins, und statt sich einen jungen Adeligen zu schnappen, nimmt sie mich. Was für ein Drama! Aber mittlerweile haben sie sich daran gewöhnt, es blieb ihnen auch nichts anderes übrig.«

Richard wusste nicht, was er sagen sollte. Die direkte Art des Professors brachte ihn, wie so oft, völlig aus dem Konzept, und ihm fiel nichts mehr ein.

»Oppermann, Sie dürfen nicht so ein Sensibelchen sein, das passt nicht zu einem Chirurgen«, pflegte Prof. Neugebauer zu sagen, wenn er Richards Verlegenheit mitbekam, was allerdings eher selten der Fall war.

»Aber, Oppermann, etwas anderes. Ich will Ihnen nicht den Abend verderben, aber mir ist etwas zu Ohren gekommen, das mir nicht gefällt.« Prof. Neugebauer kam ein Stückchen näher zu Richard heran. »Dr. Eckhardt hat mich gefragt, wie es sein kann, dass von den Patienten, die Sie operieren, überdurchschnittlich viele versterben.«

Richard spürte, wie ihm schlecht wurde. Was hatte das zu bedeuten? Das konnte doch nicht sein, dass ihn sein Vorgesetzter so etwas im Ernst fragte. Dann fiel ihm Erich Wiedemann ein. Konnte es mit dessen unerwartetem Tod zusammenhängen?

»Oppermann, schauen Sie nicht so bestürzt«, fuhr Prof. Neugebauer fort. »Sie wissen, ich halte Sie für einen sehr gewissenhaften Chirurgen. Und unser lieber Verwaltungsdirektor interessiert sich in der Regel auch nicht für das Wohlbefinden junger Soldaten, die aus armen Verhältnissen stammen. Wenn es sich um einen Privatpatienten oder irgendeine Berühmtheit handelt, dann ja. Im schlimmsten Fall würde er dann jeden Tag vorbeikommen und uns die Zeit stehlen. Aber einer von den unzähligen Soldaten, das ist ihm normalerweise egal. Jetzt sieht es allerdings so aus, als ob die Mutter des jungen Soldaten, den Sie operiert haben, bei ihm vorstellig wurde und damit drohte, an die obersten Stellen zu gehen, um den Tod ihres Sohnes aufzuklären. Sie will dem Kaiser persönlich schreiben, dass seine Soldaten an der Charité nicht ordentlich versorgt werden. Da können Sie sich ja vorstellen, wie es unserem Verwaltungsdirektor schwindlig wurde. Der sieht schon all seine schönen Einnahmen davonschwimmen. Aber kein Wort mehr davon, da kommt meine Frau.«

Martha Neugebauer kam mit einem strahlenden Lächeln auf sie zu. Prof. Neugebauer nahm ihren Arm, nickte

Richard noch kurz zu und ging mit seiner Frau in den Theatersaal. Unterwegs sah ihn Richard noch über eine ihrer Bemerkungen lachen. Prof. Neugebauer hatte Richard bisher immer gefördert, auch wenn sie nicht immer einer Meinung waren. Richard wollte mehr Zeit für seine Forschung, während Prof. Neugebauer der Meinung war, das ließe sich auch nach Feierabend noch machen. Aber keine gute Forschung, dachte Richard dann immer und sprach es manchmal aus, woraufhin es gelegentlich zu einem heftigen Konflikt zwischen ihnen kam. Vielleicht war es egoistisch von ihm, in Kriegszeiten an etwas anderes als an die Versorgung der Soldaten und an das Vaterland zu denken. Aber was blieb vom Krieg, während die Ergebnisse der Forschung auch für die nachfolgenden Generationen von Bedeutung sein würden? Warum sollte er wegen diesem Irrsinn seine Forschung opfern? Und wenn immer es möglich war, wollte Richard auch die Zeit haben, Lotte zu treffen.

Richard blieb mit dem eben Gehörten alleine zurück und machte sich ebenfalls langsam auf den Weg in den Saal. Sein Sitz war einige Reihen hinter denen der Neugebauers und für ihn mit seinem spärlichen Gehalt gerade noch erschwinglich gewesen. Die Freude am heutigen Abend war ihm allerdings gänzlich vergangen. Der Gedanke, das Wohlwollen von Prof. Neugebauer zu verlieren, versetzte Richard in Angst und Schrecken. Er konnte nur hoffen, er würde sich später so in der Gewalt haben, dass ihm Lotte nichts anmerkte.

Der Vorhang hob sich. Das Bühnenbild war düster, man sah einen dunklen Wald vor Gewitterwolken im Hintergrund und drei weibliche Figuren auf der Bühne.

»Wann kommen wir drei uns wieder entgegen, in Donner, in Blitzen oder in Regen?«

Als Richard die Stimme hörte, ging es ihm durch Mark und Bein. Das war Lotte Lehnhardt, seine Lotte, dort oben, bis zur Unkenntlichkeit geschminkt, die als Hexe in Shakespeares Macbeth den ersten Satz des Stückes sprach. Hinter dem wilden Geschöpf auf der Bühne würde niemand eine junge Frau vermuten, die mit ihren großen, grünen Augen und den langen blonden Haaren Richard vom ersten Augenblick an in ihren Bann gezogen hatte.

»Wann das Kriegsgetümmel schweigt, wann die Schlacht den Sieger zeigt«, antwortete die zweite Hexe.

»Also eh der Tag sich neigt«, fiel die dritte Hexe ein.

»Wo der Ort?« Lotte war wieder an der Reihe.

»Die Heide dort«, und, »Dort führt Macbeth sein Heer zurück«, so ging es weiter.

Auf den Text konnte sich Richard nicht konzentrieren. Er hoffte nur, Lotte unterlief kein Fehler und nichts würde schiefgehen. Er war so nervös, als ob er selbst dort oben auf der Bühne stehen würde.

Es war Lottes erster Auftritt. Sie ging noch zur Schauspielschule und war als Vertretung eingesprungen, als die erste Besetzung der Hexe krank wurde. Für eine Anfängerin war dies eine einmalige Chance. Manche Schauspieler kamen ihr ganzes Leben nicht in den Genuss, auf der Bühne des Deutschen Theaters zu stehen. Die letzten beiden Wochen war Lotte daher auch nicht ansprechbar gewesen und hatte sich nur auf ihre Rolle konzentriert.

Weiter ging es auf der Bühne mit dem blutigen Aufstieg von Macbeth zum König, unterstützt von Lady Macbeth, und dem darauf folgenden tiefen Fall bis hin zu seinem

Tod. Richard sah den großartigen Paul Wegener in der Rolle des Macbeth und Hermine Körner als Lady Macbeth, die sich auf der Bühne allmählich dem Wahnsinn hingab.

Zwischendrin traten immer wieder die drei Hexen auf und verkündeten nacheinander Erfolg, irreführende Wendungen und Niedergang, unterstützt von schaurigem Geschrei.

»Weißt du was?«, hatte ihm Lotte erzählt, »unter Schauspielern ist es nicht üblich, das Stück auch Macbeth zu nennen. Das soll Unglück bringen und den Erfolg der Aufführung in Gefahr bringen. Daher nennen sie es lieber *The Scottish Play*. Ich hoffe nur, ich vergesse das nicht. Sonst bin ich schuld, wenn das Stück nicht mehr gut läuft!«

Richard hatte versucht, Lotte zu beruhigen und ihr versichert, ihr würde so ein Fehler ganz sicher nicht passieren.

Das Stück wurde schließlich schon seit Februar aufgeführt und lief mit großem Erfolg als Teil des Shakespearezyklus von Max Reinhardt. Der Regisseur und Leiter des Deutschen Theaters sei, so munkelte man, zunehmend gegen den Krieg eingestellt. Dies zeige sich auch an der Auswahl seiner Stücke. Statt des angekündigten »Deutschen Zyklus« mit Stücken wie »Die Nibelungen« oder »Der Prinz von Homburg« tauchten zunehmend Stücke wie »Die Soldaten«, »Dantons Tod« oder eben »Macbeth« im Spielplan auf, die in eine eindeutig andere Richtung wiesen.

Richard stand vor dem Bühneneingang und wartete auf Lotte. Die Lichter des Deutschen Theaters waren längst erloschen und die letzten Besucher verschwunden.

»Richard, du Armer hast hier im Dunklen auf mich warten müssen.« Lotte kam mit ihren beiden Kolleginnen, die die beiden anderen Hexen gespielt hatten, aus der Tür. »Es hat einfach so lange gedauert, uns aus diesen Kostümen zu befreien.«

Lotte lachte glücklich und winkte ihren Kolleginnen zum Abschied. Dann hakte sie sich bei Richard unter und gab ihm einen zarten Kuss auf die Wange.

»Da bin ich ja froh, dass ich keine Hexe zur Freundin habe«, meinte Richard. »Ich hatte schon Angst, ich würde dich nur noch so sehen.«

»Das könnte ich dir nun doch nicht antun! Und wie war ich? Hat es dir gefallen?«

»Du warst einfach großartig, sehr überzeugend! Ich bin mir sicher, sie werden gar nicht anders können als dich in das Ensemble aufzunehmen. Und dann, dann bist du feste Schauspielerin im Deutschen Theater. Wenn das kein Grund zum Feiern ist!«

Lotte strahlte wieder und sah geradezu euphorisch aus. Richard dachte, wie schon öfter, dass nur das Theaterspielen bei Lotte diese Euphorie auslösen könnte. Er würde sich wohl damit abfinden müssen, erst an zweiter Stelle zu kommen. Aber in diese Begeisterung hatte er sich schließlich auch verliebt, vor einem Jahr, fast an der gleichen Stelle.

»Komm, lass uns zur Friedrichstraße gehen, vielleicht finden wir noch ein kleines Lokal, das offen hat und wo wir etwas zu trinken bekommen«, schlug Richard vor.

Lotte nickte, und sie gingen langsam hinunter zur Friedrichstraße.

»Weißt du noch, vor einem Jahr?«, fragte Richard, »als ich dich auf der Straße beinahe umgerannt habe, weil ich diesen Termin in der Verwaltung hatte und zu spät dran war?«

»Natürlich, wie könnte ich das vergessen? Und ich war so begeistert, weil ich gerade das Vorsprechen für die Schauspielschule hatte, und sie meinten, sie würden mich vermutlich aufnehmen. Und dann lagen all meine Texte auf dem Boden, weil du so schwungvoll warst. Aber immerhin hast du mir geholfen, sie wieder aufzuheben, und mich als Entschuldigung zum Kaffee eingeladen!«

Die Geschichte, wie sie sich kennengelernt hatten, erzählten sie sich mit der gleichen, fast kindlichen Begeisterung immer wieder aufs Neue.

»Und nun ist so viel passiert, wir beide sind zusammen, und ich habe heute zum ersten Mal wirklich Theater gespielt. Alles ist perfekt!«

Die Worte von Prof. Neugebauer fielen Richard wieder ein. Leider war nicht alles so perfekt, wie Lotte dachte. Aber er würde ihr sicher nicht den heutigen Abend verderben und darüber sprechen. Der Abend gehörte nur Lotte.

KAPITEL 7

»Gertrud, hier ist Kommissar Winter. Du hast ihn schon einmal gesehen. Er hat noch ein paar Fragen an dich.«

Der junge Assistent Dr. Jakob Bertens versuchte, Gertruds Aufmerksamkeit auf sich zu ziehen. Gertrud Richter lag in einem der vielen Betten in dem großen Saal, die alle mit Patienten belegt waren, und starrte an die Decke. Sie trug das typische weiße Krankenhausnachthemd, das sie noch mehr wie ein durchsichtiges Wesen von einem anderen Stern aussehen ließ. Ob sie Dr. Bertens' Versuche, mit ihr Kontakt aufzunehmen, wahrnahm, ließ sich nicht erkennen.

»Ich habe es Ihnen ja gesagt, sie reagiert nicht.« Dr. Bertens zuckte mit den Schultern. »Sie lässt zwar alles mit sich machen, wir dürfen sie auch waschen oder anziehen. Sie isst auch. Aber gesprochen hat sie noch kein einziges Wort.«

»Wann, denken Sie, wird sie etwas sagen?« Winter kannte die Antwort schon.

»Das kann ich Ihnen beim besten Willen nicht sagen. Es kann sich um Tage oder Wochen, vielleicht sogar Monate handeln. Ich weiß es nicht. Bei solchen Patienten ist das nicht abzuschätzen.«

Winter war es peinlich bewusst, dass sie hier über Gertrud Richter sprachen, als ob sie gar nicht anwesend wäre. Dafür verfolgten einige der anderen Patienten das Geschehen mit großem Interesse. Für diejenigen, die noch mitbekamen, was um sie herum vorging, war es eine willkommene Abwechslung. Winter kam sich vor, als ob er auf einer Bühne stehen und sein Auftritt gerade von den Zuschauern beurteilt werden würde. Er hoffte nur, dabei nicht durchzufallen.

Den Assistenten, der mit seinen roten Haaren und Sommersprossen im Gesicht eher wie ein Schuljunge als ein Arzt aussah, schien die Aufmerksamkeit der anderen Patienten nicht weiter zu stören. Oder er hatte sich schon daran gewöhnt.

»Wann soll ich dann am besten wiederkommen?«, fragte Winter.

Mit einer schnellen Lösung des Falles durfte er wohl nicht rechnen, zumal auch die Untersuchung der Wohnung und die Autopsie von Gertruds Großeltern keine zusätzlichen Erkenntnisse gebracht hatten.

»Am besten erst nächste Woche. Prof. Bonhoeffer hält am Montag Visite, davor entscheidet sich ohnehin nichts.«

Den Namen von Prof. Bonhoeffer sprach der Assistent voller Ehrfurcht aus. Winter war auch schon bei seinen früheren Besuchen aufgefallen, dass die Mitarbeiter hier in der Psychiatrischen Klinik von ihrem Chef nur mit höchster Ehrerbietung sprachen. Prof. Bonhoeffer schien einer der wenigen medizinischen Ordinarien zu sein, die nicht nur respektiert wurden, sondern dessen Mitarbeiter ihm auch aufrichtige Loyalität entgegenbrachten. Winter hatte gehört, dass der Professor selten vor 8.30 Uhr in der Klinik erschien und meist um 13.30 Uhr schon wieder ging. Ob das stimmte, wusste er nicht. Die Gerüchteküche war offensichtlich in den meisten Kliniken genauso lebhaft wie in der Polizeikantine. Und offensichtlich tat es der Beliebtheit des Professors keinen Abbruch. Von den Jahrzehnten später auftretenden Vorwürfen der Unterstützung von Zwangssterilisationen psychisch Kranker und der kontrovers diskutierten Rolle von Prof. Bonhoeffer dabei ahnte zu diesem Zeitpunkt noch niemand etwas.

»Herr Kriminalkommissar, eine Sache noch, die uns aufgefallen ist«, sagte Dr. Bertens und hob Gertruds Arm, der bisher von dem weiten Nachthemd verdeckt gewesen war, nach oben.

Als der Arzt sie anfasste und ihren Arm in die Hand nahm, zuckte Gertrud zusammen. Wieder kam das leise Wimmern, das Winter schon im Schlafzimmer der Großeltern von ihr gehört hatte. Dann drehte sie den Kopf zur anderen Seite und blickte weg von Winter und dem Arzt, hin zur Wand neben ihrem Bett.

»Sehen Sie einmal her.«

Winter sah auf die Unterseite des entblößten Arms. Dort befand sich ein wildes Muster aus Schnitten, einige verschorft, andere gerade abgeheilt, wieder andere offensichtlich alte Narben.

»Was ist denn das?«, entfuhr es Winter. »Wer hat ihr das angetan? Oder hat sie es etwa selbst gemacht?«

»Wir können das nicht sicher sagen. Beides ist möglich. Entweder sie hat es selbst angetan oder sie ist über einen langen Zeitraum misshandelt worden.«

Winter war froh, als er sich draußen von Dr. Bertens verabschieden konnte. Raschen Schrittes ging er zur Tür, die die geschlossene Abteilung vom Rest des Krankenhauses abschirmte. Als die Tür hinter ihm zufiel, war er erleichtert.

Endlich wieder atmen können. Da drinnen, das war wirklich ein Albtraum. Sein ganz persönlicher Albtraum.

Winter ging die breit angelegte Treppe mit dem kunstvoll gearbeiteten Treppengeländer hinunter und bewunderte trotz all der gemischten Gefühle in ihm wieder einmal die hohen Fenster des Gebäudes und die Verstrebungen an der Decke.

Da kam ihm im Gang Schwester Henriette entgegen. Winter kannte sie noch von seinen Besuchen damals in der Neurologie, als er selbst Patient war. Hier in der Alten Nervenklinik waren Psychiatrie und Neurologie unter einem Dach, und für viele Menschen war das sowieso nicht auseinander zu halten. Ihre nach allen Seiten hin abstehende rote Mähne war auch im Halbdunkel des Ganges zu dieser Uhrzeit nicht zu übersehen. Auch ihre Stimme war wie immer nicht zu überhören.

»Ja, der Herr Winter, wat machen Se denn da? Hamse Sehnsucht nach uns bekommen?«

»Nein, nein, ich bin nur beruflich da und muss auch gleich wieder gehen. Wichtige Dienstgeschäfte, Sie verstehen.« Winter wollte sich an Schwester Henriette vorbeidrücken. »Sie haben es ja bestimmt auch eilig! Lassen Sie sich nicht durch mich aufhalten.«

»Nu bin ick aba bald man beleidigt! Kommse, Herr Winter, Se müssen mer erzählen, bei wem waren Se denn? Ick wette, bei der Kleenen da oben, in der Jeschlossenen! De soll ihre ejenen Großeltern abjemurkst haben. So ein kleenes Mädchen und dann so wat!«

Schwester Henriette blickte Winter triumphierend an. Der wusste, wann er sich geschlagen geben musste und gab zu, bei Gertrud Richter gewesen zu sein.

»Aber, dass die Kleine ihre Großeltern umgebracht haben soll, das ist doch Unsinn! Wer erzählt denn so etwas?«, fragte Winter.

»Na, alle wissen doch, dat se es jewesen is. Ick hoffe nur, dat se de Kleene nich oofhängen, det hat die trotzdem nich verdient.«

»Na, so weit ist es noch lange nicht! Da habe ich auch noch ein Wörtchen mitzureden. Das ist doch noch ein Kind.«

»Seh ick ooch so! Aba wat denen da oben eenfällt, dat weeß man immer nicht. Aba mal was anderes, wie jeht es Ihnen denn so, alles in Ordnung?«

Da war sie, die Frage, die Winter gefürchtet hatte. Gerade nach dem, was er eben in dem überfüllten Saal, in dem Gertrud Richter untergebracht war, gesehen hatte, wollte er auf gar keinen Fall dazu gehören. Zwar hatte er keine psychische Erkrankung, sondern eine körperliche Einschränkung, aber er wollte nicht dazu gehören. Zu denen, bei denen der Kopf nicht funktionierte. Was für eine Schande, ausgerechnet er, als Kriminaler!

»Der Doktor Heinrichs, der is nimma da, der musste an die Front, Ostfront«, fuhr Schwester Henriette fort, ohne Winters Antwort abzuwarten. »Und letzten Monat isser als Leiche zurückjekommen. Is echt schade um ihn, war een richtig guter Doktor. Es erwischt eenfach immer die Besten.«

»Das ist ja furchtbar!«

Winter sprach Schwester Henriette sein Beileid aus, schließlich hatte sie am engsten mit Doktor Heinrichs zusammengearbeitet. Außerdem hatte er Doktor Heinrichs wirklich gemocht. Dann gelang es ihm endlich, sich zu verabschieden und er flüchtete aus der Psychiatrischen Klinik.

»Wissen Sie, Absencen sind keine psychische Erkrankung«, hatte ihm Doktor Heinrichs in seiner sanften Art erklärt. »Da funktioniert nur eine kleine Schaltstelle im Gehirn nicht richtig. Wie bei einer Eisenbahn, die nicht richtig geleitet wird. Und das führt dann dazu, dass Sie so plötzlich das Bewusstsein verlieren. Außerdem wissen wir noch gar nicht, ob Sie wirklich Absencen haben. Es passiert bei Ihnen ja nur selten, da sind wir uns selbst nicht sicher.«

Insgesamt trat es bei Winter nur etwa ein- oder zweimal pro Jahr auf, dass er von einem Moment auf den anderen das Bewusstsein verlor. Wie lange das dann andauerte, konnte er selbst nicht sagen. Ob es sich um Sekunden oder Minuten handelte, er wusste es einfach nicht. Offenbar zuckten dabei auch seine Mundwinkel. Vor etwa zwei Jahren war es in Gegenwart seines Vorgesetzten von Riedel passiert. Nachdem dieser wohl etliche Male vergeblich versucht hatte, Winter wachzurütteln, hatte er ihn danach verdonnert, sich untersuchen zu lassen. Dabei war Winter dann von einem Arzt zum nächsten gewandert, bis er schließlich hier in der Alten Nervenklinik gelandet war.

Doktor Heinrichs hatte ihn damals stationär aufgenommen. Bei der heutigen Situation mit all den überfüllten Betten und Notlagern mitten im Krieg wäre das sicher undenkbar. Aber damals war Winter über etliche Tage in der Klinik gründlich untersucht worden. Er hatte das Gefühl, es gäbe keine Untersuchung, die nicht an ihm durchgeführt worden war. Am Ende war es eine Verdachtsdiagnose geblieben, weil die Ärzte sich nicht sicher waren.

Als einzig Positives hatte ihn die Krankheit davor bewahrt, in den Krieg ziehen zu müssen. Ein Soldat, der im entscheidenden Gefecht das Bewusstsein verlor, konnte die Interessen des Kaisers nicht wirklich gut vertreten. Eine Zeitlang war sogar seine Arbeit bei der Polizei gefährdet gewesen, aber da die Auswahl in Kriegszeiten ohnehin gering war und seine Anfälle ausgesprochen selten auftraten, wurde nie wieder darüber gesprochen. Und so sehr Winter oft innerlich über von Riedel schimpfte, dafür würde er ihm immer dankbar sein.

Winter lief die Stufen draußen vor der Psychiatrie hinunter. Am liebsten hätte er sie alle mit einem Mal genommen und wäre wie ein Schuljunge runtergesprungen, um so schnell wie möglich wegzukommen. Aber das ziemte sich natürlich nicht. Während er weiterging, dachte er über das nach, was er eben gehört hatte. Mit von Reutersheim würde er ein ernstes Wort sprechen müssen. Wie hatte dieser nur zulassen können, dass hier jeder über Gertruds Geschichte und die ermordeten Großeltern Bescheid wusste? Das arme Mädchen hatte doch ohnehin kaum eine Chance mehr im Leben, so oder so. Auch ohne dass sie schon im Vorfeld von allen verurteilt wurde.

KAPITEL 8

»Und wie war es vorgestern im Theater? Ist alles gut gelaufen?«, fragte Ferdinand Krüger Richard.

Sie saßen auf der wackeligen Bank im Hinterhof der Chirurgie in der Ziegelstraße und genossen die ersten Sonnenstrahlen im März. Eine kleine Pause, dann würde es wieder zurück in das Dunkel des Operationssaals gehen.

»Ja, Lotte war einfach großartig. Wolltest du nicht auch kommen und dir das Stück ansehen?«

»Eigentlich schon. Ich hatte mir schon beinahe eine Karte gekauft, aber dann ist mir die Kleine von deiner Station über den Weg gelaufen. Da konnte ich nicht widerstehen und habe sie auf einen kleinen Spaziergang in den Tiergarten eingeladen. Und es war ein vielversprechendes Treffen, kann ich dir nur sagen.«

Richard lachte. Das war typisch für seinen Freund. Ferdinand Krüger würde sich keine Gelegenheit entgehen lassen, wenn es um ein hübsches Mädchen ging.

»Du meinst Marie, die Schwesterschülerin, die kleine Blonde? Die sieht wirklich nett aus. Aber ist sie nicht ein bisschen jung für dich? Ich glaube, sie ist erst 16 Jahre alt.«

»Aber durchaus reif für ihr Alter, lass dir das von mir sagen!« Ferdinand grinste zufrieden. »Na ja, für dich ist das nichts mehr, du bist ja praktisch in festen Händen.«

Richard lehnte sich zurück an die bröckelige Wand des Gebäudes. Wie alles hier in der Ziegelstraße waren auch die Wände dringend renovierungsbedürftig. Professor Bier kämpfte seit Jahren darum, dass endlich Geld für die Renovierung des Gebäudes bereitgestellt würde. Durch den Krieg war natürlich alles erst einmal wieder in den Hintergrund gerückt. Geld würde sicherlich für lange Zeit nicht mehr zur Verfügung stehen.

»Sag mal, hast du Lust, am Sonntagvormittag mit Lotte und mir am Lietzensee einen Spaziergang zu machen? Nicht lange, da Lotte sich wieder auf ihren Auftritt vorbereiten muss, aber ein oder zwei Stündchen müssten drin sein. Deine Marie kannst du ja gerne mitnehmen.«

»Das überlege ich mir noch, ob ich sie mitnehme. Sonst denkt sie gleich, es ist etwas Ernstes. Du weißt doch, wie die Frauen sind. Aber ich komme gerne mit.«

Richard tat Marie etwas leid. Ihm war schon aufgefallen, wie Marie jedes Mal rot wurde, wenn Ferdinand auf die Station kam. Ferdinand war Stationsarzt ein Stockwerk über der Station von Richard und kam öfter einmal vorbei, wenn er eine kleine Pause machen und mit Richard reden wollte. Und Ferdinand war mit seiner massigen Gestalt und seiner Größe von über 1,90 Meter sicherlich für viele Frauen eine imposante Erscheinung.

Schon in ihrer gemeinsamen Studienzeit war Ferdinand immer der Draufgänger gewesen, der kein Fest ausließ, und Richard der Stillere von beiden, der sich eher auf seine Studien konzentrierte. Aber sie hatten sich vom ersten Tag an gut verstanden, zusammen für ihre Examina gelernt und waren auch viel miteinander ausgegangen. Richard in der Regel mit einem schlechten Gewissen, während Ferdinand als die treibende Kraft meinte, sie seien schließlich nur einmal jung und müssten das Leben genießen.

Eine Zeitlang hatte Richard gehofft, er könnte seine

Schwester Hilde mit seinem Freund verkuppeln. Dafür hatte er etliche gemeinsame Aktivitäten organisiert: Ausflüge an die Spree, Theaterbesuche oder Spaziergänge im Tiergarten. Aber zwischen Hilde und Ferdinand hatte es nie wirklich gefunkt, und jetzt war Hilde mit Friedhelm ohnehin vergeben.

»Wie geht es deinem Bein?«, fragte Richard.

»Viel besser! Mittlerweile spüre ich auch nicht mehr jeden Wetterumschwung. Da kommt man sich vor wie eine alte Frau!«

Vor mehr als einem Jahr war Ferdinand einberufen worden. Der Leiter der Chirurgie hatte sich entscheiden müssen, welchen seiner Assistenten und Oberassistenten er an der Charité behielt, und wer an die Front sollte. Dabei hatte er beschlossen, dass Richard dableiben sollte, um seine schon begonnenen Experimente zur Verbesserung der Rückenmarksnarkose weiterzuführen. Zumal er selbst an die Front gehen würde und wollte, dass die Forschung trotz des Krieges nicht vernachlässigt wurde.

»Man sieht auch fast nichts mehr, wenn du gehst. Du hinkst ja kaum noch«, meinte Richard.

Er fühlte sich immer schuldig, wenn er daran dachte, dass Ferdinand an der Front war, während er selbst zu Hause geblieben war. Sicher, die Arbeit mit den ganzen Soldaten, die versorgt werden mussten, und anschließend noch die Experimente für Professor Bier waren kein Zuckerschlecken. Er arbeitete fast rund um die Uhr, von den wenigen Momenten abgesehen, in denen er Lotte oder seine Familie traf. Manchmal würde er am liebsten alles hinwerfen und ein paar Tage lang nur noch schlafen. Aber alles war besser, als in einem Feldlazarett zu arbeiten.

»Schau nicht so schuldbewusst! Den Blick kenne ich schon. Du kannst doch nichts dafür, dass ich an die Front musste. Und ehrlich gesagt, der große Forscher bin ich einfach nicht. Von uns beiden bist das ganz eindeutig du. Ich bin eher praktisch veranlagt, ein richtiger Chirurg eben«, zog ihn Ferdinand auf. »Aber im Ernst: Das Bein ist viel besser geworden. Eigentlich kann ich der Kugel dankbar sein! Jetzt habe ich zwar ein hässliches Loch im Oberschenkel und tue mich beim Reiten schwer, aber immerhin, das Bein ist noch dran. Und der Kopf auch. Und wenn es soweit ist, dass ein Mädchen das Bein sieht, dann ist sie ohnehin schon hin und weg vom Rest.«

Richard lachte.

»Komm, lass uns wieder reingehen, die Arbeit ruft. Und ich sag Lotte Bescheid, dass du am Sonntag mitkommst. Da wird sie sich freuen.«

Richard kehrte auf seine Station zurück. Er wollte dort noch kurz nach einem Patienten sehen, einem älteren Mann, der gestern an einem Leistenbruch operiert worden war und heute Morgen über Schmerzen im Operationsbereich geklagt hatte. Danach würde er ins Auditorium der Ziegelstraße gehen, um Prof. Neugebauer bei einer Vorlesung zu assistieren, und anschließend würden sie gemeinsam die restlichen Operationen des Tages durchführen.

Während Richard die beiden Stockwerke zu seiner Station nach oben eilte, beschlich ihn ein seltsames Gefühl. Er hatte den Eindruck, als ob ihn jeder, der ihm begegnete, seltsam ansah. Die Leute grüßten ihn zwar wie sonst auch, sahen dann aber gleich wieder weg und gingen rasch weiter. Als ob er etwas verbrochen hätte, und sie nicht dabei gesehen werden wollten, wie sie sich mit ihm unterhielten. Aber das konnte doch nicht sein, das bildete er sich sicher nur ein. Es musste an dem liegen, was ihm Prof. Neugebauer im Theater erzählt hatte. Da sah er mittlerweile Gespenster!

»Hier ist Ihr Visitenrock, Dr. Oppermann, machen Sie rasch!« Oberschwester Elisabeth Bernhard drückte ihm den Rock rasch in die Hand, als sie ihn auf dem Gang sah.

»Was ist denn los, gibt es einen Notfall?«, fragte Richard, während er sich den Rock überzog.

»Der Patient in Zimmer 3, Sie wissen schon, der mit dem Leistenbruch, der macht gerade die ganze Station verrückt! Ich glaube nicht, dass das etwas Ernstes ist, aber im Moment sind alle nervös.«

»Wieso sind alle im Moment nervös?«

»Erkläre ich Ihnen später. Jetzt gehen Sie erst einmal rein und beruhigen den Patienten.« Schwester Elisabeth schob Richard in das Zimmer, bevor er weiter nachfragen konnte.

Richard hatte von Anfang an akzeptiert, dass Schwester Elisabeth auf der Station das Sagen hatte. Dadurch waren sie immer gut miteinander ausgekommen, und Richard hatte von Schwester Elisabeth mehr gelernt als von einigen seiner Oberassistenten. Ihre jahrzehntelange Erfahrung war für ihn gerade zu Beginn ausgesprochen wertvoll gewesen, und sie hatte sie ihm bereitwillig zur Verfügung gestellt.

Allerdings schienen viele der Schwesternschülerinnen sie zu fürchten. Mit dem festen Dutt aus grauen Haaren und der dunklen Brille sah sie auch ausgesprochen streng und unnahbar aus. Besonders Marie kritisierte Schwester Elisabeth oft und, wie Richard fand, viel zu hart. Den Patienten gegenüber war sie allerdings warmherzig und fürsorglich, da konnte kommen, was wollte.

»So, Herr Meier, hier ist Dr. Oppermann, der wird sich Ihre Wunde gleich einmal ansehen.«

Schwester Elisabeth schlug die Bettdecke zurück und zog das Nachthemd von Herrn Meier nach oben.

»Guten Tag, Herr Meier. Jetzt lassen Sie mal sehen, ob mit der Wunde alles in Ordnung ist.«

Richard beugte sich zu dem Patienten hinunter. Täuschte er sich oder war Herr Meier zurückgezuckt, als Richard sich ihm näherte? Er wurde wohl langsam paranoid!

Herr Meier, ein kleines Männchen mit großer Brille, drückte sich tiefer in sein Bett, als wollte er am liebsten darin verschwinden.

»Nun wird es ein Moment wehtun«, warnte Richard den Frischoperierten, als er den Verband von der Wunde abzog. »Gleich ist es vorbei.«

Die Wunde lag sauber und ohne jegliches Anzeichen einer Entzündung vor ihnen.

»Herr Meier, das sieht wirklich sehr gut aus, alles in Ordnung.« Schwester Elisabeth nickte zur Bestätigung. »Ich kann mir gar nicht erklären, woher Ihre Schmerzen kommen.«

»Es ist auch schon viel besser, das habe ich mir wohl nur eingebildet«, antwortete Herr Meier und sah Richard dabei nicht in die Augen.

»Fassen Sie nicht auf die Wunde und bleiben Sie so liegen, Herr Meier. Schwester Marie kommt gleich und macht Ihnen einen neuen Verband. Aber nichts anfassen!«, warnte ihn Schwester Elisabeth, und sie verließen das Zimmer.

»Na, den hätten Sie vorhin mal hören sollen, wie der geschimpft hat! Und jetzt, kaum sind Sie da, traut er sich keinen Mucks mehr von sich zu geben und ist ganz friedlich.«

»Schwester Elisabeth, nun müssen Sie mir aber sagen,

was los ist.« Richard drehte sich auf dem Gang noch einmal um, um sicher zu sein, dass niemand in der Nähe war und ihnen zuhören konnte. »Es ist schließlich meine Station. Warum sind alle so nervös? Hat das etwas mit dem Tod von Erich Wiedemann zu tun?«

»Ja.« Schwester Elisabeth war es anzusehen, dass es ihr mehr als unangenehm war, Richard diese Mitteilung machen zu müssen. »Heute Morgen ist der Verwaltungsdirektor Dr. Eckhardt zusammen mit Prof. Neugebauer auf die Station gekommen. Da waren Sie noch im Operationssaal. Und dann haben sie erst uns Schwestern befragt. Wie Sie so arbeiten, ob Sie sich für die Patienten genug Zeit nehmen und ob Sie die Hygienevorschriften beachten. Vor allem Dr. Eckhardt hat die Fragen gestellt. Prof. Neugebauer stand nur daneben und hat ernst geschaut. Dann sind sie sogar zu den Patienten gegangen, und Dr. Eckhardt hat sie noch einmal das Gleiche gefragt. Wie sie sich betreut fühlen und ob sie zufrieden sind. Seitdem ist hier der Teufel los. Was meinen Sie, wie viele Patienten schon zu mir gekommen sind und mich gefragt haben, ob es denn stimmen würde, dass hier Patienten ohne Grund versterben. Herr Schuster aus dem Zimmer ganz hinten, Sie wissen schon, der mit der Gallenblase, der hat sich selbst entlassen und ist einfach gegangen. Das sei ihm hier zu gefährlich, lieber würde er dann zu Hause sterben.«

»Das darf doch nicht wahr sein! Sind die denn alle verrückt geworden?«

»Das können Sie laut sagen! Und dann hat Dr. Eckhardt auch noch die Akten mitgenommen, von Erich Wiedemann und dem Jungen aus Sachsen, der letzte Woche so plötzlich gestorben ist. Jetzt liegen sie erst einmal drüben in der Verwaltung, und er will sie sich in Ruhe durchlesen.«

»Aber Dr. Eckhardt versteht doch gar nicht, was in den Akten steht. Das ist gar nicht sein Gebiet, er ist doch kein Arzt.«

»Sie wissen doch, von wem er Unterstützung erhält. Ihr netter Kollege Dr. Konrad Hoffmann, der lieber die Hälfte seiner Zeit drüben in der Verwaltung verbringt, anstatt hier zu operieren. Angeblich um einen Hygieneplan für die ganze Klinik aufzustellen. Das wäre dem doch viel zu viel Arbeit, da ist der doch viel zu bequem dafür!«

Langsam begann es bei Richard zu dämmern, wem er das alles zu verdanken hatte.

»Und hat Prof. Neugebauer noch etwas gesagt?«

»Ja, Sie brauchen für die Vorlesungsassistenz heute nicht zu kommen. Das soll Dr. Krüger machen. Und auf die Operationen heute Nachmittag bittet er Sie zu verzichten und lieber eine Stellungnahme zu den beiden Patienten zu schreiben. Morgen früh ist dann der Termin bei Dr. Eckhardt, um 6.30 Uhr. Bis dann soll das fertig sein, meinte er.« Schwester Elisabeth sah ihn mitleidig an. »Kopf hoch, Dr. Oppermann, nächste Woche ist sicher alles überstanden.«

Richard war sich ganz und gar nicht sicher, dass nächste Woche alles wieder in Ordnung war. Aber er nickte Schwester Elisabeth zu und ging in sein Arztzimmer. Dort versuchte er, sich auf die Stellungnahme zu konzentrieren, aber die Buchstaben verschwammen vor seinen Augen. Das würde er auf später verschieben müssen. Jetzt brauchte er erst einmal frische Luft. Und zum ersten Mal, seit er vor vier Jahren als Assistent angefangen hatte, verließ Richard Oppermann bereits mittags die Klinik.

KAPITEL 9

Luise Schreiber saß im Schaukelstuhl im Wohnzimmer der elterlichen Wohnung in der Bergmannstraße und machte sich Sorgen. Seit der schrecklichen Hochzeit ihres Cousins Max Winter hatte sie nichts mehr von ihrem Verlobten gehört. In der Regel schrieben sie sich abwechselnd jeden zweiten Tag. Es kam schon einmal vor, dass ein Brief verloren ging oder Wochen später eintraf, schließlich war Krieg. Aber dass über eine Woche kein Brief kam, war bisher noch nie vorgekommen. Luise wippte hin und her und hatte Mühe, ihre Unruhe irgendwohin zu lenken. Sie hatte schon versucht, ein paar Zeilen zu schreiben. Kleine Gedichte, wie sie sie sonst öfter zwischendurch schrieb. Aber heute fehlte ihr einfach die Ruhe dafür.

Zum Glück waren ihre Eltern beide im Laden, sodass sie den Tag über alleine zu Hause bleiben konnte. Zwar gab es im Laden immer weniger zu verkaufen, dafür wurden die Schlangen davor jeden Tag länger. Die Schreibers verbrachten bald mehr Zeit damit, den aufgebrachten Kunden zu erklären, es gäbe eben nicht mehr Butter als auf der Butterkarte verzeichnet, oder dieses und jenes sei gar nicht mehr vorrätig, als tatsächlich etwas zu verkaufen. Aber sie mussten auch an die Zeit nach dem Krieg denken. Sie konnten es sich schließlich nicht leisten, ihre Kunden dauerhaft zu verprellen. Immerhin musste Luise nur noch selten mithelfen. So viel gab es dann doch nicht mehr zu tun. Und Luise war darüber mehr als froh. Wie hatte sie es immer gehasst, im Laden zu stehen und die Kunden zu bedienen!

Allerdings schien es im Moment, als wolle die Zeit überhaupt nicht vorübergehen, und es gab nichts, um sie abzulenken. Die protzige Standuhr, die ihr Vater vor dem Krieg für teures Geld gekauft hatte, tickte vor sich hin. Die alte Anrichte aus der Biedermeierzeit und der schwere Historismus-Schrank, die nicht wirklich zusammenpassten, alles dies erdrückte Luise schier. Was war nur mit Alfred los, warum schrieb er nicht? Die Möbel schienen sie zu verhöhnen und zu sagen: Du gehörst uns und du kommst hier nicht mehr raus. Bitte, bitte, lass Alfred nicht gefallen sein, dachte Luise, sonst muss ich für immer hier bleiben.

Die Türglocke klingelte. Luise sprang auf und rannte zur Tür. Und tatsächlich, draußen stand der Postbote.

»Da guck mal eener an, des Frollein Schreiber is aba schnell an der Tür jewesen. Hamse oof Post von Ihrem Liebsten jewartet, wat?«

Ein leichter Alkoholgeruch stieg Magda in die Nase, vermischt mit Zigaretten. Aber das war ihr im Moment völlig egal, und sie riss dem Postboten den Brief fast aus der Hand.

»Na, immer langsam mit den jungen Pferden. So schnell jeht das nicht! Aber ick will man nisch so sein, hier hamse den Brief. Und een zweiter is ooch dabei, hier isser.«

Der Postbote lüftete noch seine Mütze zum Abschied, grinste anzüglich und machte sich fröhlich pfeifend auf den Weg.

Luise hielt die beiden Briefe ganz fest und eilte ins Haus zurück. Einer der Briefe war tatsächlich von Alfred, der zweite von ihrem Cousin Max Winter.

Luise ging rasch in ihr eigenes Zimmer. Sie wollte auf gar keinen Fall gestört werden, wenn sie Alfreds Brief las. Und man konnte nie wissen, ob ihre Mutter nicht plötzlich in der Tür stand, weil sie etwas vergessen hatte. Oder einfach sehen wollte, was Luise so machte.

Sie schloss die Tür hinter sich ab und setzte sich auf ihr Bett.

Meine liebe Luise,

Du hast nun eine Weile nichts von mir gehört. Ich weiß, Du bist vor Sorge sicher ganz außer Dir, was auch nicht unberechtigt war. Dies sind die ersten Zeilen, die ich seit über einer Woche schreibe und ich werde mich auch kürzer fassen, als Du es von mir gewöhnt bist und mich auf die Fakten beschränken. Für Poesie ist es nicht der richtige Moment.

In der letzten Schlacht an der Maas hat mich eine Granate getroffen. Das unglaubliche Gemetzel dort kann durch Worte nicht beschrieben werden und ich werde es Deiner zarten Seele auch ersparen, jetzt oder später jemals davon zu berichten. Die traurige Nachricht: Ich habe meinen linken Unterarm verloren. Nachts kann ich vor Schmerzen nicht schlafen, es gibt nicht genug Morphin mehr, sodass ich meist wach liege und in mein Kissen beiße, um nicht laut zu schreien. Tagsüber ist es erträglicher. Die Wunde scheint allerdings gut zu verheilen, wenn ich den Ärzten glauben darf. Und immerhin ist es der linke Unterarm und nicht der rechte, den ich doch für meine Arbeit und das Schreiben so dringend brauche. Du siehst, ich habe noch Glück im Unglück gehabt. Und einige der Verletzungen, die ich hier um mich herum sehe, lassen meine eigene fast gering erscheinen.

Morgen trete ich die Heimfahrt nach Berlin an. Hier wird jedes Bett dringend benötigt. Ein Krankentransport wird mich und andere mit einem ähnlichen Schicksal über dem Landweg zur nächsten deutschen Eisenbahnstation bringen. Anschließend geht es mit dem Zug weiter. Vermutlich bin ich in ein bis zwei Wochen wieder in Berlin, je nachdem, wie wir durchkommen. Dort muss ich zur weiteren medizinischen Versorgung zunächst noch in eine chirurgische Klinik, ich vermute, in die Charité.

Liebe Luise, die letzten Tage haben mir wieder einmal gezeigt, wie kurz und unberechenbar das Leben ist. Ich würde Dich, wenn Du mich noch willst, und da bin ich mir sicher, da ich Deine reine und gute Seele kenne, am liebsten so bald wie möglich heiraten. Ich habe von anderen hier gehört, man kann mittlerweile auch schnell und ohne große Umstände in der Klinik heiraten. Vielleicht könntest Du Dich in der Zwischenzeit um einen Pfarrer kümmern? Wir sollten keine Zeit mehr verlieren und unser gemeinsames Leben so bald wie möglich beginnen. Eine Bitte nur, ohne Dir und Deiner Familie zu nahe treten zu wollen: Ich bin noch immer sehr geschwächt und nicht in der Lage, viele Menschen um mich herum zu haben. Mir wäre es am liebsten, wenn wir beide ganz alleine heiraten würden, ohne Dritte. Das ist sicherlich für Deine Eltern enttäuschend, aber in Anbetracht der Umstände, denke ich, werden sie dafür Verständnis haben.

In Liebe, Dein Alfred

Luise schluchzte. Ihr armer Alfred, was hatte er alles mitgemacht! Und sie hatte von all dem nichts gewusst, während er um sein Leben kämpfte. Sicher, sie hatte geahnt, dass etwas nicht stimmte. Aber er war ganz alleine dort draußen an der Front gewesen und fast gestorben. Luise schluchzte immer lauter. Ihr war es egal, ob die Nachbarn sie hören konnten und was sie von ihr dachten. Alfred lebte, das war das Einzige, das zählte. Und wenn sie ehrlich zu sich war, mischte sich noch ein anderes Gefühl darunter. Erleichterung darüber, dass Alfred sie immer noch wollte. Und nun sogar auf die Heirat drängte.

Die Worte von Helene Winter, kein Mann wolle so eine Bohnenstange wie sie, waren ihr die ganze Zeit über nicht aus dem Kopf gegangen. Was wäre, wenn Alfred, fern von ihr, auch solche Gedanken hätte. Vielleicht hatte er es sich während der langen Trennung noch einmal anders überlegt. Das hätte sie nicht ertragen. Sie hatte sich dazu gezwungen, zu essen, trotz all der Sorgen um ihn, nur um nicht noch dünner zu werden. Jeder Bissen war ihr schwergefallen.

Aber nun war alles in Ordnung, er lebte und wollte mit ihr zusammen sein.

Seine Verletzung würden sie schon meistern, und es würde sie noch enger zusammenbringen, als sie es ohnehin bereits waren.

Luise trocknete sich die Tränen. Ihre Augen waren rotgeweint, aber das machte nichts. Sie kämmte sich kurz ihre Haare, dann zog sie sich ihren Mantel an. Beim Hinausgehen sah sie den Brief von Max Winter auf ihrer Kommode liegen. Einen kurzen Moment überlegte sie, ob sie ihn einfach zerreißen und ungelesen in den Abfalleimer werfen sollte. Aber Max konnte schließlich nichts dafür, dass seine Frau ihr so viel Kummer bereitet hatte.

Max schrieb: »*Liebe Luise, Helene und ich würden uns*

freuen, wenn Du und Deine Eltern übermorgen Abend auf einen kleinen Umtrunk bei uns vorbeischauen würdet. Wir sind nun in unserer neuen Wohnung eingezogen und würden Euch gerne als unsere Gäste begrüßen. Es ist zwar noch lange nicht alles fertig und es gibt noch viel zu tun, aber für einen ersten Besuch ist es, denke ich, nun akzeptabel. Gib uns doch Bescheid, ob Ihr kommen könnt. Dein Max und Deine Helene.«

Offensichtlich hatte Max ein schlechtes Gewissen. Er hatte sicher mit der neuen Wohnung und seiner Arbeit mehr als genug zu tun. Dass er sie trotzdem einlud, konnte nur mit dem Vorfall auf der Hochzeit zusammenhängen. Aber wenn Luise daran und an die angespannte Stimmung am Morgen danach im Haus der Winters in Templin dachte, wusste sie, sie würde eine Weile brauchen, bis sie Helene Winter wieder in die Augen sehen konnte. Sie würde Max absagen und auch aufpassen, dass ihre Mutter die Einladung erst gar nicht zu sehen bekam. Magda Schreiber war es durchaus zuzutrauen, aus reiner Neugierde doch dort vorbeizugehen und ihr dann hinterher stundenlang davon zu berichten. Und über Helene zu schimpfen. Das wollte sich Luise lieber ersparen und steckte den Brief vorsichtshalber in ihre Handtasche.

Das nächste Mal würde sie Helene Winter als verheiratete Frau gegenüberstehen.

Fast den ganzen Weg zum Pfarramt ihrer evangelischen Gemeinde rannte Luise. An dem elterlichen Laden war sie rasch vorbeigehuscht, um nicht von ihnen entdeckt zu werden. Die Leute auf der Straße sahen sie mitleidig an, ein verweintes Gesicht kam in dieser Zeit häufig vor. Sie wussten natürlich nicht, dass Luise so glücklich war wie schon lange nicht mehr. Ihr Alfred kam nach Hause, wie lange hatte sie darauf gewartet!

Jetzt würde alles gut werden, endlich. Nichts konnte sie mehr trennen.

KAPITEL 10

»Winter, es kann doch nicht sein, dass Sie im Mordfall Kaminski noch keinen Schritt weitergekommen sind!«, herrschte von Riedel Winter an. »Eine geschlagene Woche ist das nun her, und nichts hat sich getan, das gibt es doch nicht.«

Kriminalinspektor von Riedel war ausgesprochen schlechter Laune. Der Krieg begann langsam, ernsthaft sein Wohlbefinden einzuschränken. Gestern Abend erst, da hatten er und eine Runde befreundeter Herren vorgehabt, zunächst eine Runde Billard zu spielen und dann einen gemütlichen Umtrunk in einem ihrer Stammlokale zu nehmen. Alles Herren in gesetztem Alter und in gehobenen Positionen. Dann waren sie wie Schuljungen vor dem Billardlokal gestanden, alles war dunkel, nur an der Tür hing ein Schild *Wegen Trauerfall in der Familie geschlossen.* Als sie stattdessen ein gemütliches Bier in einer ihrer bevorzugten Lokalitäten einnehmen wollten, zuckte der Wirt dort nur mit den Achseln und meinte, er hätte nichts mehr. Kein Bier, keinen Wein und auch sonst nichts. Es sei eben Krieg, da könne er nichts machen. Mit den Schurken vom Schwarzmarkt wolle er nichts zu tun haben.

Einfach unglaublich, von Riedel konnte es immer noch nicht fassen. Er war dann nach Hause gegangen und hatte den Abend neben seiner Frau auf dem Sofa ihrer Mietwohnung am Kaiserplatz verbracht. Nicht das, was er sich unter einem besonders erfreulichen Abend vorstellte.

»Gertrud Richter, die einzige Zeugin, spricht kein Wort. Es ist nichts aus ihr herauszubekommen«, rechtfertigte sich Winter. »Der behandelnde Arzt meint, es kann noch Wochen dauern, bis sie etwas sagt. Wenn überhaupt.«

»Und was ist mit den Nachbarn? Es gibt doch immer Nachbarn.«

»Dort hat keiner etwas gesehen. Ich habe mit allen gesprochen. Keiner kannte die Kaminskis wirklich, und niemand ist je in der Wohnung gewesen.« Eilig sprang von Reutersheim ein, um die Situation zu retten, und verhaspelte sich vor Nervosität ein paarmal.

»Dann gehen Sie eben noch einmal hin, von Reutersheim, und sprechen wieder mit allen. So oft, bis Sie etwas erfahren!«, donnerte von Riedel. »Und Sie, Winter, kümmern Sie sich wieder mehr um den Fall als um Ihr Privatleben. Die Flitterwochen sind vorbei, damit das klar ist. Um alles muss man sich hier selbst kümmern, nicht zu fassen!«

Mit diesen Worten drehte sich von Riedel um und verließ den Besprechungsraum im Polizeipräsidium.

»Was ist denn mit dem los?«, fragte Dr. Schmidt. »Ist ihm eine Laus über die Leber gelaufen?«

»Keine Ahnung. Vielleicht hat er einen Rüffel vom Polizeipräsidenten bekommen und gibt das nun an uns weiter.«

Winter spürte den Anflug eines schlechten Gewissens. So ganz unrecht hatte von Riedel nicht, wenn er ehrlich zu sich war. Nach seinem Besuch in der Psychiatrie Anfang letzter Woche hatte er den Fall zunächst einmal ruhen lassen. Er versprach sich ohnehin wenig davon, weitere Befragungen durchzuführen. Die Kaminskis hatten offensichtlich in ihrer eigenen Welt gelebt, und die Tat sah am ehesten nach einer Familientragödie aus.

Winter hatte daher die freie Zeit genutzt und sich ein paar Mal vom Revier gestohlen, um die Wohnung in der Waldemarstraße 71 weiter vorzubereiten. Schließlich sollte alles in Ordnung sein, wenn Helene heute käme.

»Von Reutersheim, am besten machen Sie gleich, was von Riedel angeordnet hat, und befragen die Nachbarn ein zweites Mal.« Winter drehte sich zu seinem jungen Kollegen. »Ich komme morgen dazu und helfe Ihnen dabei, aber fangen Sie schon einmal an.«

Von Reutersheim nickte, und sie verließen zusammen den Besprechungsraum.

Auf dem Weg zu seinem Zimmer lief Winter direkt in die Arme von Elise Weber, der Vorzimmerdame seines Vorgesetzten.

»Herr Winter, machen Sie schnell, Kriminalinspektor von Riedel muss Sie noch einmal dringend sprechen. Ich habe Sie schon überall gesucht. Bin ich froh, dass ich Sie endlich gefunden habe.« Elise Weber war völlig außer Atem. Sie war nicht mehr die Jüngste und offensichtlich bei der Suche nach Winter einige Treppen auf und ab gelaufen.

Was konnte von Riedel von ihm wollen, überlegte Winter. Wollte er ihm ein zweites Mal die Leviten lesen?

»Kommen Sie mit, ich bringe Sie zu Herrn von Riedel.«

Winter folgte Elise Weber und wunderte sich wie schon oft über deren unermüdlichen Einsatz für ihren Vorgesetzten. Von Riedel neigte dazu, seine Vorzimmerdame herumzukommandieren, vor allem, wenn er selbst unter Druck stand. Aus einer alten preußischen Familie stammend, schien das ihrer Loyalität jedoch keinen Abbruch zu tun.

»Herr Winter, darf ich Ihnen Frau Wiedemann vorstellen?« Von Riedel machte eine Handbewegung in Richtung der schwarz gekleideten Frau mittleren Alters, die ihm gegenüber in einem der beiden Stühle saß. »Frau Wiedemann hat letzte Woche einen schmerzlichen Verlust erlitten. Ihr Sohn Erich ist nach der Rückkehr von der Front gestorben. Frau Wiedemann ist zu uns gekommen, da sie Zweifel an den näheren Umständen des Todes ihres Sohnes hat.«

»Det is nischt mit rechten Dingen zujegangen, wie der Erich jestorben is«, berichtete Frau Wiedemann, während sie mit ihrer rechten Hand ein schmutziges Taschentuch knetete. »Der war janz jesund, obwohl sie ihm das untere Bein abjenommen haben. Der hat sich schon so oof zu Hause jefreut, det ist jar nischt zu beschreiben. Und dann musste er noch eenmal in die Charité und dort isser dann jestorben. Eenfach so, ohne irgendeenen Grund. Det is nich mit rechten Dingen zujegangen. Herr Winter, ick habe schon viel von Ihnen jehört und ick will, dass Sie das untersuchen.«

Winter dämmerte, weshalb ihm die Geschichte von Frau Wiedemann so bekannt vorkam.

»Ja, Magda Sieber hat mir viel von Ihnen erzählt und det Sie bei der Polizei sind. Und der beste Kriminaler, den man sich vorstellen kann. Und wie leid es ihr tut, dass Sie ausziehen werden.«

Winter sah, wie von Riedel schluckte. Aber von Riedel fing sich rasch wieder, ein guter Mitarbeiter gereichte schließlich auch ihm zu Ehren.

»Ja, Frau Wiedemann, da haben Sie recht. Herr Winter ist einer meiner besten Männer. Setzen Sie sich doch, Herr Winter.« Von Riedel zeigte auf den zweiten Stuhl.

Winter nahm Platz und fühlte sich wie immer in von Riedels Büro wie ein Pennäler, der von seinem Schuldirektor einen Verweis bekam. Das lag sicher auch daran, dass die Besucherstühle deutlich niedriger als der Schreibtisch und von Riedels eigenem Stuhl dahinter waren. Von Riedel hatte sich sein Büro feudal eingerichtet, neben dem großen Schreibtisch gab es eine herrschaftliche Sitzecke für die gehobenen Besucher, ein Bücherregal, das mehrere Enzyklopädien enthielt, die alle wie neu aussahen, und ein Ölgemälde, das von Riedel in staatsmännischer Pose zeigte. Winter hatte gehört, dem Polizeipräsidenten sei das Zimmer des Kriminalinspektors ein Dorn im Auge, da es in seinen Augen in keiner Weise zur nüchternen Arbeit eines Kriminalers passte. Ob das stimmte, wusste Winter nicht, er fand das Zimmer schlicht überladen.

»Mein Beileid, Frau Wiedemann. Das ist wirklich eine schreckliche Geschichte.«

»Und in der Charité, da war ick schon überall, und nischt is passiert. Was soll ick noch machen? Ob se ihn richtig umjebracht haben oder nur jeschlampt haben, det weiß ick nischt.« Frau Wiedemann fing nun an, in das Taschentuch zu weinen.

»Frau Wiedemann, wir kümmern uns darum. Herr Winter wird den Fall persönlich untersuchen. Ich verspreche Ihnen, wir finden heraus, was passiert ist. Ein junger Mann, der für sein Vaterland in den Krieg gezogen ist, der hat bei uns natürlich allerhöchste Priorität! Nicht wahr, Herr Winter?« Von Riedel legte alle Grandeur in seine Stimme, zu der er fähig war.

Winter rannte zur Hochbahn. Er musste unbedingt die nächste Bahn in Richtung Hauptbahnhof erwischen, um Helene rechtzeitig vom Zug abholen zu können. Die Unterredung mit Frau Wiedemann hatte seine ganze Tagesplanung durcheinander gebracht. Nach seiner

Absichtserklärung hatte von Riedel sie mit dem Hinweis auf ein Treffen mit dem Polizeipräsidenten eilig verabschiedet. Winter hatte Frau Wiedemann in sein Dienstzimmer mitgenommen, und sie hatte ihm dort alles noch einmal ausführlich erzählt, unterbrochen von zahlreichen Weinkrämpfen. Dafür musste er sich nun beeilen, in weniger als einer Stunde würde Helene in Berlin ankommen.

Winter drängte sich an den Leuten vorbei und riskierte den einen oder anderen unfreundlichen Kommentar, weil er sich vordrängelte. Er lief die Treppe hinauf. Da, die Bahn stand noch mit offener Tür auf dem Gleis und ein letzter Passagier stieg gerade ein. Winter sprang hinterher und die Türen schlossen sich hinter ihm. Geschafft. Die Bahn fuhr los, vorbei an Berliner Dom, Hackeschem Markt, an der Museumsinsel und dem Bahnhof Friedrichstraße zum Hauptbahnhof. Am Hauptbahnhof stieg Winter aus, suchte das Gleis, an dem der Zug aus Templin ankommen sollte, lief erst in die falsche Richtung, fand dann das richtige Gleis und war gerade rechtzeitig da, als der Zug eintraf.

»Herr Winter, gehe ich richtig in der Annahme, Sie wollen mich abholen?« Helene stand in der Tür des Zuges und sah mit ihrem eleganten Reisekleid und dem dunklen Hut bezaubernd aus. »Ich hoffe, Sie haben mich vermisst!«

»Mehr als das. Vermisst ist gar kein Ausdruck!« Winter half Helene zunächst beim Aussteigen und holte dann ihre beiden schweren Koffer aus dem Zug.

»Ich freue mich so, dass du endlich da bist. Und du wirst sehen, die Wohnung ist wirklich schön geworden und alles wartet nur auf dich.« Winter zog Helene an sich und gab ihr einen Kuss. Seine Frau, irgendwie konnte er es immer noch nicht fassen. »Komm, zur Feier des Tages nehmen wir eine Pferdedroschke. Nach Ihnen, Frau Winter, und lassen Sie sich von Ihrem neuen Domizil überraschen.«

KAPITEL 11

»Herr Oppermann, kommen Sie herein.« Dr. Eckhardt winkte Richard in sein Zimmer. »Letzte Woche hat es ja leider mit unserem Treffen nicht geklappt. Aber Sie verstehen, es gab wichtige Angelegenheiten zu regeln, finanzieller Natur. Das hat dann natürlich Vorrang, da geht es schließlich um die Zukunft der Charité.«

»Ich verstehe«, meinte Richard und dachte daran, wie er letzte Woche früh morgens nach einer schlaflosen Nacht voller Nervosität vor dem Zimmer des Verwaltungsdirektors gesessen war.

In der Hand die vorbereitete Stellungnahme zu den beiden Todesfällen. Über eine Stunde hatte er gewartet, dann informierte ihn die Sekretärin, Dr. Eckhardt habe einen dringenden auswärtigen Termin und könne heute leider nicht mehr kommen. Er, Richard, könne aber zurück auf seine Station und dürfe ab sofort auch wieder operieren. Schließlich sei Krieg, und jeder Mann würde dringend gebraucht. Prof. Neugebauer, sein Vorgesetzter, wisse bereits Bescheid.

»So, Herr Oppermann, nun berichten Sie einmal, was ist auf Ihrer Station passiert? Wie konnte es zu solchen Vorfällen kommen?« Dr. Eckhardt setzte sich schwerfällig an den runden Besprechungstisch und winkte Richard, ebenfalls Platz zu nehmen.

Dem Verwaltungsdirektor standen die Schweißtropfen auf der Stirn, was in erster Linie an seiner Korpulenz lag und daran, dass ihn jegliche Art von körperlicher Bewegung über die Maßen anstrengte.

»Ich weiß nicht, was mit Erich Wiedemann und dem Gefreiten aus Sachsen passiert ist. Die Operationen sind ohne Zwischenfälle verlaufen, und beide sollten in den nächsten Tagen entlassen werden. Es handelte sich lediglich um die Revision einer Operationsnaht nach Amputation. Das war nichts Außergewöhnliches, ein reiner Routineeingriff. Hier ist auch noch meine schriftliche Stellungnahme dazu.«

Dr. Eckhardt nahm den zweiseitigen Bericht, den Richard ihm reichte, warf einen kurzen Blick darauf und legte ihn zur Seite.

»Ja, ja, schon gut. Was mich allerdings interessieren würde, wenn die Todesfälle so unerwartet eingetreten sind, warum haben Sie dann keine Obduktion veranlasst?«

»Ich weiß, das war ein Fehler«, gestand Richard ein. »Aber bei den vielen Todesfällen und der ganzen Arbeit habe ich nicht daran gedacht.«

»Sie wissen, dass die Mutter von Erich Wiedemann bei der Polizei war? Es wird nun ein offizielles Verfahren geben. Das bedeutet, wir müssen sicher sein, dass hier kein Fehler unterlaufen ist.«

»Ich bin mir keines Fehlers bewusst, so sehr ich auch darüber nachdenke. Die hygienischen Maßnahmen sind alle streng nach Vorschrift eingehalten worden. Und die Wundränder sahen bei beiden Patienten nach der Operation einwandfrei aus. Es gab keine Anzeichen einer Entzündung. Und keiner der beiden hatte Fieber.«

»Sehen Sie, das ist einer der Punkte, die uns im Moment verwundern. Ich bin ja kein Mediziner, aber Prof. Neugebauer ist aufgefallen, dass das jeweils letzte Blatt in beiden Krankenakten fehlt. Das bedeutet, es gibt keinen Nachweis, dass kein Fieber aufgetreten war. Oder, dass die Temperatur überhaupt gemessen wurde. Was aus Sicht von Prof. Neugebauer natürlich fahrlässig gewesen wäre.«

Richard verschlug es die Sprache. Das würde ja bedeuten, jemand hätte die Blätter absichtlich entfernt.

Und das Schlimmste war, er konnte sich nicht wirklich an die Temperatur erinnern. Sicher, er ging davon aus, ein richtiges Fieber wäre ihm aufgefallen, aber genau sagen konnte er das nicht. Es waren einfach zu viele Operationen, zu viele Amputationen und zu viele junge Soldaten, die alle ähnlich aussahen.

»Wissen Sie, Herr Oppermann, ich kann verstehen, dass Sie überlastet sind.« Dr. Eckhardt beugte sich nach vorne. »Bei den vielen Ärzten, die an der Front sind und deren Arbeit Sie mitmachen müssen. Und die vielen Soldaten, die versorgt werden müssen. Und jeden Tag kommen neue. Das haut den stärksten Mann um. Und dann führen Sie auch noch die Experimente für Prof. Bier durch und sind in der Forschung ehrgeizig. Wollen was erreichen. Ist auch gut so, davon lebt die Charité. Aber irgendwann wird es vielleicht auch mal zu viel. Das ist nichts Ehrenrühriges. Nur, wenn es so ist und Sie überlastet sind, dann ist jetzt der richtige Zeitpunkt, es zu sagen.«

»Nein, nein. Es ist zwar viel zu tun und ich hätte gerne mehr Zeit für die Forschung, aber ich bin nicht überlastet«, verteidigte sich Richard.

Er stellte sich für einen kurzen Moment das Gesicht seines Vaters Gustav vor, sollte er zu Hause erzählen, er sei wegen Überlastung vom Dienst freigestellt. Denn darauf lief die Frage von Dr. Eckhardt natürlich hinaus. Welch eine Schande für die Familie, für seinen Vater würde eine Welt zusammenbrechen.

»In Ordnung, dann nehme ich Ihr Wort dafür.« Dr. Eckhardt nickte und lehnte sich in seinem Stuhl zurück. Er schien zu grübeln. »Das mit den vielen Soldaten ist wirklich ein Problem. Nicht nur medizinisch, auch finanziell. Ein reines Desaster. Keiner von denen hat Geld, auch die Familien nicht. Und wir können sie nicht entlassen, dazu sind sie zu krank. Dann liegen sie hier Ewigkeiten und nehmen die Betten weg. Sie wissen ja selbst, wie es auf den Stationen aussieht. Wie im Feldlazarett, mit all den Notbetten. Kein Wunder, dass die Patienten mit Privatvermögen nicht mehr kommen. Und wir bräuchten das Geld so dringend. Ich habe schon versucht, einige der Soldaten auf andere Häuser zu verlegen. Aber da muss man vorsichtig sein, sonst wird einem noch fehlender Patriotismus vorgeworfen. Was ich Ihnen eben gesagt habe, bleibt unter uns, das versteht sich.«

Dr. Konrad Hoffmann lehnte genüsslich an der schmutzigen Heizung im Gang der Station und blätterte eine Patientenakte durch. Sein ansonsten peinlich sauberer Visitenrock würde später einen schwarzen Streifen an dieser Stelle haben, aber daran schien Dr. Hoffmann im Moment nicht zu denken.

»Was machen Sie auf meiner Station? Und vor allem mit der Akte eines meiner Patienten?« Richard bemühte sich erst gar nicht, freundlich zu sein. Über dieses Stadium waren er und Dr. Hoffmann längst hinaus.

»Prof. Neugebauer und Dr. Eckhardt haben mich darum gebeten, Sie bei Ihrer Arbeit zu unterstützen.« Dr. Hoffmann ließ sich jedes Wort auf der Zunge zergehen. »Haben sie Ihnen nicht Bescheid gegeben?«

»Nein, ich weiß nichts davon.«

»Dann wissen Sie es jetzt. Und wenn Sie mich fragen, sind Sie noch viel zu gut davongekommen. Wenn ich Ihr Vorgesetzter wäre, hätte ich Sie längst rausgeworfen.«

»Sind Sie aber nicht. Und wir beide wissen doch ganz genau, es geht hier nicht um das Wohl der Patienten.« Richard bemühte sich, trotz seines Ärgers leise zu sprechen. Schließlich standen sie auf dem Gang, und es konnte jederzeit ein Patient oder eine Krankenschwester vorbeikommen. »Sie sind doch nur neidisch, weil Prof. Bier mir seine wichtigen Experimente übertragen hat und Sie nur das machen dürfen, was übrigbleibt. Seit ich hier bin, versuchen Sie, meine Arbeit zu untergraben. Ich weiß genau, wem ich das hier zu verdanken habe. Sie haben doch Dr. Eckhardt erst auf die Idee gebracht, ich hätte nicht ordentlich gearbeitet.«

»Ich verbitte mir Ihre Unterstellungen. Es war meine Pflicht als Hygienebeauftragter, Dr. Eckhardt auf mögliche Missstände hinzuweisen. Und es ist ja auch kein Wunder, dass Sie sich nicht um Ihre Patienten kümmern können, wenn Sie die ganze Zeit im Labor stehen.«

»Im Labor arbeite ich in meiner freien Zeit. Abends und am Wochenende. Wenn die Patienten versorgt sind.« Richard wusste, es hatte keinen Sinn, sich mit Dr. Hoffmann auseinanderzusetzen oder sich gar zu rechtfertigen, aber er konnte sich nicht zurückhalten.

Dr. Hoffmann richtete sich auf, und einen Moment lang standen er und Richard sich wie zwei Kampfhähne gegenüber. Dann klappte er die Akte zu.

»Die werde ich erst einmal mitnehmen und sie mir in Ruhe durchsehen. Wenn Sie sie brauchen, können Sie gerne bei mir auf Station vorbeikommen. Und wenn mir etwas auffällt, werde ich das selbstverständlich an Prof. Neugebauer und Dr. Eckhardt weiterleiten. Das Wohlergehen der Patienten steht schließlich an erster Stelle.«

Mit diesen Worten drehte er sich um und verließ die Station.

»Es tut mir leid, aber ich musste ihm die Akte geben. Es war eine Anordnung von oben.« Schwester Elisabeth kam gerade aus dem Patientenzimmer gegenüber und hatte die letzten Worte von Dr. Hoffmann gehört.

»Ist schon gut, Sie können nichts dafür. Das wird hoffentlich bald ein Ende haben.«

»Der ist doch nur beleidigt, weil er noch kein Oberassistent ist, obwohl er fast zehn Jahre älter ist als Sie. Und dann werden Sie noch von Prof. Neugebauer bei den Operationen vorgezogen und dürfen im Labor für Prof. Bier arbeiten. Kein Wunder, dass es in ihm nagt und er die erste Gelegenheit ergreift, um es Ihnen heimzuzahlen.« Schwester Elisabeth senkte die Stimme. »Es geht das Gerücht um, dass ihn seine Frau mit einem jüngeren Mann betrügt. Das wird seine Laune auch nicht gerade heben. Aber wenn Sie mich fragen, ist das kein Wunder. So verbissen und rechthaberisch, wie er ist, ist es für die Frau zu Hause sicher genauso unerträglich wie für uns.«

Hier in der Klinik bleibt nichts verborgen, dachte Richard. Er wollte gar nicht wissen, was über ihn alles geredet wurde. Und im Moment schon gar nicht. Aber er fühlte sich durch die Worte von Schwester Elisabeth zweifelsohne ein Stück weit getröstet.

Die Rivalität zwischen Dr. Hoffmann und Richard bestand seit dem ersten Tag, an dem Richard in die Chirurgische Klinik gekommen war und von Prof. Neugebauer mit den Worten »Hier kommt unser neuer Nachwuchs-Forscher, ich erwarte mir viel von ihm«, vorgestellt wurde. Richard hatte schon seine Doktorarbeit unter der Betreuung von Prof. Neugebauer durchgeführt, und diese war mit einem *Summa cum laude* bewertet worden. Richard kannte Dr. Hoffmann vom Sehen, aber bis zu seinem Beginn als Assistent in der Abteilung hatte er nie näher mit ihm zu tun gehabt. Fast ab dem ersten Tag seiner Assistentenzeit hatte Dr. Hoffmann Richard angegriffen. Er kritisierte, wie Richard seine Station führte, wie viel Zeit er im Labor verbrachte und wie er die Laborassistenten für seine Forschung einsetzte. Am Anfang war Richard noch bemüht gewesen, trotz der andauernden Kritik ein kollegiales Verhältnis zu Dr. Hoffmann aufzubauen, hatte aber bald aufgegeben. Nichts, was er tat, veränderte dessen Verhalten ihm gegenüber in irgendeiner Weise.

Bald hatte Richard gelernt, sich zu wehren, was allerdings zu einem offenen Konflikt mit Dr. Hoffmann führte. Richard wünschte sich oft, Prof. Neugebauer würde in irgendeiner Weise eingreifen und ein Machtwort sprechen. Aber vergebens, Prof. Neugebauer meinte nur, sie seien doch erwachsene Männer und sollten in der Lage sein, ihre Konflikte alleine zu lösen. Manchmal hatte Richard fast das Gefühl, Prof. Neugebauer beobachte ihre Auseinandersetzungen in der Öffentlichkeit mit Interesse. Nicht, dass er jemals mit ihm unter vier Augen darüber gesprochen hätte, einen Kollegen anzuschwärzen war nicht seine Art. Umso mehr lästerten Richard und sein Freund Ferdinand hinter seinem Rücken über Dr. Hoffmann, das brachte wenigstens eine gewisse Erleichterung. Ferdinand war in seinem Urteil über Dr. Hoffmann fast noch härter als Richard, wenn das überhaupt möglich war. Er nannte ihn nur »die schleimige Ratte«, aber Dr. Hoffmann hielt sich bei Ferdinand weitestgehend zurück und ließ ihn in Ruhe.

»Ich bin für ihn keine Gefahr, da ich kein Interesse an Forschung habe«, meinte Ferdinand dann. »Er hat eben dich auf dem Kieker, und sich mit zwei Kollegen gleichzeitig anzulegen, ist immer schwerer.«

Auf dem Weg nach unten in den Waschraum des Operationstraktes, in dem er sich nach den neuen Regeln für aseptisches Operieren vorbereiten würde, dachte Richard über Prof. Neugebauer nach. Eigentlich hatte er seinen Vorgesetzten immer als Mentor, ja fast als väterlichen Freund angesehen. Umso mehr irritierte es ihn, dass Prof. Neugebauer heute Morgen bei dem Gespräch mit dem Verwaltungsdirektor nicht anwesend gewesen war und ihn unterstützt hatte. Eigentlich hätte Richard erwartet, sein Vorgesetzter würde ihn in so einer heiklen Situation nicht alleine lassen, sondern sich vor ihn stellen. Konnte es wirklich sein, dass er ihn fallen ließ wie eine heiße Kartoffel? So richtig konnte Richard sich das nicht vorstellen, aber wer wusste schon, was in den Leuten vorging.

Während er sich die Hände mit Seife wusch und mit der Bürste anschließend abschrubbte, dachte er über die letzten Tage nach. Eine der vielen Bemerkungen, die gefallen waren, hatte in seinen Ohren falsch geklungen und ihn irritiert. Allerdings war so viel geschehen, dass er nicht wirklich in Ruhe zum Nachdenken gekommen war. Richard hatte das Gefühl, etwas ganz Wesentliches zu übersehen.

TEIL 2

KAPITEL 1

Marie Bürger wusch die Wäsche für sich und ihre kleinen Geschwister in dem alten Waschzuber. Die dreijährige Erna und der fünfjährige Hans liefen ihr währenddessen ständig um die Beine und spielten fangen. Ihre Mutter war unterwegs, sie arbeitete in einer Fabrik in Hennigsdorf im Norden Berlins, die Lokomotiven herstellte. Oft war sie mehr als zwölf Stunden von zu Hause weg und abends dann so müde, dass sie gleich ins Bett fiel. Einen Vater für die Kleinen gab es schon lange nicht mehr, er hatte sich zwei Monate nach Ernas Geburt aus dem Staub gemacht.

»Marie, wann gibt es endlich etwas zu essen?« Hans hatte offensichtlich keine Lust mehr zu spielen und fing an zu quengeln. »Ich habe Hunger.«

»Das dauert noch etwas, ich muss erst die Wäsche fertigmachen.«

»Ich habe aber Hunger.«

»Dann musst du eben warten. Wenn Mama heimkommt, muss die Wäsche fertig sein.«

Hans setzte sich schmollend in die Ecke. Marie wusste, es würde nur noch einen kleinen Moment dauern und er würde anfangen, seine Schwester zu ärgern.

»Geh doch raus und spiel mit den anderen Kindern«, schlug Marie vor.

»Ich habe keine Lust, die sind immer so gemein zu mir.«

Marie seufzte. Einige der Kinder, die in ihrem Haus wohnten, machten sich tatsächlich einen Spaß daraus, Hans zu ärgern. Es gab schließlich keinen großen Bruder oder einen Vater zu fürchten, der unangenehm werden könnte und sie verdreschen würde. Nur ihre Mutter und sie, und sie waren fast den ganzen Tag über nicht daheim. Marie kam meist am späten Nachmittag aus der Klinik, ihre Mutter sogar erst abends. Neulich hatte Marie einem besonders frechen Jungen von etwa zehn Jahren eine Ohrfeige gegeben. Daraufhin hatte sich der Vater beim Hausmeister beschwert, und dieser hatte gedroht, sie aus der Wohnung rauszuwerfen, falls das noch einmal passieren würde. Und obwohl die Wohnung ein Loch war, mit einem einzigen Zimmer, in dem sie alle sich aufhielten und schliefen, und einer Kochnische auf dem Gang, war es besser als in einer der Notunterkünfte für mittellose Familien zu wohnen. Marie hatte sich dann zähneknirschend bei dem Vater des Jungen entschuldigt.

»In einer halben Stunde mache ich euch etwas zu essen. So lange musst du warten.«

Zum Essen würde Marie heute eine Brotsuppe kochen, es gab noch altes Brot von vor ein paar Tagen. Zum Glück aßen die Kleinen gerne Brotsuppe, es blieb ihnen ohnehin nichts anderes übrig. Außerdem musste Marie sich beeilen. Heute war schließlich der große Tag, und sie würde abends mit Ferdinand Krüger ausgehen.

Marie brachte die Kleinen ins Bett. Vermutlich würde Hans später, wenn sie weg war, noch einmal aufstehen und spielen, aber was sollte sie machen. Deshalb konnte sie auch nicht hierbleiben, bis ihre Mutter kam. Marie setzte sich an den einzigen Tisch in der Wohnung, der als Esstisch, Nähtisch und Waschtisch diente. Sie schrieb eine kurze Nachricht für ihre Mutter: *Liebe Mama, heute übernachte ich in der Klinik. Morgen habe ich Frühschicht. Marie.*

Ihre Mutter würde sich vermutlich freuen, dann war im Bett mehr Platz. Zu viert konnten sie sich kaum umdrehen, ohne dass einer den anderen aufweckte. Allerdings würde sie sich gar nicht freuen, wenn sie wüsste, was Marie heute Abend vorhatte.

»Lass' dich bloß nicht mit einem Mann ein, bevor du mit ihm verheiratet bist. Sonst geht es dir wie mir, und du sitzt mit einem Balg da. Und hast nichts zu essen und kein Geld.« Maries Mutter würde sorgenvoll den Kopf schütteln. »Dann kannst du dich nur noch in einer Ecke in Berlin verstecken, in der dich keiner kennt. Und deine Pläne, Krankenschwester zu werden und einen ehrenvollen Beruf zu haben, lösen sich in Luft auf. Wie habe ich mich anstrengen müssen, damit die Schwester Oberin dich in die Pflegeschule aufnimmt. Das ist sonst nur etwas für Bürgerliche. Sogar meine hochnäsige Schwester habe ich angebettelt, bis sie sich herabgelassen hat, einen Besuch bei ihrer Bekannten zu machen. Die spendet immer für die Kirche, der auch die Schwester Oberin angehört. Dadurch haben sie dich überhaupt erst genommen.«

Marie konnte die Litanei ihrer Mutter auswendig aufsagen. Manchmal imitierte sie ihre Mutter vor ihrer Freundin Julie, hatte aber immer schnell ein schlechtes Gewissen dabei. Sie liebte ihre Mutter, sicher, aber immer dieses Gejammer, das machte es doch auch nicht besser.

»Und ich hoffe nur, du glaubst nicht, einer von den Ärzten würde es ernst mit dir meinen, wenn er dir schöne Augen macht. Zum Heiraten suchen die sich dann lieber ein Mädchen aus einer gutbürgerlichen Familie mit Vater und Mutter, die verheiratet sind. Die nicht in so einem Loch wohnen wie wir.« In diesem Ton ging es dann weiter, bis Maries Mutter sich irgendwann erschöpft auf einen

Stuhl setzte und einfach ins Leere starrte. Marie hatte schon lange gelernt, nichts dagegen zu sagen und ihre Mutter reden zu lassen, wenn sie in dieser Stimmung war.

Manchmal sah sich Marie das einzige Foto an, auf dem ihre Mutter als junges Mädchen zusammen mit ihren Eltern und Geschwistern unbeschwert in die Kamera lachte. Sie sah richtig hübsch aus mit ihren blonden Zöpfen. Marie konnte es beinahe nicht glauben, dass das Mädchen auf dem Bild ihre Mutter war. Mit ihren grau durchzogenen Haaren und der meist gerunzelten Stirn wirkte sie manchmal fast wie eine alte Frau. Ihr kurzes Glück mit dem Vater von Hans und Erna hatte nicht lange gedauert. Bereits kurz nach der Hochzeit hatte er angefangen zu trinken. Dann war er nach Ernas Geburt mit all den Ersparnissen der Familie eines Abends einfach verschwunden. Irgendwann hatte sich herausgestellt, dass er noch mit mindestens zwei anderen Frauen verheiratet war und das waren nur die, von denen sie wussten.

Aber heute Abend wollte Marie nicht an all diese traurigen Geschichten denken. Sie würde sich hübsch herrichten und von ihrer Freundin Julie ein Kleid leihen. Julie bekam manchmal von ihrer Großmutter ein paar Groschen zugesteckt und konnte sich damit ab und zu etwas Schönes zum Anziehen kaufen. Ansonsten waren sie und Marie die einzigen Schwesternschülerinnen, die nicht aus einer wohlhabenden Familie kamen.

Marie machte sich auf den Weg zum Schwesternwohnheim. Eigentlich sollte sie die ganze Zeit dort wohnen, aber da sie sich um ihre beiden kleinen Geschwister kümmern musste, wenn ihre Mutter arbeitete, wurde bei ihr eine Ausnahme gemacht. Aber Schwester Elisabeth sah es gar nicht gerne, das wusste Marie. Manchmal dachte sie, dies müsse der Grund sein, warum sie Schwester Elisabeth so ein Dorn im Auge war.

»Wie sehe ich aus?«, fragte Marie. »Meinst du, ich gefalle ihm?«

»Aber natürlich gefällst du ihm! Du siehst reizend aus«, antwortete Julie. »Das Kleid passt wunderbar zu deinen blonden Haaren.«

»Und du passt auf, dass ich später wieder ins Wohnheim komme?«

»Ja natürlich. Der alte Pförtner schläft doch sowieso meist ein, wenn es ruhiger wird. Keine Angst, ich schließe dir auf. Du wirfst einfach ein paar Steine ans Fenster, und ich komme runter.«

Wie schon so oft war Marie froh, dass es Julie gab. Sie teilten sich das spärlich eingerichtete Zimmer im Wohnheim. Nicht auszudenken, wenn Marie mit jemandem zusammenwohnen müsste, den sie nicht leiden konnte. Oder, der ihr in den Rücken fiel und sie bei der Schwester Oberin anschwärzte.

»Jetzt mach dich aber lieber auf den Weg, sonst kommst du noch zu spät.«

Marie nickte, zog sich einen Mantel über das viel zu sommerliche Kleid und machte sich auf den Weg zur Ecke Unter den Linden/Wilhelmstraße, wo sie in ein paar Minuten Ferdinand treffen würde.

Marie lief die Ziegelstraße hinunter, den Schiffbauerdamm entlang und bog dann in die Wilhelmstraße ein. Der Wind pfiff kühl durch die Straßen. Marie hielt den Kopf gesenkt. Als ob das verhindern würde, dass sie jemand erkannte. Aber es gab ihr zumindest das Gefühl, weniger sichtbar zu sein. An der Ecke Unter den Linden sah sie Ferdinand stehen. Zum Glück wartete er schon.

»Meine Süße, du siehst bezaubernd aus.« Ferdinand lüftete galant seinen Hut und hielt ihr seinen Arm zum Unterhaken hin. »So ein schönes Mädchen!«

Marie spürte, dass sie rot wurde. Ferdinand lachte.

»Komm, nimm meinen Arm. Wenn wir die Wilhelmstraße weitergehen, ist auf der linken Seite ein kleines Lokal. Ich kenne den Wirt gut, er wird uns etwas zu essen aus seinen geheimen Vorräten kochen. Und er hat sicher auch noch eine Flasche Wein für uns übrig.«

Sie gingen die Wilhelmstraße weiter, bis sie an dem Lokal ankamen. Von außen sah das Lokal geschlossen aus, kein Licht war zu sehen. Ferdinand klopfte an die Tür, und einige Momente später öffnete der Wirt. Er trat einen Schritt zur Seite, um sie eintreten zu lassen.

»Ah, der Herr Doktor mit der jungen Dame. Kommense herein, immer hereinspaziert. Dort hinten in der Stube ist auch Licht.«

Der Wirt führte sie durch den dunklen Raum zur hinteren Stube. Dort brannte ein schwaches Licht, und Marie sah den Küchenjungen den Tisch decken. Sie und Ferdinand würden die einzigen Gäste sein.

»Sie müssen mir schon entschuldigen, det ist alles nicht mehr so wie sonst. Ick muss hier haushalten, sonst hamm wir jar nischt mehr für uns«, entschuldigte sich der Wirt und wischte sich die Hände an der schmutzigen Schürze ab. »Det mach ich nur für Sie, Herr Doktor, weil Sie meinen Jungen operiert haben und ihm das Leben jerettet haben. Für die anderen Gäste ist erst mal jeschlossen, bis es wieder mehr zum Beißen gibt. Aber setzen Sie sich doch erst eenmal hin.«

Ferdinand führte Marie zu dem Tisch, und sie setzten sich.

»Und, alles in Ordnung?«, fragte Ferdinand. »Du siehst ein bisschen blass aus.«

»Nein, nein, alles in Ordnung. Es ist doch sehr nett, dass er uns etwas zu essen macht.«

Marie wollte nicht zugeben, dass sie es hier in dem düsteren Raum unheimlich fand, noch dazu als einzige Frau mit zwei Männern und dem Küchenjungen. Aber was sollte ihr schon passieren, schließlich war ja Ferdinand bei ihr. Sie wollte sich allerdings lieber nicht vorstellen, was ihre Mutter dazu sagen würde, wenn sie sie im Moment sehen könnte.

»Ja, finde ich auch. Alles nur für dich!« Ferdinand sah richtig stolz aus, und Marie war gerührt. »Ah, da kommt der Wein.«

Der Wirt stellte die Gläser schwungvoll vor ihnen ab, der Küchenjunge trug die Flasche Wein ehrfurchtsvoll hinter ihm her an den Tisch. Mit demonstrativer Langsamkeit öffnete der Wirt die Flasche und goss einen kleinen Schluck in Ferdinands Glas. Nachdem Ferdinand den Wein probiert und zustimmend genickt hatte, goss ihnen der Wirt die Gläser voll.

»Auf dich, Marie!« Ferdinand hob das Glas und prostete ihr zu.

Marie hob ihr Glas wie selbstverständlich ebenfalls, dabei trank sie zum ersten Mal in ihrem Leben Alkohol. Beim ersten Schluck musste sie sich bemühen, den Wein nicht gleich wieder auszuspucken, so bitter schmeckte er. Was die Leute daran nur so gut finden, fragte sie sich. Da war ihr jeder Schluck Wasser eigentlich lieber. Oder die süße Limonade, die sie als Kind vor dem Krieg einmal von ihrem Stiefvater spendiert bekommen hatte. Die war richtig köstlich gewesen. Aber sie würde Ferdinand jetzt nicht enttäuschen, er hatte sich so viel Mühe gegeben und das alles für sie organisiert.

Marie trank noch ein paar Schlucke, während sie auf das Essen warteten.

»Und Marie, hast du diesen Gehilfen aus dem Operationssaal schon einmal gesehen, der aussieht wie ein Metzger? Weißt du, was dem letzte Woche passiert ist? Der hat tatsächlich zwei Operationen verwechselt und den falschen Patienten für die Operation in den Saal geschoben. Einen Patienten, der am Arm operiert werden sollte, nicht am Bein. Da hättest du Prof. Neugebauer einmal erleben sollen, wie er ihn angebrüllt hat. Das hat man noch draußen auf dem Gang gehört. Der Patient konnte vor lauter Schreck gar nichts mehr sagen.«

Marie war froh, dass Ferdinand die meiste Zeit sprach und ihr Geschichten aus dem Klinikalltag erzählte, die sie zum Lachen brachten. Sie selbst war zu nervös, um viel zu sagen. Irgendwann kam dann das Essen, und langsam tat der Wein seine Wirkung. Marie begann sich zu entspannen.

»Und wie geht es bei dir auf Station, ist Schwester Elisabeth immer noch so streng zu dir?«, fragte Ferdinand dann später.

»Ja, und es wird immer schlimmer. Seit die Sache mit den beiden Soldaten passiert ist, die gestorben sind, beobachtet sie mich auf Schritt und Tritt. Bei allem, was ich mache, schaut sie mir über die Schulter.«

»Im Moment sind alle deshalb angespannt, das hat sicher nichts mit dir zu tun«, versuchte Ferdinand zu trösten und sah Marie mitfühlend an.

»Manchmal glaube ich fast, sie denkt, ich hätte etwas

damit zu tun. Ich verstehe gar nicht, wie sie auf diese Idee kommt. Vielleicht glaubt sie, ich hätte schlampig gearbeitet und die Vorschriften zur Hygiene nicht eingehalten. Das würde vermutlich in ihre Vorstellung von mir passen.«

»Nein, das kann ich mir nicht vorstellen. Sie ist eben streng, aber doch mit allen, oder?«, Ferdinand legte seine Hand auf die von Marie und drückte sie. Er sah nun ganz ernst aus. »Wenn du meine Hilfe brauchst, jederzeit.«

Marie wusste nicht, wie es passieren konnte. Das Essen schmeckte so köstlich, besser als alles, was sie seit Langem gegessen hatte, der Wein entspannte sie, und das Gefühl, umsorgt zu werden, tat ihrer Seele wohl, vielleicht lag es an all diesen Annehmlichkeiten, die sie nicht gewohnt war. Aber in ihrem Inneren wusste Marie, es lag einfach daran, dass sie verliebt war. Zum ersten Mal in ihrem Leben hatte sie Gefühle von einer Intensität, von der sie gar nicht ahnte, dass es sie gab. Sie hätte alles für Ferdinand getan, einfach alles, nur um ihn für sich zu gewinnen. Vom ersten Tag an. Ferdinand war wie ein Fels in der Brandung, er wirkte so ruhig, so überlegen, so weltmännisch. Als ob er sich um sie kümmern würde, und nicht nur um sie, auch um Hans und Erna, und, ja, auch um ihre Mutter. Sie bräuchten alle jemanden, der sich um sie kümmerte.

»Du hast so schöne Augen und so eine zarte Haut.« Ferdinand streichelte ihre Hand. »Das ist mir als Erstes aufgefallen.«

Er nahm Maries Hand und führte sie an seine Lippen. Ganz langsam und intensiv küsste er ihre Hand, als ob sie alle Zeit der Welt hätten. Dann beugte sich Ferdinand über den Tisch und küsste Marie auf den Mund. Ganz sachte und langsam.

»Keine Angst, der Wirt lässt uns erst einmal in Ruhe, der weiß, wir brauchen nun etwas Zeit für uns.« Ferdinand rückte näher mit seinem Stuhl heran und legte den Arm um sie. »Komm her, Marie, ich will dich fühlen.«

Und als Ferdinand sie nach einiger Zeit fragte, ob sie nun nicht lieber zu ihm nach Hause gehen wollten, er würde gleich um die Ecke wohnen, und seine Vermieterin sei zurzeit verreist, es wäre also niemand in der Wohnung, schien es für Marie die natürlichste Sache der Welt, mit ihm zu gehen.

»Sag mal, Marie, weißt du, wie spät es ist?«, schimpfte Julie, die in ihrem Nachthemd an der Pforte stand und sich nach allen Seiten umsah, ob sie jemand bemerkte. »Es ist vier Uhr morgens. Wie kannst du nur so lange wegbleiben! Ich bin vor Sorge fast gestorben und habe die ganze Zeit kein Auge zugemacht.«

»Das tut mir leid, ich habe nicht auf die Zeit geachtet. Bitte sei nicht böse«, flüsterte Marie.

»Komm erst einmal mit nach oben, dann reden wir in unserem Zimmer weiter«.

Zusammen schlichen sie die Treppe hinauf, durch die langen Gänge bis zu den Zimmern der Schwestern. Als sie in ihrem Zimmer angekommen waren, zog Julie rasch die Vorhänge zu. Dann machte sie das Licht an, und die Glühbirne erhellte spärlich das karge Zimmer.

»Jetzt erzähl mal, aber leise«, meinte Julie.

»Ich kann gar nicht darüber reden, es ist so viel passiert.«

»Schon gut, wir haben ohnehin nur noch eine Stunde, dann fängt unser Dienst an. Dann versuchen wir am besten, noch etwas zu schlafen.«

Sie legten sich hin, und Julie war sofort eingeschlafen.

Marie lag wach, unfähig, auch nur eine einzige Minute zur Ruhe zu kommen. Die Gedanken wirbelten in ihrem Kopf umher. Ferdinand, sein Körper, das Verbotene, die Reaktion ihres eigenen Körpers, all die fremden Gerüche, der Alkohol. Nichts war mehr wie vorher, die Marie von gestern gab es nicht mehr.

Als eine knappe Stunde später das Klopfen zum Wecken ertönte, rappelten Marie und Julie sich mühsam auf, zogen sich an und eilten auf ihre jeweilige Station. Marie verbrachte über zwei Stunden mit Waschen der Patienten, machte Betten, teilte Essen aus und brachte die schmutzige Wäsche zur Reinigung. Hier würde sie erst ausgebürstet und dann in den großen Trommeln gewaschen werden. Als sie von der Waschanstalt zurück auf die Station kam, völlig übermüdet, sah sie als Erstes Schwester Elisabeth, die sie bereits am Eingang der Station erwartete und drohend anblickte. Neben ihr stand ein kräftiger, nicht allzu großer Mann, der Marie, als sie näherkam, intensiv betrachtete. Sie wissen es, dachte Marie, mein Gott, sie wissen alles.

KAPITEL 2

Winter sah das Mädchen erstaunt an. Warum war sie nur so nervös, sie zitterte förmlich, als ob sie auf frischer Tat ertappt worden war. Dabei hatte ihn die Oberschwester noch nicht einmal als Kriminaler vorgestellt. Oder war das so offensichtlich, dass es gar nicht mehr nötig war? Das wollte Winter lieber nicht glauben, er gab sich gerne der Illusion hin, nicht wie ein typischer Kriminaler auszusehen.

»Herr Winter, dies ist Marie, die Schwesternschülerin. Marie, dies ist Kriminalkommissar Winter, er hat ein paar Fragen an dich. Wir gehen am besten in mein Zimmer«, meinte Schwester Elisabeth. »Da können wir in Ruhe reden.«

Das Zimmer von Schwester Elisabeth lag am Ende des Gangs. Winter und Marie folgten ihr, ohne ein Wort zu sagen. Marie war bisher erst einmal im Zimmer der Oberschwester gewesen, bei ihrem Einstellungsgespräch. Das Zimmer war karg, es gab ein paar anatomische Zeichnungen und einige Bücher in dem kleinen, dunklen Raum, außerdem noch einen Schreibtisch, ein paar Stühle sowie einen Schrank, der abgeschlossen werden konnte, und in dem Schwester Elisabeth offensichtlich wichtige Dokumente aufbewahrte.

Schwester Elisabeth machte Winter und Marie ein Zeichen, sich zu setzen.

»Bitte, stellen Sie Ihre Fragen, Herr Kommissar«, meinte sie nüchtern und setzte sich auf den Stuhl hinter dem Schreibtisch. Die anderen beiden nahmen davor Platz.

»Schwester Marie, Sie wissen, weshalb ich hier bin, oder?«, fragte Winter.

Marie schüttelte den Kopf.

»Es ist doch klar, Kriminalkommissar Winter ermittelt wegen der beiden Todesfälle hier auf Station. Weswegen sollte er denn sonst hier sein? Oder fällt Ihnen ein anderer Grund ein?«, die Stimme von Schwester Elisabeth hatte einen leicht drohenden Unterton.

»Nein, natürlich nicht.«

Die Stimmung zwischen Schwester Elisabeth und ihrer Schülerin schien angespannt, registrierte Winter. Einen Moment lang war er froh, dass er nicht unter der strengen Oberschwester arbeitete.

»Ich wäre Ihnen sehr verbunden, wenn Sie mir sagen könnten, ob Ihnen bei einem der beiden Soldaten etwas Ungewöhnliches aufgefallen ist.«

»Nein, nicht wirklich«, beeilte sich Marie zu antworten. »Sie waren guter Dinge, weil am nächsten Tag ihre Entlassung anstand. Erich Wiedemann hat mir sogar am Abend noch ein paar Witze erzählt und war sehr nett zu mir.«

Marie erinnerte sich gut. Weil sie den jungen Mann sympathisch fand, hatte sie über seine Sprüche gelacht, die ihr eigentlich zu derb und nicht wirklich ihr Geschmack waren.

»Dummheit is ooch'ne Jabe Jottes, aber man soll ihr nich missbrauchen«, oder »Eener alleene is nich scheene. Aber eener mit eene und denn alleene –, det is scheene«, hatte Erich gesungen und sie dabei erwartungsvoll angesehen.

»Und er hatte kein Zeichen von Fieber? Oder fühlte sich schlecht?«, fragte Winter weiter.

»Nein, ganz sicher nicht, das wäre mir aufgefallen. Und die Naht war sauber, keinerlei Eiter oder Entzündung.«

»Haben Sie denn eine Erklärung für den Tod von Erich Wiedemann?«

»Nein, mir fällt nichts ein. Es gab viele andere, die hätten sterben können, ohne dass es mich verwundert hätte, aber bei ihm kam der Tod so unerwartet.«

»Schwester Marie, ich muss Sie das jetzt fragen: Ist Ihnen irgendetwas passiert, was den Tod von Erich Wiedemann hätte verursachen können? Das muss ja nicht absichtlich gewesen sein, vielleicht ein Versehen oder eine Nachlässigkeit. Sie waren mit seiner Pflege betraut, hat mir Schwester Elisabeth erzählt. Jetzt wäre der richtige Moment, es zu sagen. Dann kann seine Mutter endlich Frieden finden und anfangen, um ihren Sohn zu trauern. Schwester Marie, ich bitte Sie, wenn Sie etwas wissen, dann sagen Sie es uns jetzt.«

Winter sah, wie Marie erbleichte. Es tat ihm leid, das Mädchen so unter Druck setzen zu müssen, aber das war nun einmal sein Beruf. Mitleid mit den Tätern konnte er sich nicht leisten, für ihn zählten nur die Opfer.

»Nein, nein, ganz sicher nicht«, stammelte Marie. »Schwester Elisabeth, bitte, sagen Sie ihm doch, dass ich nichts dafür kann.«

»Herr Winter tut nur seine Pflicht. Und wenn Sie nicht so gearbeitet haben, wie es unseren Vorgaben entspricht, dann fordere ich Sie auf, es uns jetzt sofort zu sagen.« Schwester Elisabeth beugte sich vor und sah Marie kühl an. »Unsere Verpflichtung gilt in erster Linie denen, die Gott uns anvertraut hat. Die brauchen unsere Fürsorge und äußerste Sorgfalt. Die anderen können für sich selbst sorgen.«

»Ja, aber ich bin doch nicht schuld!« Marie begann zu weinen. »Vielleicht habe ich nicht genug aufgepasst, ich weiß es nicht. Aber es war sicher keine Absicht.«

»Ich glaube, das macht jetzt keinen Sinn mehr. Schwester Marie, bitte fangen Sie sich wieder, und dann sprechen wir ein anderes Mal weiter. Ich schlage vor, Sie gehen wieder an Ihre Arbeit. Schwester Elisabeth, ich würde nun gerne mit einigen der anderen Ärzte und Schwestern der Klinik sprechen.«

Schwester Elisabeth führte Winter durch ein schier unübersichtliches Labyrinth an Gängen bis zum Zimmer von Prof. Neugebauer im ersten Stock des Seitenflügels. Von dessen Sekretärin erfuhren sie, der Herr Professor stünde gerade im Operationssaal und sei für die nächsten Stunden sicherlich nicht zu sprechen. Winter ließ sich einen Termin am nächsten Morgen um 6.00 Uhr geben. Das sei vor der üblichen Operationszeit und die einzige Möglichkeit, den Herrn Professor sicher anzutreffen, meinte die Sekretärin.

Winter überlegte einen kurzen Moment, ob er den Herrn Professor einfach zu sich auf das Revier bestellen sollte, entschied sich aber dagegen. Besser keinen unnötigen Konflikt heraufbeschwören, wer weiß, wenn er eine der grauen Eminenzen in der Ziegelstraße vor den Kopf stoßen würde, bekäme er vielleicht keinerlei Auskünfte mehr über die Ereignisse. Dazu wäre später immer noch genug Gelegenheit, sollte es wirklich einen Grund geben.

»Ich fürchte, mit den Assistenten des Professors werden Sie auch nicht mehr Glück haben«, meinte Schwester Elisabeth. »Die sind im Moment sicher beim Operieren. Entweder assistieren sie dem Herrn Professor oder sie arbeiten in einem der anderen Operationssäle. Es wird ohnehin überall operiert und nur noch improvisiert, schließlich fehlt es an allen Ecken und Enden. Manchmal gehen sie zum Operieren in Räume, die überhaupt nicht dafür gedacht sind und über keinerlei Ausstattung verfügen. Hauptsache, die vielen Leute können irgendwie versorgt werden. Und es gibt zu wenig Narkosemittel und Verbände, alles ist knapp geworden. Aber so ist das nun mal im Krieg, und der war sicher nicht unsere Idee.«

Winter nickte. In diesem Punkt war er mit Schwester Elisabeth in jedem Fall einer Meinung.

»Aber das ist natürlich kein Grund, nicht ordentlich zu arbeiten. Nicht, dass Sie mich falsch verstehen, Herr Winter, so etwas würde ich nie entschuldigen oder rechtfertigen.«

»Natürlich nicht, Schwester Elisabeth.«

Zusammen gingen sie erneut schweigend durch die endlosen Gänge zurück auf die Station. Kein sehr erfolgreicher Tag, dachte Winter. Eigentlich war er keinen Schritt weitergekommen. Auch wenn sich das arme Mädchen, Marie, mehr als auffällig verhalten hatte, so richtig verdächtigen konnte Winter sie im Moment nicht. Er hoffte nur, hier sprach der Kriminaler aus ihm und nicht ein Mann, der ein junges Mädchen in Not sah und ihr am liebsten helfen würde.

»Ich würde gerne noch mit ein paar der anderen Schwestern sprechen. Oder auch mit den Putzfrauen, falls möglich.«

Schwester Elisabeth führte Winter zu einigen der Schwestern, die gerade Dienst hatten. Während Winter seine Befragungen durchführte, stand Schwester Elisabeth wie ein Racheengel neben ihm und sah jede der Schwestern drohend an. Am Ende der Befragungen hatte Winter das Gefühl, er sei keinen Schritt weiter.

Er war sich immer weniger sicher, ob seine Ermittlungen überhaupt einen Sinn machten. Ein junger Soldat war gestorben, unerwartet sicherlich, möglicherweise auch ein zweiter, aber bei dem Ausnahmezustand, der hier herrschte, war es denn weiter verwunderlich? Hielt er nicht eigentlich nur Menschen, die sich verausgabten, um ihren Mitmenschen zu helfen, von der Arbeit ab?

Aber vielleicht war das nur sein eigenes schlechtes Gewissen, weil er eben hier in Berlin und nicht an der Front war. Winter hatte gelesen, in England würden die Frauen den Männern, die zu Hause geblieben waren, weiße Federn überreichen. Als Zeichen der Feigheit. Winter hoffte nur, er würde nie eine weiße Feder in die Hand gedrückt bekommen. Obwohl er wusste, nur seine Erkrankungen hatten ihn davor bewahrt, an die Front zu müssen. Aber er war heilfroh darüber gewesen, einfach nur unglaublich erleichtert, und deshalb hatte er dieses schlechte Gewissen. Meist konnte er es gut verdrängen, aber es gab Momente, gerade hier, wenn er all die Verwundeten und all diejenigen sah, die um deren Leben kämpften, da kam es mit aller Macht in sein Bewusstsein.

»Herr Winter, wollen Sie noch eine Tasse Kaffee trinken, bevor Sie gehen? Nichts Besonders, nur ein Ersatzkaffee, aber etwas zur Stärkung kann Ihnen sicher nicht schaden. Kommen Sie mit in mein Zimmer, dann brühe ich Ihnen eine Tasse auf.«

Gerade als Winter Schwester Elisabeth in ihr Zimmer folgte und sich die Tür hinter ihnen schloss, kam ein Krankentransport um die Ecke. Ein junger Mann, der seinen linken Unterarm, oder das, was davon übrig war, mit einem dicken Verband versorgt hatte, wurde auf einer Krankenbahre auf die Station gebracht. Die Schwestern notierten sich kurz seinen Namen und sein Geburtsdatum, dann wiesen sie die Männer, die die Bahre trugen, an, den Patienten in eines der Zimmer zu bringen. Als Winter eine halbe Stunde später aus dem Zimmer von Schwester Elisabeth kam, mit der er noch einmal alle an dem Fall beteiligten Personen durchgesprochen hatte, lag Alfred Schulze bereits in einem der Krankenzimmer, bekleidet mit dem typischen Kliniknachthemd, seinen Namen mit Kreide auf der kleinen Tafel direkt über dem Kopfende des Bettes vermerkt. Und als zwei Stunden später Winters Cousine Luise aufgelöst auf die Station rannte, im Schlepptau einen älteren Pfarrer, da war Winter schon längst wieder zu Hause in seiner neuen Wohnung in der Waldemarstraße und genoss seinen wohlverdienten Feierabend zusammen mit seiner Liebsten.

KAPITEL 3

Lotte stand im Probenraum des Deutschen Theaters und übte. Einige der Bewegungen, gerade, wenn sie sich als Hexe auf und nieder werfen musste, fielen ihr weiterhin schwer. Der Regieassistent von Max Reinhardt, ein rothaariger Jüngling, hatte Lotte nach ihrem ersten Auftritt als Hexe deshalb gerügt. Die Bewegungen würden viel zu steif wirken, man sähe ihr an, dass sie sich dabei unwohl fühle. Lotte müsse aufhören, darüber nachzudenken, wie die Zuschauer sie bewerten würden und sich einfach den Hysterien als Hexe hingeben. Egal, wie sie aussähe. Sich einfach in die Rolle fallen lassen. Er hatte ja recht, dachte Lotte, aber das war leichter gesagt als getan, sie war immer noch viel zu verkrampft. Und dann die Schreie, die bis in die letzten Reihen des Theaters dringen sollten und all die Theaterbesucher, die sich das Stück eher aus gesellschaftlichen Gründen als aus wirklichem Interesse ansahen, zwangsläufig aus ihrem Dämmerzustand erwecken würden, auch die musste Lotte immer wieder von Neuem üben.

Meist begann sie mit ihren Proben schon lange vor den anderen, um den leeren Raum im ersten Stock des Deutschen Theaters, in dem außer ein paar Requisiten zum Üben nichts stand, für sich alleine zu haben. Sie liebte den Raum mit seinem Holzboden, den großen Fenstern und all der Bewegungsfreiheit, die er ihr ließ. Solange sie alleine darin war und keiner sie beobachtete. Eigentlich sollte es bei einer Schauspielerin genau anders sein und sie durch das Publikum erst recht zum Spielen inspiriert werden, dachte Lotte oft. Aber sie würde noch dahin kommen, davon war sie überzeugt, irgendwann wäre sie so weit und sie würde die Zuschauer nicht nur vergessen, sondern im Gegenteil lieben. Schließlich war sie erst am Anfang ihrer Karriere und Macbeth ihr erstes Stück.

Die Tür des Probenraums öffnete sich, und Sophie Engel trat in den Raum.

»Bist du schon da?«, fragte Sophie. »Ich war mir fast sicher, dass ich dich um diese Uhrzeit hier treffen würde. So lange vor Beginn der Vorstellung, da bist in der Regel nur du hier.«

»Ich hoffe, ich störe dich nicht. Aber ich habe das Gefühl, ich muss noch so viel üben.«

»Nein, natürlich störst du mich nicht. Und unsere Übungen können wir schließlich auch zusammen machen. Dann zeige ich dir noch ein paar Tricks.«

Sophie Engel war eine richtige Schauspielerin und festes Mitglied im Ensemble des Deutschen Theaters. Nicht wie Lotte, die hier nur als Einspringerin auftreten durfte. Sophie war etwa zehn Jahre älter als Lotte, ihr genaues Alter kannte im Theater niemand. Sie hatte Lotte von Anfang an unter ihre Fittiche genommen. Lotte war sich sicher, dass der Vorschlag, sie als Zweitbesetzung für die erkrankte Erste Hexe einzusetzen, von Sophie gekommen war.

»Weißt du, wie ich mein Handwerk erlernt habe? Zu meiner Zeit gab es so etwas wie Schauspielschulen noch nicht. Da hat man sich eine erfahrene Schauspielerin gesucht, und sie hat einem dann alles beigebracht, was man wissen musste«, hatte Sophie am Anfang von Lottes Schauspielausbildung erzählt, als sie eine Unterrichtsstunde in der Schule gab.

»Und was haben die erfahrenen Schauspieler davon, dass sie einen jungen Schauspieler unter ihren Schutz nehmen?«, hatte Lotte gefragt.

»Sie geben ihren Stil weiter. Wenn du genau hinsiehst, dann erkennst du bei vielen Schauspielern, wer ihr Lehrer war. Damit werden die älteren Schauspieler dann unsterblich.«

»Lotte, leg alles in deine Stimme, die Stimme ist alles, zeigt alle Emotionen!« Sophie Stimme klang so kräftig, dachte Lotte, als ob sie gar nicht mehr üben müsste. Das Ergebnis jahrelanger harter Arbeit, meinte Sophie immer, wenn Lotte wieder einmal meinte, sie würde nie im Leben eine solch tragende und alles übertönende Stimme wie Sophie bekommen.

Zusammen übten sie eine gute halbe Stunde lang, Lotte unter der Anleitung von Sophie. Vorsichtig, um ihre Stimmen nicht schon vor der Vorstellung zu sehr zu strapazieren. Mit Murmeln und Korken sprachen sie ihre Übungssätze. Jede von ihnen hatte ihre Lieblingssätze, die sie besonders lockerten. Sophie drückte Lotte ein heißes Tuch in die Hand, das sie sich um den Hals wickeln sollte. Auch das sollte verhindern, dass die Stimme wegblieb, der schlimmste Albtraum jeder Schauspielerin.

»Jetzt reicht es, sonst wird es zu viel. Lass uns lieber noch etwas ausruhen, bevor wir in einer halben Stunde in die Maske müssen«, meinte Sophie und nahm ein paar Decken aus einem Stapel in der Ecke des Raumes. Sie breitete sie auf dem Boden aus, und sie und Lotte legten sich darauf.

»Und, wie läuft es mit deinem Arzt? Habt ihr das Hochzeitsdatum nun schon festgelegt?«, fragte Sophie.

»Nein, noch nicht.« Lottes Gesicht verdüsterte sich. »Er hat mich immer noch nicht seiner Familie vorgestellt. Ich glaube fast, er hat Angst davor. Seit Monaten schiebt er es hinaus und vertröstet mich.«

»Weil du Schauspielerin bist und damit nicht seriös genug für seine Familie?«

»Ja. Sein Vater ist Beamter und sehr konservativ. Er hat sich für Richard wohl eher ein Mädchen aus gutbürgerlichem Haus vorgestellt als jemanden wie mich, der abends auf der Bühne steht. Für Leute wie ihn sind Schauspielerinnen keine Künstlerinnen, sondern einfach nur Frauen mit einem lockeren Lebenswandel.«

»Aber das ist doch schon lange nicht mehr so. Früher vielleicht, da mussten sich Frauen wie wir das Geld für ihre Bühnengarderobe noch selbst verdienen, auf die eine oder eben die andere Art. Der Verdienst durch die Schauspielerei reichte alleine nicht.«

»So sieht es Richards Vater offensichtlich immer noch. Und ich habe schließlich keine Familie mehr, die mich unterstützen könnte. Du weißt ja, meine Eltern sind beide an Tuberkulose gestorben, als ich noch klein war. Und meine liebe Tante, die mich groß gezogen hat, ist vor zwei Jahren an einem Schlaganfall gestorben. Jetzt bin ich ganz alleine, ohne eigene Familie. Sie hat mir zwar ein bisschen Geld und das kleine Haus in Wilmersdorf vererbt, aber das reicht gerade mal zum Überleben.«

»Umso mehr müsste doch Richard dann eigentlich hinter dir stehen. Zumal ihr schon verlobt seid und heiraten wollt.« Sophie schüttelte den Kopf. Sie würde sich so etwas nie gefallen lassen, und wenn sie einfach bei den Eltern auftauchen und sich selbst vorstellen würde.

»Ich glaube manchmal, Richard hat richtig Angst vor

seinem Vater. Er erfindet immer neue Ausreden, wenn er sich mit mir am Wochenende treffen will, anstatt einfach einmal ehrliche Worte mit seiner Familie zu reden. In letzter Zeit streiten wir uns oft darüber. Ich kann dann auch nicht an mich halten und komme immer wieder auf das Thema zurück. Und Richard ist ohnehin im Moment so angespannt, dann dauert es nicht lange und wir schreien uns richtig an«, seufzte Lotte.

Wenn sie genau darüber nachdachte, war der Abend ihres ersten Auftrittes auf der Bühne eigentlich der letzte harmonische Abend zwischen ihnen beiden gewesen. Seither schien es mit ihr und Richard nur noch bergab zu gehen. Einige Male hatte Lotte sogar schon daran gezweifelt, ob sie wirklich heiraten würden, oder ob es nicht eher der Anfang vom Ende ihrer Liebe war. Aber sie wollte sich das lieber gar nicht vorstellen, es schmerzte zu sehr.

»Sophie, ich weiß nicht, wie du es schaffst, so ruhig zu bleiben vor dem Auftritt. Ich bin so aufgeregt, ich bringe bestimmt kein Wort heraus.« Lotte saß mit Sophie in der Maske und hatte Mühe, ruhig sitzen zu bleiben. »Und dabei ist es nicht einmal mein erster Auftritt. Ich dachte, es würde mit der Zeit leichter werden.«

Sophie lachte. Ihr aschblondes Haar, das gerade von der Maskenbildnerin zurückgebunden wurde, damit die zottelige Hexenperücke aufgesetzt werden konnte, war kurz geschnitten, und mit ihrer knabenhaften Figur konnte sie auch ohne Weiteres Männerrollen spielen. Niemand sah ihr an, dass sie bereits drei Kinder geboren hatte und diese ausgesprochen liebevoll umsorgte. Zumindest, wenn sie zu Hause war und nicht auf der Bühne stand. Mit ihrem Mann war Sophie seit über einem Jahrzehnt glücklich verheiratet, er blieb zu Hause und kümmerte sich um die Kinder, wenn sie arbeitete. Manchmal beneidete Lotte ihre Mentorin. Das würde ihr mit Richard wohl nie passieren, dafür lebte er viel zu sehr für seinen Beruf. Dass Richard irgendwann weniger oder gar nicht mehr operieren würde, konnte sie sich beim besten Willen nicht vorstellen.

»Lotte, das hört nie auf. Was meinst du, wie nervös ich im Moment bin. Vielleicht wird es ein bisschen weniger, aber aufgeregt ist man immer.«

»Aber ich merke gar nichts bei dir davon, dass du nervös bist. Du wirkst so ruhig.«

»Ja, ich versuche gerade mich abzulenken und denke an andere Sachen.«

»An was denkst du denn, an deine Kinder oder an deinen Mann?«

»Nein, viel profaner, ich denke daran, was ich nach der Vorstellung alles essen werde. Davor esse ich nie, das geht einfach nicht. Aber danach, wenn die Anspannung weg ist, dann könnte ich nur noch essen. Daran denke ich im Moment. Und dass ich noch auf die Toilette muss. Das ist ganz wichtig, hörst du, Lotte, noch einmal richtig auf die Toilette gehen vor dem Auftritt. Sonst klappt auf der Bühne gar nichts.«

Lotte traute ihren Ohren kaum. Daran dachte also Sophie vor ihrem Auftritt, die große Sophie, die sie bewunderte und die ihr Vorbild war.

Dann musste Lotte laut lachen. Wenn es so einfach war, die Nervosität zu bekämpfen, dann würde sie das auch schaffen. Sophie grinste zufrieden.

»Na, da siehst du, so schlimm ist es nicht. Man kann sogar darüber lachen.«

Die Maskenbildnerin arbeitete weiter an ihnen. In kürzester Zeit waren weder Lotte noch Sophie noch die dritte Hexe, Dorothea, mehr zu erkennen.

Als sie fertig geschminkt und kurze Zeit später auf dem Weg nach oben zur Bühne waren, fragte Sophie: »Wann triffst du denn deinen Richard wieder, holt er dich heute Abend nach der Vorstellung ab?«

»Nein, er hat heute Nacht und auch die nächsten Nächte Dienst. Ich treffe ihn am Sonntag, da habe ich tagsüber keinen Unterricht. Wenn das Wetter schön ist, wollen wir an der Havel spazieren gehen.«

»Dann kannst du ja noch einmal ein ernstes Wort mit ihm sprechen. Er muss doch endlich einmal Farbe bekennen und kann das Gespräch mit seinen Eltern nicht ewig hinausschieben.«

Lotte dachte an ihre letzten vergeblichen Versuche, Richard dazu zu bewegen, und schwieg. Am Sonntag würde außerdem Richards Freund Ferdinand bei der Wanderung mitkommen, da würde sich vermutlich keine Gelegenheit zu einem ernsten Gespräch ergeben. Ferdinand würde seine neue Freundin Marie mitbringen, damit wären sie zu viert unterwegs. Und wenn Lotte ehrlich zu sich war, war sie froh, nicht mit Richard alleine sein zu müssen und einem weiteren Streitgespräch entgegenzublicken.

KAPITEL 4

»Helene, nun komm doch endlich, wir können doch nicht den ganzen Markt aufkaufen. Wer soll denn das alles nach Hause schaffen?«, drängte Winter. »Es ist Sonntag, und ich will zu Hause noch in Ruhe Zeitung lesen.«

»Aber Max, sieh doch, die Kommode. Ist die nicht reizend? Sie würde doch so gut in unser Schlafzimmer passen.« Helene ignorierte Winters Drängeln und zog ihn zu einem der Stände des Wochenmarktes am Arkonaplatz.

»Wie viel kostet denn die Kommode?«, fragte Helene die Marktfrau hinter dem Stand.

»Na, wat könnse denn bezahlen? De Kommode is von Leuten, die mussten verkoofen, wejen dem Krieg. Haben nischt mehr zu Essen jehabt.« Lauernd sah die ältere, korpulente Frau Helene an. »Aba für Sie mach ich 'nen janz billigen Preis. Sajen wir, drei Mark und die Kommode jehört Ihnen.«

»Komm Helene, das ist viel zu teuer. So viel Geld haben wir nicht mehr.«

»Aber, Max, schau dir doch die Kommode an. Genau das, was uns noch fehlt und dann sind wir komplett eingerichtet.«

Die Leute um sie herum blieben unauffällig stehen und beobachteten das Geschehen. Im Moment schien der Ausgang noch unentschieden. Die Marktfrau blickte von Winter zu Helene und wieder zu Winter. Sie überlegte, wer von beiden sich wohl durchsetzen würde und ob es sich jetzt schon lohnte, mit dem Preis hinunterzugehen.

»Helene, ich will nicht eine Kommode von Leuten kaufen, die wegen dem Krieg alles verkaufen mussten. Das hieße ja, mit dem Unglück anderer Leute Geschäfte zu machen«, versuchte es Winter auf einem anderen Weg.

»Aber die Leute haben nun auch nichts mehr davon, wenn ihre schöne Kommode hier verschimmelt. Das bringt sie ihnen nicht wieder zurück.«

»Da hat Ihre Frau auch wieda recht, wissen Se«, schaltete sich die Marktfrau ein. »Ick verkoofe die Kommode sowieso, so schmuck, wie die ist. Und so was von jünstig, det finden Se nie wieda. Dann schlajen Sie lieba gleich zu, als dat se een anderer kriegt.«

Winter gab sich geschlagen. Gegen zwei Frauen konnte er nichts ausrichten, das war ihm klar. Außerdem wollte er die Situation so schnell wie möglich beenden. Die Anzahl der Beobachter um sie herum hatte sich bereits deutlich erhöht.

Mitten in der Menge sah Winter auf einmal ein bekanntes Gesicht. Emil Küppers, der Junge aus dem Haus der ermordeten Kaminskis. Als Emil sah, dass Winter ihn bemerkt hatte, versuchte er sich rasch davonzustehlen.

»Helene, meinetwegen, kauf die Kommode und lass sie in unsere Wohnung bringen.« Winter drückte Helene das Geld in die Hand. »Ich habe noch etwas zu erledigen und komme dann nach.«

»Aber Max, du kannst mich jetzt doch nicht alleine lassen. Wie soll ich denn das große Teil transportieren?«

Winter hörte die letzten Worte von Helene schon nicht mehr und ging eiligen Schrittes hinter Emil her. Die Marktfrau würde sicher einen Weg finden, die Kommode – gegen ein kräftiges Entgelt natürlich – zu ihnen in die Waldemarstraße bringen zu lassen, da machte er sich keine Sorgen.

Emil rannte die Swinemünder Straße hinunter. Warum war er nur stehen geblieben, er konnte es nicht fassen, wie hatte er sich nur so dumm anstellen können? Emil hörte den Kommissar hinter sich schnaufen. Emil lief schneller, aber es half nichts, der Kommissar kam trotzdem immer näher.

Passanten blieben stehen und schienen sich nicht entscheiden zu können, ob sie dem Jungen oder dem Mann, der hinter ihm herlief, helfen sollten. Ein echter Berliner würde eher seinem Instinkt folgen und dem Verfolgten helfen. Auf der anderen Seite, wenn der Junge etwas gestohlen hatte, wollte sich auch keiner mitschuldig machen.

»Hiergeblieben, Bürschchen«, rief Winter.

Verdammt, er merkte, dass er in der letzten Zeit nicht mehr zum Training gekommen war. Auch das Fußballspielen war ausgefallen, es gab einfach keine Spieler mehr. Und alleine Laufen war ihm zu langweilig, dazu konnte er sich nicht überwinden. Und das rächte sich jetzt. Zum Glück schien der Junge auch nicht der Sportlichste zu sein und wurde immer langsamer.

»Hab' ich dich endlich!« Winter gelang es, die Kapuze des Jungen zu fassen. »So, und jetzt bleibst du stehen und erklärst mir erst einmal, warum du weggelaufen bist. Was hast du denn zu verbergen?«

»Nischt, jar nischt!« Der Junge drehte sich um, sah Winter aber dabei nicht in die Augen und schob trotzig seine Unterlippe nach vorne. Nun sah er aus wie ein schmollendes Kind. »Wat soll ick denn zu verberjen haben?«

»Jetzt machst du mal deine Jacke auf, und komm bloß nicht auf die Idee, wieder zu versuchen, wegzulaufen«, drohte Winter.

Sonst bringe ich dich eigenhändig um, dachte Winter, wenn ich noch einmal so wie eben laufen muss. Der Junge schien zu spüren, dass es nicht mehr viel brauchte, um bei Winter das Fass zum Überlaufen zu bringen und öffnete zögernd seine Jacke.

»So, und jetzt holst du einmal langsam heraus, was du alles in deinen Innentaschen versteckt hast.«

Schweigend holte der Junge ein Stück nach dem anderen aus seinen Innentaschen und drückte alles nacheinander Winter in die Hand. Bald hielt Winter jede Menge Silberbesteck, ein paar Schmuckstücke und einige Silbermünzen in der Hand.

»Woher hast du das? Das ist nicht zufällig aus der Wohnung der Kaminskis?«

»Ick hab se nicht umjebracht. Det könnse mir nicht unterjubeln. Det war ick nicht!« Panik klang in Emils Stimme mit.

Außerdem zog er wieder seine Nase hoch, das war Winter schon bei der ersten Vernehmung aufgefallen.

»Und wer soll es sonst gewesen sein? Mit all den Sachen. Jetzt kommst du erst einmal mit mir aufs Präsidium.« Winter packte Emil beim Arm und hoffte inständig, dieser würde nicht auf die Idee kommen, sich loszureißen und davonzulaufen.

Mit all den Gegenständen in der Hand musste Winter sich entscheiden, entweder alles fallen zu lassen oder Emil entwischen zu lassen. Dann wäre in Kürze der ganze Besitz der Kaminskis zum Teufel. Zum Glück schien das Emil nicht klar zu sein. Er ging ohne weiteren Widerstand mit.

Auf dem Polizeipräsidium führte Winter Emil in den Vernehmungsraum. Der roch nach Zigaretten und altem Schweiß, Winter ekelte es immer davor. Aber spätestens hier schien den meisten Verdächtigen zu dämmern, dass sie sich nicht mit billigen Ausreden aus der Affäre ziehen konnten. Winter ließ von Reutersheim holen, der musste schließlich noch lernen, wie man eine Vernehmung richtig durchführte. Bis von Reutersheim kam, sprach Winter kein Wort mit Emil. Schweigen war immer noch das Beste, um die Verdächtigen mürbe zu machen. Das hielt keiner lange aus. Stattdessen trommelte Winter mit den Fingern auf dem Tisch, mit und ohne Rhythmus. Dabei beobachtete er Emil aus den Augenwinkeln, um herauszufinden, was ihn nervöser machte. Das stetige Trommeln ohne Rhythmus schien Emil den Rest zu geben.

»Hörense, Herr Kommissar, ick hab die beeden Alten nich umjebracht, det schwör ick Ihnen. Ja, die Sachen hab ick jenommen, aba det war nur, um se für de Jertrud zu verscherbeln. Die hat doch sonst keenen und braucht det Jeld. Was soll denn aus ihr werden, wennse aus der Klappsmühle rauskommt? Die is doch janz alleene auf der Welt. Die braucht mir doch!«

»Dafür gibt es einen Nachlassverwalter, einen gesetzlichen Vormund. Der kümmert sich um alle Belange von Gertrud. Sie ist schließlich noch minderjährig und kann daher ohnehin nichts selbst entscheiden.«

Winter hatte mit dem Trommeln aufgehört. Jetzt hieß es, Emil zur Ruhe kommen zu lassen, damit er sich entspannte und weitersprach.

»Aba, der verkooft doch ooch eenfach alles und behält det meiste für sich.« Emil stützte sich auf seine Ellenbogen und sah Winter direkt in die Augen. »Oda wat glooben Se denn, macht der det aus reiner Nächstenliebe. Det glooben Se doch selbst nich, oder?«

Wahrscheinlich hatte Emil damit sogar recht, dachte

Winter, nach allem, was er so gehört hatte, war das gar nicht so abwegig.

Die Tür ging auf, und von Reutersheim trat ein.

»Entschuldigen Sie, Herr Winter. Aber es ging nicht schneller.«

»Kein Problem, von Reutersheim. Am besten übernehmen Sie nun. Herr Küppers hat gestanden, die auf dem Tisch liegenden Gegenstände des Ehepaars Kaminski gestohlen zu haben. Er bestreitet allerdings, das Ehepaar getötet zu haben und behauptet, er hätte das Vermögen der Enkeltochter Gertrud Richter schützen wollen. Am besten machen Sie hier weiter.« Winter nickte von Reutersheim zu, der auf dem Stuhl neben ihm Platz nahm.

Von Reutersheim räusperte sich und wandte sich anschließend Emil Küppers zu.

»Herr Küppers, sind Sie in Gertrud Richter verliebt? Haben Sie ein Verhältnis mit ihr?«, von Reutersheim blickte Winter dabei nicht an, stattdessen fixierte er Emil mit seinem Blick.

»Aba die Jertrud, det is doch noch een Kind«, stammelte Emil.

»Ich frage Sie noch einmal, sind Sie in Gertrud Richter verliebt? Ich habe doch gesehen, wie Sie sie angeschaut haben. Sie können mir doch nicht erzählen, dass Sie keine Gefühle für das Mädchen haben. Und Gertrud ist 15, also kein Kind mehr.«

»Jefühle ja, aba wat quälen Se mir denn so? Jefühle, die darf man doch wohl haben. Aba ick habe nie versucht, mich der Jertrud zu nähern. Ick will, det se mir heiratet, später eenmal, wenn se jroß ist, und dann janz in Ehren.«

»Sie geben also zu, in Gertrud Richter verliebt zu sein?«

Winter glaubte, seinen Ohren nicht zu trauen. Von Reutersheim hatte mit dieser absurden Theorie angefangen, und nun schien es tatsächlich, als ob er damit recht hätte.

»Ja, ick liebe ihr. Von dem ersten Moment an. Und dann de Großeltern, die se nur jequält haben, die arme Jertrud!« Emil liefen die Tränen hinunter. »Wat sollte ick denn machen? Meen Vater, der haut mir jrün und blau, wenn der erfährt, dat ick de Sachen von de Alten jenommen habe. Aba, ick wollte doch nichts Böses tun, ick wollte doch nur der Jertrud helfen.«

»Haben Sie die Großeltern von Gertrud umgebracht? Nicht wegen dem Geld, sondern um Gertrud zu beschützen? Das gibt sicher mildernde Umstände. Jeder Richter wird verstehen, dass Sie es nicht für sich getan haben, sondern um ein junges Mädchen vor Schlägen und Misshandlungen zu beschützen.« Von Reutersheim beschwor Emil Küppers nahezu, ein Geständnis abzuliefern. »Geben Sie es endlich zu. Damit helfen Sie auch Gertrud, endlich Frieden zu finden.«

Winter dachte, wenn von Reutersheim tatsächlich erfolgreich wäre und ein Geständnis von Emil Küppers bekäme, könnte er, Winter, eigentlich gleich seinen Hut nehmen und die Geschäfte an den jüngeren Kollegen übergeben.

Aber Emil wurde nur noch von Heulkrämpfen geschüttelt, rief ein ums andere Mal nach Gertrud und sprach ansonsten kein einziges Wort mehr. Nach einer Weile blieb ihnen nichts anderes übrig, als ihn in seine Zelle bringen zu lassen.

Beim Verlassen des Verhörraums klopfte Winter von Reutersheim auf die Schulter und meinte nur »gut gemacht,

Kollege«. Von Reutersheim sah ihn zwar dankbar an, aber beiden war klar, dass sie heute mit Sicherheit keinen glücklichen Sieg errungen hatten.

KAPITEL 5

Die Nachmittagssonne glitzerte über die Havel. Auf der anderen Seite des Flusses blickten ein paar Häuserdächer durch die Bäume hindurch. Die ersten Knospen und zarten Blätter sprießten an den Ästen der Bäume und Büsche. Bald würde richtig Frühling sein, wie schön.

Lotte und Richard, Richards Schwester Hilde und ihr Verlobter Friedhelm, die überraschenderweise mitgekommen waren, Ferdinand und seine neue Flamme, Marie, saßen am Ufer auf den ausgebreiteten Decken und genossen die letzten Reste ihres Picknicks. Es war Sonntag, und zum ersten Mal seit Langem musste keiner von ihnen arbeiten.

»Ist das nicht schön, dass es endlich mit dem Ausflug geklappt hat?«, meinte Lotte. »Wir haben ihn so oft verschoben, nun haben wir endlich einmal gleichzeitig frei.«

Die anderen nickten. Friedhelm hatte seinen Arm um Hildes Schulter gelegt, Ferdinand neckte Marie und kniff sie immer wieder in die Seite, woraufhin Marie laut lachen musste. So ein nettes Mädchen, dachte Lotte, hoffentlich meint es Ferdinand ernst mit ihr. Sie hatte schon die eine oder andere flüchtige Liebschaft von Ferdinand kennengelernt, in den kurzen Monaten, seit er wieder von der Front zurück war. Als ob er alles nachholen müsse. Aber mit Marie schien es ernster zu sein, Richard hatte ein paar Andeutungen gemacht, Ferdinand würde endlich sesshaft werden wollen.

»Ich finde es schön, dass ich dich endlich kennenlerne.« Hilde drehte sich zu Lotte. »Nachdem mir mein Bruder schon so viel von dir erzählt hat. Und dich so lange versteckt hat.«

Drohend blickte Hilde in Richards Richtung. Der hob nur entschuldigend die Schultern.

»Du weißt doch, wie die Eltern sind. Wenn ich Lotte einmal vorgestellt habe, gibt es keine ruhige Minute mehr für mich.«

Vor allem, wenn sie erfahren, dass Lotte Schauspielerin ist und Abend für Abend auf der Bühne stehen wird, dachte Richard, behielt es aber für sich.

»Und ihr habt euch tatsächlich verlobt?«, fragte Hilde. »In aller Heimlichkeit?«

Richard und Lotte nickten, und Lotte zeigte Hilde den Verlobungsring. Aus zartem Gold und mit einem eingravierten »In ewiger Liebe, Dein Richard« hatte ihr der Ring gerade in den letzten Wochen viel Kraft gegeben. Wenn sie wieder einmal daran zweifelte, ob sie und Richard wirklich heiraten würden und er sie jemals seiner Familie vorstellen würde.

»Darf ich mal sehen?« Marie hatte sich aus Ferdinands Umarmung gelöst und streckte vorsichtig die Hand aus.

»Natürlich, hier ist der Ring.«

Ehrfürchtig nahm Marie den Ring in die Hand und betrachtete ihn lange und von allen Seiten. Vor allem die Gravur. Dann steckte sie ihn vorsichtig an ihren Ringfinger und drehte die Hand hin und her. Dann nahm sie den Ring wieder ab und gab ihn Lotte zurück.

»Wie schön er ist«, murmelte sie.

Lotte nickte und sah Marie voller Sympathie an.

Kurze Zeit später packten sie ihren Picknickkorb und die Decken zusammen und machten sich auf den Heimweg. Allzu lange würde es nicht dauern, und die Sonne würde untergehen. Dann wurde es schnell kühl, schließlich war es erst Anfang April. Und zum Bahnhof Wannsee würden sie eine Weile wandern müssen.

Bald ging Friedhelm voraus, um den schönsten Weg am Wasser entlang herauszufinden, gefolgt von den drei Damen, die sich rasch nur noch über Hochzeitskleider und Ringe unterhielten, das hieß, vor allem sprachen Lotte und Hilde, Marie hörte nur zu. Richard und Ferdinand fielen etwas hinter den anderen zurück, Ferdinand konnte mit seinem Bein nicht so schnell marschieren wie früher.

»Marie ist wirklich ein ganz reizendes Mädchen. Wie läuft es denn bei euch?«, fragte Richard.

»Weißt du, ich bin mir wirklich nicht mehr sicher, ob ich mein Leben lang ein alter Junggeselle bleiben will. Ich habe dir ja neulich schon erzählt, ich habe immer mehr das Gefühl, ich müsse langsam zur Ruhe kommen. Mit der Zeit werden die vielen jungen Mädchen auch langweilig. Und Marie ist anders als die anderen, viel ernster. Und für ihr Alter erstaunlich erwachsen. Wahrscheinlich, weil sie den ganzen Tag im Krankenhaus arbeitet und sich außerdem noch um ihre Geschwister kümmert.«

»Hast du vor, ihr einen Antrag zu machen?«

»Ich überlege noch. Vielleicht sollte ich ein paar Wochen warten, bis wir uns näher kennen. Auf der anderen Seite habe ich das Gefühl, als würde ich Marie schon seit Ewigkeiten kennen.«

Richard schob mit einem Stock ein paar Zweige aus dem Weg, um für Ferdinand Platz zu schaffen. Der Abstand zu den anderen vergrößerte sich immer mehr, sie waren fast nicht mehr zu sehen.

»Und wie sieht es bei dir und Lotte aus? Habt ihr schon ein Datum für die Hochzeit vereinbart? Vielleicht können wir dann ja eine Doppelhochzeit veranstalten«, scherzte Ferdinand. »Wenn wir uns schon unserer Freiheit berauben, dann wenigstens vereint.«

»Ja, das mit der Doppelhochzeit wäre nett. Aber sonst, nein, du weißt ja, im Moment geht alles drunter und drüber. Bei dem ganzen Ärger in der Klinik. Ich habe einfach nicht die Nerven, jetzt auch noch einen Streit mit meinen Eltern zu riskieren.«

»Aber bist du dir denn so sicher, dass sie etwas gegen Lotte haben und euch Schwierigkeiten machen werden? Lotte ist eine sehr charmante Frau.«

»Du kennst doch meine Eltern. Sie wollen nur das Beste für ihre Kinder, haben aber genaue Vorstellungen davon, wie das Beste aussehen soll. Und eine Frau, die es nicht als ihre Lebensaufgabe sieht, ausschließlich ihren Sohn zu versorgen, das ist nichts für sie.«

»Hast du denn keine Angst, sie zu verlieren, wenn du zu lange wartest? Vielleicht kommt ein anderer, der sie umwirbt und sofort Nägel mit Köpfen macht.« Ferdinand zögerte. »Nicht, dass ich mich einmischen will. Ich weiß ja, Ratschläge sind auch Schläge, aber es täte mir einfach leid, wenn es zwischen dir und Lotte Probleme gäbe.«

»Ja, du hast ja recht. Und wir streiten so viel in letzter Zeit. Ich verstehe gar nicht, wie das passieren kann, wir lieben uns doch.« Richard schüttelte den Kopf, er kam sich vor wie ein Feigling. »Und nur wegen meiner Familie, das kann doch nicht sein.«

Eine Weile liefen sie nebeneinander auf dem engen Weg, ohne ein Wort zu sagen. Langsam holten sie die anderen ein, und bald hatten harmlosere Themen wie die Planung eines gemeinsamen Konzertbesuches die ernsten abgelöst.

»Lotte, ich habe nachgedacht. Ich würde dich gerne nächstes Wochenende meinen Eltern vorstellen.« Richard und Lotte saßen in der Wannseebahn ein paar Sitze von den anderen entfernt. »Das kann nicht mehr so weitergehen. Und danach können wir endlich unsere Hochzeit planen.«

»Richard, du weißt, ich würde mich freuen, deine Eltern kennenzulernen. Aber ich habe das Gefühl, es ist so eine Anstrengung für dich. Ich komme mir fast vor wie eine Dame aus dem horizontalen Gewerbe, für die du dich schämst. Richard, ich bin Künstlerin, Schauspielerin. Und nichts anderes. Ich habe keine Affären mit fremden Männern, das solltest du wissen.« Lotte sah Richard ernst an. »Ich wünsche mir ja auch, dass wir heiraten. Aber wenn es dich so viel Überwindung kostet, zu mir zu stehen, wie es den Anschein hat, dann weiß ich nicht mehr, ob ich es wirklich will.«

»Lotte, mach es doch nicht noch schwieriger für mich, als es ohnehin schon ist.«

»Vielleicht solltest du dir überlegen, was für dich im Leben wirklich wichtig ist. Die Meinung deiner Eltern, oder deine Gefühle zu mir. Wenn du dir nicht sicher darüber bist, weiß ich nicht, ob es zwischen uns wirklich Sinn macht. Ich will einen Mann, der zu mir steht, egal was die anderen denken.«

»Aber das tue ich doch, ich liebe dich.«

»Bist du dir sicher?« Lotte wandte sich ab.

Sie wollte nicht, dass Richard ihr Gesicht und ihren Kummer sah.

»Kommt doch zu uns. Hier ist frei geworden«, rief Hilde über zwei Sitzreihen hinweg und winkte. »Sonst können wir doch gar nicht miteinander reden.«

Lotte und Richard standen auf und setzten sich zu den anderen. Während der restlichen Fahrt in die Innenstadt vermieden sie es, sich anzusehen. Vor den anderen versuchten sie, die Fassade aufrechtzuerhalten und sich nichts anmerken zu lassen.

KAPITEL 6

»Herr Alfred Schulze, wollen Sie die hier anwesende Luise Schreiber zu der Ihnen rechtlich angetrauten Frau nehmen und sie lieben und ehren, in guten wie in schlechten Zeiten?«, fragte Pfarrer Ludwig Seeler, zu Alfred hingewandt.

»Ja, ich will.«

Alfred sah in seinem feinen Hemd unter der Krankenhausbettdecke merkwürdig fehl am Platz aus. Das Hemd war Alfreds einziges Zugeständnis an die Feierlichkeit des Ereignisses, ansonsten lag er im Bett, während Luise auf einem Stuhl neben ihm saß.

»Fräulein Luise Schreiber, wollen Sie den hier anwesenden Alfred Schulze zu Ihrem rechtlich angetrauten Ehemann nehmen und ihn lieben und ehren, in guten wie in schlechten Zeiten?«

»Ja, ich will.« Luise schnaufte fast, so aufgeregt war sie.

»Dann erkläre ich Sie hiermit zu Mann und Frau«, sprach der Pfarrer feierlich.

In den umliegenden Betten klatschten die Männer, soweit sie dazu in der Lage waren, Beifall. Einige riefen: »Hurra, hurra, lang lebe das Paar«, und dann, »ein Küsschen für die Braut«. Luise wurde feuerrot im Gesicht, und Alfred sah mindestens genauso verlegen aus. Dann beugte sich Luise kurz entschlossen nach vorne und gab Alfred einen schnellen Kuss auf den Mund. Die Männer in den Betten klatschten erneut.

»Und hier ist noch Kuchen und ein Gläschen Wein für

alle, die wollen«, erklärte Luise rasch. »Wer will etwas davon?«

Luise öffnete die Tragetasche, in der sie auch das Hemd ihres Vaters transportiert hatte, das Alfred gerade trug, und nahm einen großen Zupfkuchen und zwei Flaschen Wein heraus. Eine Flasche des besten Rotweins ihres Vaters und eine Flasche seines streng gehüteten Weißweins, der im Keller versteckt war. Aber Luise kannte die Geheimnisse ihres Vaters schon lange und all seine Verstecke. Und sie hatte nicht einmal ein schlechtes Gewissen, dass sie seine Schätze hier an wildfremde Männer verschenkte. Im Gegenteil, sie fühlte sich so frei und leicht wie noch nie in ihrem Leben.

Luise schnitt den Kuchen an und drückte die beiden Flaschen und den Flaschenöffner dem Pfarrer zum Öffnen in die Hand. Anschließend ging sie in die Stationsküche, um Teller und Gläser zu holen. Die Schwestern, die gerade Dienst hatten, waren gerührt. Eine Hochzeit auf Station, das war doch kein alltägliches Ereignis. Zwar wollte keine von ihnen mit zum Feiern ins Patientenzimmer kommen, schließlich hatten sie genug zu tun, aber sie halfen Luise bereitwillig, das Geschirr für die Zimmergenossen von Alfred herzurichten.

Bald herrschte eine heitere Stimmung in dem Zimmer. Die meisten der Männer hatten lange Zeit auf solche Leckereien verzichten müssen und waren bereits nach ein paar Schluck Wein deutlich angeheitert, allen voran der Pfarrer, der seinerseits dem Wein nicht gerade zögerlich zusprach.

»So eine Hochzeit, das ist doch etwas Schönes. Sonst komme ich nur wegen trauriger Anlässe auf die Station«, flüsterte er Luise zu. »Sie Glückliche, Sie haben Ihren Mann zurück.«

Luise nickte nur und schenkte dem Pfarrer nach.

»Manchmal wird mir das hier wirklich zu viel, wissen Sie. Meine Bertha, die sagt immer, ich müsse mich mehr schonen und dürfe mir das alles nicht so zu Herzen nehmen. Meine Gesundheit würde darunter leiden. Aber sie hat leicht reden, sie sieht ja die vielen jungen Menschen nicht, denen es schlecht geht. Wie sollte ich mir das nicht zu Herzen nehmen? Was wäre ich denn dann für ein Mensch?«

»Das ist sicher nicht einfach für Sie!« Luise nickte mitfühlend.

»Nein, das ist es nicht. Aber ich will Sie an diesem Tag nicht weiter mit trübsinnigen Gedanken behelligen. Gehen Sie nur zu Ihrem Mann. Ich sehe ja, Sie wollen zu ihm.«

Luise stimmte erleichtert zu und setzte sich neben Alfred. Langsam hatten sich alle wieder in ihre Betten gelegt, kurze Zeit später verabschiedete sich der Pfarrer, und bald war Ruhe im Zimmer eingekehrt. Luise blieb noch lange neben Alfred sitzen, der ihre Hand in seine rechte Hand genommen hatte. Von Zeit zu Zeit sahen sie sich an, keiner von beiden hatte das Bedürfnis, zu sprechen. Nicht hier, vor all den Fremden. Dafür würden sie später noch genug Zeit haben, ganz in Ruhe, wenn sie wirklich alleine wären.

Irgendwann wurde es draußen dunkel, und Alfred schlief ein. Luise packte leise die Überreste ihrer kleinen Feier ein, nickte den Patienten, die noch wach waren und aufsahen, als sie ging, zu und verließ das Krankenzimmer. Dann sah sie noch in der Stationsküche vorbei und bedankte sich mit einem Paket Kaffee bei den Schwestern. Für die gute Pflege ihres Mannes und die Hilfe heute bei der Hochzeitsfeier. Die Schwestern saßen gerade beim Abendessen, manchmal aßen sie, was von den Patienten übrigblieb, manchmal brachten sie sich selbst ihre Stullen mit.

»Das ist ja nett von Ihnen, dass Sie uns Kaffee bringen. Das hatten wir schon lange nicht mehr. Und immer dieser Ersatzkaffee, den kann man wirklich nicht mehr sehen.« Schwester Hildegard, eine der ältesten Schwestern auf der Station, sah erfreut hoch. Eigentlich waren Patienten und deren Angehörige in der Stationsküche nicht erwünscht, aber heute, mit der Hochzeit – und dem Kaffee – machten sie gerne eine Ausnahme.

»Ich wollte mich noch einmal für die fürsorgliche Pflege meines Mannes bedanken.« Vor dem Wort »meines Mannes« zögerte Luise, das kam ihr noch nicht so leicht von den Lippen. »Es ist ganz nett von Ihnen, wie Sie sich um ihn kümmern.«

»Ihr Mann ist auch ein wirklich Netter. Das finden wir alle, Frau Schulze.« Die beiden jüngeren Schwestern am Tisch nickten zustimmend. »Wir wünschen Ihnen, dass Sie ihn bald mit nach Hause nehmen können. Jetzt war er so lange weg von daheim, da kann er es sicher nicht mehr erwarten, wieder in seinem eigenen Bett zu schlafen.«

»Ja, ich hoffe, er kann so bald wie möglich raus aus dem Krankenhaus. Sobald seine Wunde versorgt ist, wollen wir erst einmal an die Ostsee fahren, nach Bad Doberan. Alfred soll sich richtig auskurieren an der frischen Luft, nach all dem, was er mitgemacht hat.«

Luise verdrängte den Gedanken, dass sie das Geld für die Reise erst von ihrem Vater als Hochzeitsgeschenk erbitten musste, der ja wiederum noch gar nichts von der Hochzeit wusste. Dass Robert Schreiber ihr das Geld geben würde, daran zweifelte sie nicht, dazu würde er viel zu froh sein, sie endlich unter der Haube zu wissen. Aber nicht bei der Hochzeit dabei gewesen zu sein, würden ihr ihre Eltern vermutlich bis an den Rest ihres Lebens verübeln. Das spielt keine Rolle, dachte Luise, für sie galt es, ihr Glück mit Alfred zu schützen, wo immer es erforderlich war.

»Mathilde, sehen Sie einmal nach, wann Herr Schulze operiert wird, damit seine Frau besser planen kann«, ordnete Schwester Hildegard an.

Mathilde, eine der beiden jüngeren Schwestern, stand pflichtschuldig auf und eilte ins Schwesternzimmer, um auf den Operationsplan zu sehen.

»Herr Schulze wird übermorgen operiert. Dann kann er vermutlich ein paar Tage später entlassen werden, und Sie können ihn mitnehmen«, erklärte sie, als sie zurückkam.

»Vielen Dank. Ich bin morgen ohnehin wieder da, falls sich etwas ändern sollte. Vielen Dank noch einmal für alles.«

Luise verabschiedete sich und ließ die Schwestern ihr Abendessen beenden.

Zur gleichen Zeit versuchte Winter gerade in seiner Wohnung, die Kommode vom Arkonaplatz in die richtige Position im Schlafzimmer zu bringen. Die Männer, die die alte Frau vom Markt angeheuert hatte, hatten die Kommode zwar bis in den Flur der Wohnung getragen, waren aber dann schnell verschwunden, noch bevor Helene sich entschieden hatte, wo der beste Platz für die Kommode sei. Seitdem verstellte die Kommode den Flur fast vollständig, und Winter und Helene mussten sich immer daran vorbeidrücken, wenn sie in ihre Wohnung wollten. Winter drückte sich seit Tagen davor, die Kommode ins Schlafzimmer zu schaffen, zumal ihm niemand einfiel, der ihm dabei helfen würde. Fast war er versucht, von Reutersheim zu bitten, ihm beim Tragen zu helfen, aber das wäre schließlich Amtsmissbrauch, und diesen Vorwurf wollte er sich dann doch nicht machen lassen. Lieber schob er die Kommode Stück für Stück den Flur entlang ins Schlafzimmer, wie heute Abend.

»Max, willst du ein Glas Wasser?«, rief Helene aus der Küche.

Immerhin unterstützt Helene mich moralisch und mit kleinen Gesten bei der Möbelschlepperei, dachte Winter.

Die Wohnung war mittlerweile fast vollständig eingerichtet, das Wohnzimmer mit den schweren, gebrauchten Holzmöbeln, die sie zum Großteil aus Wohnungsauflösungen ergattert hatten, das verspielt eingerichtete Schlafzimmer, in dem Helenes romantische Ader zum Tragen kam, und Winters Arbeitszimmer, in das er sich ab und zu zurückziehen würde können. Allerdings würde dieser dritte Raum irgendwann hoffentlich in ein Kinderzimmer umgewandelt werden, wenn sich der ersehnte Nachwuchs einstellte.

»Dann kommen deine Bücher da wieder raus und in den Keller, das ist dir hoffentlich klar«, hatte ihm Helene schon angedroht. »Nicht, dass unsere Kleine zwischen lauter alten Büchern groß wird.«

»Erst einmal wird es natürlich *ein Kleiner*, und der wird die Bücher nur so verschlingen, sage ich dir«, antwortete Winter dann immer.

Dabei war er sich gar nicht sicher, ob er wirklich lieber einen Jungen als ein Mädchen wollte. Ein Mädchen stellte er sich eigentlich sehr nett vor, und das musste dann später wenigstens nicht in den Krieg ziehen.

»Max, das Essen ist fertig. Kommst du?«

Winter hörte es in der Küche klappern und freute sich, erst einmal eine kleine Pause einlegen zu können. Wenigstens ging es nur noch um die Feinarbeit, die Kommode stand nun endlich in der richtigen Ecke des Schlafzimmers und musste nur noch unter den Füssen mit kleinen Holzplättchen adjustiert werden, um gerade zu stehen.

Helene stand am Esstisch und verteilte das Essen, Bratkartoffeln mit Schinkenwürfeln, auf ihre beiden Teller. Hektische rote Flecken hatten sich auf ihrem Gesicht ausgebreitet. Winter wusste, es machte Helene immer noch nervös, für ihn hier in ihrer gemeinsamen Wohnung zu kochen. Helenes Mutter hatte zu Hause so gut wie nie gekocht und Helene das Kochen daher auch nicht beigebracht. Daher war jedes Essen eine Herausforderung, auch wenn es nur Bratkartoffeln gab. Winter versuchte sich nicht anmerken zu lassen, dass er Helene die Nervosität ansah.

»Hmmm, das sieht aber lecker aus. Das habe ich mir nach der Schufterei auch verdient, finde ich.« Winter setzte sich an den Tisch und legte sich eine Serviette auf den Schoß.

Dann nahm er die Gabel in die Hand und probierte damit eine der Bratkartoffeln.

»Das schmeckt ja lecker! Ganz ausgezeichnet«, lobte er das Essen.

»Na ja, es sind nur Bratkartoffeln«, meinte Helene etwas verlegen.

»Was meinst du, wie viele Menschen froh wären, hätten sie gerade solche Bratkartoffeln am Teller. Ganz köstlich sind sie geworden.«

Winter sprach halb im Ernst, halb im Scherz. Es blieb tatsächlich zu hoffen, dass die diesjährige Kartoffelernte gut werden würde, sonst sähe es mit der Versorgung der

Bevölkerung schlecht aus. Auch wenn die Bratkartoffeln von Helene noch lange nicht an die seiner Mutter heranreichten. Aber das behielt er für sich.

»Aber einige sind doch etwas angebrannt, findest du nicht?«, fragte Helene.

»Also, für mich schmecken sie genau so, wie Bratkartoffeln schmecken sollen! Besser geht es gar nicht!«

Winter fand es immer wieder überraschend, wie seine Frau manchmal unsicher wie ein junges Mädchen agieren konnte, um dann von Zeit zu Zeit wie eine Furie um sich zu schlagen und nur noch verbrannte Erde zu hinterlassen. Aber das gehörte wohl zu ihr wie all das, was er an ihr liebte.

»Max, du alter Charmeur, ich kenne dich doch. Das sagst du nur, um mir eine Freude zu machen«, Helene gluckste allerdings ausgesprochen zufrieden. »Aber jetzt erzähl doch einmal, was macht dein Fall? Die armen Soldaten, das ist ja wirklich tragisch, den Krieg zu überleben, um dann hier zu sterben.«

»Du weißt ja, ich darf dir nichts darüber berichten.«

»Na ja, du glaubst doch selbst nicht, die anderen würden zu Hause nichts von ihrer Arbeit erzählen. Das ist doch ein Märchen. Jeder will doch über das reden, was ihn bewegt.«

Winter nickte. Damit hatte Helene sicher recht.

»Nur so viel: Ich muss morgen in die Rechtsmedizin und dort mit dem zuständigen Pathologen sprechen. Ich muss endlich klären, ob es eher wie Nachlässigkeit aussieht, oder ob es auch ein Verbrechen sein könnte. Obwohl der Rechtsmediziner ohne die Leichen auch nur mutmaßen kann.«

»Du meinst, jemand könnte die Männer mit Absicht umgebracht haben? Aber das wäre ja unglaublich!«

»Ich weiß, wir sind bisher immer nur von Fahrlässigkeit ausgegangen. Aber vielleicht haben wir dabei etwas übersehen.«

»Aber hätte man das nicht merken müssen? Irgendwelche Stichwunden bei den Soldaten oder sonstige Verletzungen?«

»Vergiss nicht, Helene, die Männer sind rasch beerdigt worden, und niemand hat sie sich wirklich genau angesehen. Ich kann mir zwar nicht vorstellen, dass es den Krankenschwestern nicht aufgefallen wäre, wenn jemand eine frische Stichwunde gehabt hätte. Aber wer weiß, bei all der Hektik kann auch so etwas einmal übersehen werden.«

»Das ist ja gruselig! Zum Glück ist niemand, den wir kennen, im Moment dort Patient«, rief Helene aus.

»Ja, zum Glück nicht. Zumindest, bis alles geklärt ist. Jedenfalls werde ich morgen mit dem Rechtsmediziner sprechen. Ich werde auch versuchen herauszufinden, ob es Möglichkeiten gibt, Patienten sterben zu lassen, ohne dass es auffällt. Dann sehen wir weiter.«

»Gruselig«, wiederholte Helene. »Das ist wirklich gruselig. Ich hoffe nur, du kommst schnell mit den Ermittlungen weiter. Nicht auszudenken, wenn noch etwas passieren sollte.«

KAPITEL 7

Winter klingelte an der Tür des Seitenflügels des dreistöckigen Backsteinhauses in der Hannoverschen Straße. Von außen sah der Seitenflügel wie eine Festung aus, während der Mitteltrakt des Gebäudes offen und dem Publikum zugänglich war. Winter schien es, als würde er eine Ewigkeit warten. Er klingelte ein zweites Mal. Irgendwann öffnete sich die Tür, und er wurde von einem Pförtner, der aussah, als sei er gerade aus seinem Mittagsschlaf geweckt worden, eingelassen. Winter stand in dem kleinen Raum vor der Pförtnerloge, die Tür in den nächsten Abschnitt des Gebäudes schien wieder abgeschlossen zu sein. Das Tor fiel hinter ihm ins Schloss, und Winter fühlte sich wie einem Gefängnis.

»Ich habe einen Termin mit Professor Meinert um 11.30 Uhr. Mein Name ist Winter, Kriminalkommissar Winter«, stellte Winter sich vor.

»Hier steht nichts von einem Herrn Winter.« Der Pförtner war zurück in seine Loge geschlurft und hatte sich schwerfällig an seinen Schreibtisch gesetzt. Er blätterte eine Ewigkeit in einem Stapel ungeordneter Zettel.

Winter war sich nicht sicher, aber wenn er sich nicht täuschte, hatte der Pförtner Hausschuhe an.

»Tut mir leid, aber wenn Se nischt oof meener Liste stehen, kann ich Se nicht reinlassen.« Der Pförtner schüttelte den Kopf.

Winter hatte keineswegs das Gefühl, dass es dem Pförtner leidtäte, im Gegenteil.

»Ich glaube, Ihnen ist der Ernst der Lage nicht ganz klar. Ich bin kein Besucher, der sich das Gebäude ansehen will, ich bin Kriminalkommissar von der Mordkommission. Und seit dem Vertrag von 1902 zwischen dem Polizeipräsidenten und der Rechtsmedizin in Berlin arbeiten beide Institutionen zusammen. Außerdem war ich schon oft hier, und Sie haben mich auch schon selbst ein paarmal hereingelassen.«

Es sah nicht so aus, als sei der Pförtner damit zu beeindrucken.

»Da könnte ja jeder kommen und sajen, er sei von der Polizei. Wenn ick damit anfange, is hier jar nischt mehr sicher.«

»Hier ist mein Ausweis.« Entnervt warf Winter ihm den Ausweis durch das Fenster der Pförtnerloge auf den Tisch. »Das müsste nun aber langsam reichen.«

»Wat soll ick denn damit? Det is doch nur Ihr persönlicher Ausweis, hier steht nischt von einem Kriminalkommissar.«

Das durfte doch nicht wahr sein! Winter hatte tatsächlich seinen Dienstausweis in der anderen Jacke zu Hause vergessen.

»So, jetzt jehen Se erst einmal nach Hause und holen Ihren Dienstausweis, dann sehen wir weiter. Ohne den Ausweis kann ick jar nischt machen.«

»Sind Sie noch ganz bei Trost? Ich schlage vor, Sie gehen sofort zu Professor Meinert nach oben und fragen ihn selbst, ob er einen Termin mit mir hat. Ansonsten können Sie sich darauf verlassen, das gibt eine Beschwerde von ganz oben. Ich gehe hier so lange nicht weg, bis Sie dem Herrn Professor Bescheid gegeben haben.«

Winter wurde langsam ärgerlich und musste sich anstrengen, nicht laut zu werden.

»Schon jut, schon jut, rejen Se sich mal nicht so oof. Immer mit der Ruhe!« Der Pförtner sah zufrieden aus. »Ick jehe jetzt nach oben zum Herrn Professor, und Se warten hier. Aber jehen Se mal janz hinter, ick muss die Tür ins Jebäude oofmachen, und da müssense Abstand halten. Sonst könnte ja jeder einfach hinter mir herloofen.«

Langsam bis zehn zählen, ganz langsam, sagte sich Winter und trat ein Stück zurück. Der Pförtner schloss die Zwischentür auf, behielt Winter aber dabei die ganze Zeit im Auge und zog die Tür dann rasch hinter sich wieder ins Schloss. Winter stand alleine in dem kleinen Vorraum. Wenn es hier nur nicht so unerträglich nach Schweiß riechen würde. Und dann diese Enge.

Winter hatte das Gefühl, es dauerte Stunden, bis der Pförtner wieder kam.

»Is in Ordnung, Se können jetzt zum Herrn Professor. Aber beim nächsten Mal den Ausweis mitbringen, sonst kann ick Se nicht reinlassen, dat wissense nu.« Tadelnd hob der Pförtner den rechten Zeigefinger. »Jetzt war icke noch mal kulant, aber beim nächsten Mal jeht dat wirklich nisch mehr.«

»Wie ich höre, hatten Sie gerade mit unserem Faktotum an der Pforte eine unerfreuliche Begegnung.« Prof. Meinert stand aus dem schweren Sessel auf, der den Abschluss einer Sitzecke mit Sofa und ein paar schmaleren Sesseln bildete. »Wissen Sie, seit der Eröffnung des Leichenschauhauses vor einigen Jahrzehnten strömt hier tagtäglich die Öffentlichkeit ins Gebäude, um die Toten zu bestaunen. Deshalb versucht der Pförtner, wenigstens unseren Bereich im Seitenflügel mit Zähnen und Klauen zu verteidigen. Und trauert den alten Zeiten nach, als es noch nicht jedermann erlaubt war, die Leichen zu sehen. Das ist mittlerweile, wie schon gesagt, zwar einige Jahre her, aber er hat es noch miterlebt. Dadurch wird das vielleicht verständlich.«

Winter fand das durchaus nicht verständlich, widersprach aber nicht. Schließlich wollte er Auskünfte vom Professor und diesen deshalb nicht verärgern.

»Setzen Sie sich doch!« Prof. Meinert gab Winter die Hand und zeigte dann auf einen der Besucherstühle. »Ich lasse uns noch etwas trinken bringen. Wollen Sie eine Tasse Kaffee?«

Winter nickte. Prof. Meinert ging in das Vorzimmer und wies seine Sekretärin an, ihnen Kaffee zu kochen. Täuschte sich Winter, oder zwinkerte Prof. Meinert seiner Vorzimmerdame etwas zu vertraulich zu? Die Dame war jung genug, um seine Tochter zu sein, außerdem sehr hübsch, und sie lächelte ihren Chef voller Bewunderung an. Aber was ging es Winter an, es war reine Gewohnheit von ihm, das Verhalten seiner Mitmenschen ständig zu beobachten.

Kurze Zeit später brachte die hübsche Sekretärin zwei Tassen Kaffee mit einem Milchkännchen und Zucker, zusätzlich lag noch Gebäck zum Knabbern auf dem Tablett. Offensichtlich schien das Institut nicht in finanziellen Nöten zu stecken.

»So, Herr Winter, wie kann ich Ihnen weiterhelfen?« Prof. Meinert nahm die Tasse mit dem Kaffee in die Hand und goss sorgfältig ein paar Tropfen Milch hinein. Er schien völlig davon absorbiert zu sein, die richtige Mischung aus Kaffee und Milch zu erwischen.

»Ich habe einige Fragen zu den unklaren Todesfällen, die sich in den letzten Wochen in der Chirurgischen Klinik der Charité ereignet haben.«

»Interessant. Um welche Todesfälle handelt es sich denn?«

Prof. Meinert hob vorsichtig die Tasse, um nichts zu verschütten, und führte sie an seinen Mund. Er nahm einen Schluck und meinte dann zustimmend: »Hmm, sehr lecker. Also diese neue Kaffeemischung ist wirklich ausgezeichnet. Müssen Sie probieren, ganz vorzüglich.«

Winter trank eilig einen Schluck Kaffee. Irgendwie musste er hier langsam vorankommen.

»Ja, sehr gut, der Kaffee. Nun zu meiner Frage: Gibt es denn eine Möglichkeit, Patienten in der Klinik umzubringen, ohne dass es jemand merkt?«

Prof. Meinert verschluckte sich fast, als Winter seine Frage stellte. Ein paar Tropfen Kaffee verfingen sich in seinem sorgfältig gestutzten Bart.

»Sie machen wohl Witze, Herr Winter. Ob es eine Möglichkeit gibt, Patienten unbemerkt um die Ecke zu bringen, fragen Sie? Nicht eine Möglichkeit, Hunderte gibt es, nichts einfacher als das. Sie könnten zum Beispiel zu viel Morphin spritzen. Vielleicht im Moment etwas schwierig, weil das Morphin so knapp ist. Oder Sie könnten Digitalis verabreichen, eines der ältesten Medikamente überhaupt. Stärkt das Herz, in der richtigen Dosis, wohlgemerkt. Zu viel davon, und die Pumpe macht schlapp. Oder es gibt auch die Methode der Luftembolie, das heißt, Sie spritzen Luft in die menschlichen Venen. Die Luft wandert dann ins Herz und, peng, das Herz setzt aus und schlägt nicht mehr. Ist nicht ganz einfach, weil Sie ziemlich viel Luft brauchen, um einen kräftigen Mann ins Jenseits zu befördern. Und von all den Giften, die Sie einfach ins Essen mischen können, brauchen wir erst gar nicht anzufangen. Da müssen Sie nur aufpassen, dass der Eigengeschmack nicht zu stark ist. Und dass die Schwestern nicht mitbekommen, wie Sie sich am Essen zu schaffen machen. Aber das dürfte kein zu großes Problem sein, wenn Sie den Ablauf auf Station halbwegs kennen. Und dort bekannt sind.«

Winter war fast versucht, zu erklären, er habe es eigentlich nicht persönlich vor, einen Patienten umzubringen, so intensiv sprach der Professor auf ihn ein.

»Und wie kann ich nachweisen, wie der Täter vorgegangen ist?«

»Gar nicht können Sie das. Sie können froh sein, wenn es überhaupt jemand bemerkt. Und im Moment mit all den Kriegsverletzungen, meinen Sie wirklich, da fällt es auf, wenn eine Einstichstelle zu viel da ist? An einem Körper, der mit Narben übersät ist? Was meinen Sie, was wir hier alles sehen. Das reinste Gruselkabinett. Und die Leute schauen sich das auch noch gerne an, unfassbar.«

»Sie meinen, es gibt keine Möglichkeit, etwas nachzuweisen?«

»Sagen wir einmal so: Wenn Sie einen Verstorbenen hierher bringen lassen, bei dem Sie den begründeten Verdacht haben, er sei eines unnatürlichen Todes gestorben, würde ich ihn systematisch auf all diese Todesarten untersuchen. Aber mit ›begründet‹ meine ich, wirklich begründet. Nicht, dass nun alle Soldaten, die in der Charité sterben, bei mir auf dem Tisch landen. Die Zeit habe ich wirklich nicht. Also jemand, der praktisch vollkommen gesund war und keine längere Operation hinter sich hatte. Und der noch wie ein Mensch aussah und dem sie nicht das halbe Gesicht weggepustet haben. Dann finde ich nämlich auch nichts mehr. Jemand, der, wie gesagt, beinahe gesund war, und dann plötzlich gestorben ist, den dürfen Sie zu mir bringen. Dann sehe ich ihn mir an. Und glauben Sie mir, wenn jemand etwas findet, dann bin ich das!«

Prof. Meinert stellte abrupt die Kaffeetasse ab und stand auf.

»So, genug geredet, ich muss wieder an die Arbeit. Kommen Sie, ich bringe Sie nach draußen.«

Sie gingen aus dem zweiten Stock die Treppen hinab, vorbei an einer Ahnengalerie von Ölgemälden. Winter las den Namen Prof. Carl Liman, daneben hing das Porträt von Prof. Fritz Strassmann, der im August 1894 mit der Ernennung zum beamteten außerordentlichen Professor endgültig Leiter der Gerichtsmedizin geworden war. Prof. Meinert bemerkte, dass Winter die Gemälde interessiert betrachtete.

»Ja, das ist schon eine beeindruckende Galerie.« Prof. Meinert blieb stehen und begann zu dozieren. Von der Eile, wieder an die Arbeit zu müssen, war auf einmal nichts mehr zu spüren. »Prof. Strassmann wurde bereits mit 33 Jahren im Dezember 1891 nach dem Tod von Prof. Liman stellvertretender Leiter unseres Institutes. Und seit 1894 ist er Leiter der Gerichtsmedizin, aber das wissen Sie ja. Unter anderem hat er einen Klassiker geschrieben, das *Lehrbuch der gerichtlichen Medicin*. Wurde 1895 veröffentlicht und 1903 sogar unter dem Titel *Strassmann-Oretschkin* in Russland verlegt. Wirklich beeindruckend.«

Winter war gegen seinen Willen von den Ausführungen des Professors fasziniert, eigentlich hatte er doch diese Gebäude so schnell wie möglich wieder verlassen wollen.

»Und heute sind wir eines der führenden Zentren für Gerichtsmedizin weltweit. Jedes Jahr kommen Besucher von überallher, um sich von uns unterrichten zu lassen. In Spurenuntersuchungen, forensisch-psychiatrischen Begutachtungen oder bei Blutgruppenbestimmungen in Vaterschaftssachen.«

Sie gingen langsam weiter. Vom Fenster aus war der Hof einsehbar, in dem reges Treiben herrschte. Winter wusste, dass im Mitteltrakt das Leichenschauhaus mit dem Leichenkommissariat und im Westflügel die Dienstwohnungen und das Büro des Leichenkommissarius lagen. Im Ostflügel waren die Unterrichtsanstalt für Staatsarzneikunde und der Saal mit den beiden Seziertischen untergebracht. Es gab eine umfassende Sammlung mit etwa 1500 Präparaten, zu der auch noch 300 Abbildungen und Fotografien gehörten, zu bestaunen.

Anfänger im Polizeidienst wurden besonders gerne und ausgiebig von den Sektionsassistenten von einem Präparat zum anderen geführt. Am meisten schien es sie zu freuen, wenn es einem der jungen Polizeianwärter vor einem der Präparate schlecht wurde, dann hatten sie richtig Spaß bei den Führungen. Winter konnte sich daran noch bestens aus seiner eigenen Anfängerzeit erinnern. Außerdem gab es noch eine Schädelsammlung, die teilweise bei Polizeiausstellungen in Berlin gezeigt wurde.

»Weniger glücklich sind wir allerdings über die ganzen Schaulustigen, die kommen, um sich an den Leichenkästen die Nasen platt zu drücken«, fuhr Prof. Meinert fort. »Aber das lässt sich nun einmal nicht vermeiden. Immerhin haben wir eine der besten Kühlanlagen in ganz Europa, um die Räume zu klimatisieren. Dann ist der Geruch wenigstens nicht ganz so unangenehm.«

Winter nickte. Er war schon etliche Male im Leichenschauhaus gewesen, wenn es galt, Mordopfer, Ertrunkene oder Selbstmörder mithilfe von Angehörigen zu identifizieren. Keine schöne Aufgabe, aber leider nicht zu vermeiden. Die unbekannten Leichen waren auf schrägen Brettern aufgebahrt, um sie besser sichtbar zu machen. Fast wie in einem Zoo, dachte Winter. Nach drei Wochen wurden sie dann weggeschafft und endlich beerdigt, bei den besonders spektakulären Leichen sehr zum Leidwesen der Schaulustigen.

»Also, Herr Winter, ich hoffe doch, dass wir uns, zumindest in dieser Angelegenheit, nicht so bald wiedersehen.« Sie waren am Fuß der Treppe angelangt, und Prof. Meinert schüttelte Winter zum Abschied die Hand. »Den Rest des Weges nach draußen finden Sie ja alleine. Und wegen der gestorbenen Patienten glaube ich, Sie verrennen sich da in etwas. Wer sollte denn ein Interesse daran haben, ein paar von diesen verzweifelten Seelen umzubringen, die sind doch gestraft genug?«

KAPITEL 8

»Oppermann, wer ist der Nächste?«, bellte Prof. Neugebauer. »Ein bisschen mehr Tempo. Hier schlafen wohl gerade alle!«

Die Operationsassistenten gaben sich alle geschäftig, um sich nicht den Zorn des Professors zuzuziehen.

»Ein Herr Schulze ist der nächste Patient.« Richard beeilte sich, die Liege, auf der Alfred Schulze lag, in das Ambulanzzimmer zu schieben. »Er hat an der Front seinen linken Unterarm verloren. An der äußeren Seite der Wunde scheint sich eine eitrige Absiedlung gebildet zu haben. Jedenfalls hat Herr Schulze im Bereich der Amputation Schmerzen.«

Außer Prof. Neugebauer standen noch zwei Assistenten und eine Operationsschwester im Zimmer und warteten, dass Richard die Liege an die dafür vorgesehene Stelle schob. Keiner half Richard, ein sicheres Zeichen, dass er in Ungnade gefallen war. Einer der Assistenten war Dr. Konrad Hoffmann, der jede Bewegung Richards belauerte. Als die Liege an ihrem Platz stand, nahm die Operationsschwester den Verband von der Wunde.

»Hier hat sich die Wunde eindeutig infiziert«, brummte Prof. Neugebauer in seinen Bart. »Da müssen wir den Eiter ablassen.«

Alfred Schulze blickte Prof. Neugebauer ängstlich an. Bisher hatte noch niemand das Wort an ihn gerichtet, und er wusste nicht, was die Worte des Professors für ihn bedeuteten.

»Ich denke, wir versuchen noch einmal mit Lokalanästhesie, die Wunde zu revidieren. Oppermann, machen Sie sich an die Arbeit. Öffnen Sie die Wunde und spülen Sie sie aus, so gut es geht. Der Nächste und mit etwas mehr Pfeffer, bitte. Hoffmann, bewegen Sie Ihren Allerwertesten hinaus und holen Sie den nächsten Patienten.«

Dr. Konrad Hoffmann sah enttäuscht aus. Offensichtlich gefiel er sich in der Rolle dessen, der die Arbeit der anderen begutachtete. Dass ihn Prof. Neugebauer wie einen normalen Assistenten behandelte, passte ihm gar nicht. Schließlich war er der Beauftragte des Klinikvorstandes in Sachen in Hygiene und nicht irgendein namenloser Assistent, den man wie einen Sklaven herumscheuchen konnte. Allerdings drehte er rasch sein Gesicht zur Seite, damit Prof. Neugebauer seinen Ärger nicht bemerkte. Die Zeit war noch nicht gekommen, um seine Position zu behaupten. Dazu bräuchte er noch ein paar Meriten mehr, damit ihn die da oben wirklich als das wahrnehmen würden, was er war, eine echte Führungspersönlichkeit. Aber erst einmal nichts überstürzen, lang konnte es schließlich nicht mehr dauern, bis er seinen angemessenen Platz in der Klinikhierarchie hätte.

»Und was passiert jetzt mit mir?«, fragte Alfred Schulze, während Richard ihn nach draußen und anschließend in das kleine, dunkle Behandlungszimmer nebenan schob.

»Ich werde nun zunächst vorsichtig mit einem Skalpell einen kleinen Schnitt in die Wunde machen, damit der Eiter abfließen kann. Zum Glück ist nicht die ganze Naht infiziert, sondern nur die kleine Stelle hier, sehen Sie?«

Richard nahm den linken Arm von Alfred Schulze und drehte ihn vorsichtig in Richtung des kleinen Fensters, durch das wenigstens etwas Licht in das Zimmer drang.

»Sehen Sie, die infizierte Stelle ist ungefähr zwei Zentimeter lang. Aber das reicht schon, um Schmerzen zu machen.«

Richard legte den Arm wieder auf die Liege zurück und richtete sich seine Instrumente für den Eingriff her.

»Und macht man so etwas denn nicht in Narkose?«, fragte Alfred Schulze.

»Nein, wir versuchen natürlich, jede Narkose zu vermeiden. Das ist eine ziemliche Belastung für den Körper. Nur wenn es gar nicht anders geht. Ansonsten betäuben wir lieber örtlich. Aber ich glaube, selbst das ist bei Ihnen nicht nötig. Das Setzen der örtlichen Betäubung würde genauso wehtun, wie der Stich mit dem Skalpell in die Wunde«, erklärte Richard. »Ist das in Ordnung für Sie?«

Alfred Schulze war bleich geworden, als er hörte, der Eingriff würde ohne Betäubung erfolgen.

»Ja, das ist in Ordnung. Aber wissen Sie, ich bin kein großer Held. Ich bin niemand, der Schmerzen gut aushält. Das war ich noch nie.«

»Es ist, wie gesagt, nur ein Stich, das verspreche ich Ihnen. Aber wenn Sie wollen, gebe ich Ihnen auch eine örtliche Betäubung.«

»Nein, nein, das ist schon gut. Wenn Sie sagen, es ist auszuhalten, glaube ich Ihnen.«

Richard stand auf, um sich aus dem Medikamentenschrank die Lösung zum Desinfizieren und ein sauberes Skalpell zu holen. Seit die neuen Hygienevorschriften galten, wurden die Instrumente zentral gereinigt, und die Bakterien konnten nicht mehr von einem Patienten auf den nächsten übertragen werden. Er legte sein Arbeitswerkzeug auf den Beistelltisch neben der Patientenliege.

»Ich habe gehört, Sie haben hier im Krankenhaus geheiratet. Die Schwestern waren ganz begeistert davon. Es gab wohl auch einen leckeren Kuchen.«

»Ja, meine Frau Luise versorgt mich hier bestens.«

»Und wo sollen die Flitterwochen hingehen?« Richard versuchte, Alfred Schulze von dem Eingriff abzulenken.

»Also Flitterwochen ist sicher zu viel gesagt. Wenn es mir wieder besser geht, wollen wir für einige Zeit an die Ostsee fahren. Damit ich mich von all dem erholen kann.«

»Die Ostsee klingt doch sehr gut. Da war ich letztes Jahr mit meiner Familie. Zur Erholung bestens geeignet, finde ich. So, jetzt wird es einen Moment wehtun.«

Alfred Schulze zuckte zusammen, als Richard mit dem Skalpell den Schnitt setzte. Dann begann der Eiter aus der Wunde zu fließen, erst schnell, dann immer langsamer, bis der Fluss nach einer Weile völlig versiegte. Alfred Schulze entspannte sich langsam. Richard spülte die Wunde noch einige Male mit einer Kochsalzlösung aus, bald kam nur noch durchsichtige Flüssigkeit aus der Wunde. Und kein Eiter mehr.

»Der Stich war nicht so schlimm, Sie hatten recht«, meinte Alfred Schulze. »Und jetzt tut es deutlich weniger weh. Wie geht es nun weiter?«

»Erst einmal kommen Sie wieder auf die Station zurück, und morgen sehe ich mir die Wunde wieder an. Jetzt ruhen Sie sich erst einmal aus.«

Der Tag und der anschließende Abend schienen sich für Richard ewig hinzuziehen. Erst galt es, die Ambulanz zu Ende zu versorgen, dann kam die Station an die Reihe. Als

Richard endlich dazu kam, etwas zu essen, war es bereits 22.00 Uhr und die Gänge der Chirurgischen Klinik wie leer gefegt. Richard wusste aus Erfahrung, wie schnell sich das ändern konnte. Lieber die Ruhe ausnützen und rasch etwas essen. Danach würde er noch einmal nach Alfred Schulze sehen und anschließend, falls nichts dazwischen kam, in sein Dienstzimmer gehen und eine Runde schlafen.

Heute war er für die Versorgung der Ambulanz eingeteilt. Die Ambulanz selbst war zwar nun geschlossen, aber bei Notfällen würden ihn die Schwestern als Diensthabenden zuerst holen. Die Ambulanzdienste machte keiner der chirurgischen Ärzte gerne, es gab viele kleine operative Eingriffe zu erledigen, aber keine richtigen Operationen.

Richard überlegte einen Moment, ob er noch ins Labor gehen und seine Experimente fortsetzen sollte, entschied sich aber dagegen. Ein paarmal war es ihm schon passiert, dass er zu müde war, um die Versuche sorgfältig durchzuführen, und er mit einer einzigen unvorsichtigen Bewegung die Arbeit der vorangegangenen Tage oder Nächte zerstört hatte, indem er die falschen Flüssigkeiten zusammengeschüttet hatte oder einfach das Reagenzglas auf den Boden hatte fallen lassen. Dafür war er zu weit vorangekommen, trotz all der Schwierigkeiten der letzten Zeit hatten seine Experimente erstaunlich gut funktioniert, und er hoffte, kurz vor der Lösung des Problems mit der schlechten Verträglichkeit des Lokalanästhetikums zu sein. Nicht auszudenken, wenn er Professor Bier bei dessen Rückkehr von der Front wirkliche Ergebnisse liefern könnte.

»Dr. Oppermann, kann ich Ihnen etwas zu essen bringen? Wir haben noch ein paar Stullen übrig. Von den

Patienten hatte heute keiner so richtigen Hunger.« Schwester Elisabeth öffnete gerade die Tür ihres Zimmers.

Schwester Elisabeth hatte heute ebenfalls Nachtdienst, zusammen mit Marie, die Richard allerdings nur einmal kurz auf dem Gang mit dem Visitenwagen gesehen hatte.

»Gerne. Wo steht das Essen denn, in der Küche?«

»Ja, kommen Sie mit. Ich mache Ihnen noch etwas Warmes zum Trinken dazu.«

»Aber das brauchen Sie doch nicht, Schwester Elisabeth. Sie haben sicher genug zu tun, bei den vielen Pflegefällen auf Station«, meinte Richard.

Aber wenn er ehrlich zu sich war, tat es ihm richtig gut, etwas umsorgt zu werden.

»Für Sie mache ich das gerne, das wissen Sie doch. Und jetzt reden Sie nicht so viel, sondern kommen einfach mit. Wir wissen doch beide, wie schnell sich die Ruhe wieder ändern kann.«

Nach dem Essen sah Richard nach Alfred Schulze. Die meisten der Männer schliefen und ließen sich auch nicht davon stören, dass Richard das Licht anmachte. Ein paar Tage im Krankenhaus und man lernte schnell, bei Lärm und auch bei Licht zu schlafen.

»Herr Schulze, wie geht es Ihnen?«, flüsterte Richard.

Alfred Schulze schreckte hoch. Offensichtlich hatte er geschlafen, allerdings, wie es Richard schien, mit offenen Augen. Das war ihm bei Alfred Schulze schon ein paar Mal aufgefallen.

»Alles gut, alles gut«, stammelte Alfred Schulze.

»Haben Sie Schmerzen? Oder Fieber?«

»Nein, kein Fieber, kein Fieber. Das hat die Schwester vorhin gemessen.«

»Und Schmerzen? Tut Ihnen die Wunde weh?«

Richard nahm den Stumpf vorsichtig in die Hand. Alfred Schulze zuckte zusammen.

»Herr Doktor«, Alfred Schulze sprach so leise, dass ihn Richard fast nicht verstand, »Herr Doktor, können Sie mir nicht noch etwas geben? Die Nacht ist so lang. Und ich will Sie dann nicht stören. Jetzt geht es ja noch, aber wenn die Schmerzen später wieder stärker werden, das halte ich nicht aus. Und bitte gespritzt, alles andere hilft nicht.«

Richard nickte. Er konnte sich des Gefühls nicht erwehren, dass Alfred Schulze langsam dabei war, vom Morphin abhängig zu werden. Vielleicht tat er ihm unrecht und es war die akute Entzündung, die diese starken Schmerzen verursachte, aber Richard kannte diesen Blick, dieses völlige Fixiertsein auf die erlösende Morphinspritze. Und der Schmerz nach einer Amputation, der über Jahrzehnte bestehen bleiben konnte, stand als sogenannter Phantomschmerz ohnehin in allen Lehrbüchern. Es war schon unheimlich, der Arm oder das Bein war gar nicht mehr da und konnte doch höllische Schmerzen hervorrufen.

»In Ordnung, ich spritze Ihnen noch etwas für die Nacht. Und gleich morgen früh lass ich Sie in die Ambulanz bringen, und wir schauen uns die Wunde an.«

Richard hoffte nur, es würde nicht erforderlich sein, wegen dieser kleinen Entzündung noch einmal zu operieren oder sogar mehr von dem Arm zu entfernen. Bisher hatte Alfred Schulze sein Ellenbogengelenk erhalten, und das würde für seine weitere Beweglichkeit eine ausschlaggebende Rolle spielen.

Das Morphin war im Schwesternzimmer in einem schweren Schrank eingeschlossen. Den Schlüssel dafür hatten nur der jeweilige Stationsarzt und Schwester Elisabeth als Stationsschwester. Keine der anderen Schwestern oder Schwesternschülerinnen durfte alleine an diesen Schrank gehen. Schwester Elisabeth bestand darauf, geholt zu werden, wenn Betäubungsmittel gebraucht wurden, egal, ob sie Dienst hatte oder nicht. Nur wenn sie gelegentlich ihre alte Mutter in Brandenburg besuchte, gab sie den Schlüssel an die stellvertretende Stationsschwester ab und zählte danach sämtliche Medikamente ab. Wäre Richard nicht Stationsarzt, sondern nur Dienstarzt, hätte auch er Schwester Elisabeth holen müssen. Aber da er selbst einen Schlüssel besaß, konnte er nun die Ampulle Morphin für Alfred Schulze selbst holen, und passte nur auf, die entnommene Ampulle auch sorgfältig in dem ausliegenden Protokoll einzutragen.

Leise ging Richard zurück in das Patientenzimmer. Nichts rührte sich, obwohl Richard das Licht angelassen hatte.

»So, strecken Sie den Arm einmal aus und machen Sie eine Faust.«

Richard setzte sich auf den Hocker neben dem Bett von Alfred Schulze. Er nahm seinen Stauschlauch aus der Tasche des Visitenrocks, band ihn um den rechten Arm von Alfred Schulze, zog den Schlauch zusammen und spritzte dann das Morphin langsam in die angeschwollene Vene. Als er die Spritze wieder auf das dafür vorgesehene Tablett legen wollte, fiel sie klirrend auf den Boden. Der Bettnachbar von Alfred Schulze, ein korpulenter älterer Mann aus dem Wedding, dem wegen einer fortgeschrittenen Zuckerkrankheit der linke Fuß entfernt worden war, schreckte hoch. Er drehte sich zu Richard hin, erkannte ihn, nickte kurz und schlief dann beruhigt sofort wieder ein. Wie ungeschickt von mir, dachte Richard, zum Glück bin ich nicht mehr ins Labor gegangen, das wäre sicher schief gegangen.

Der Rest der Nacht verlief ruhig. Richard wurde noch ein paar Mal geweckt und in die Notaufnahme gerufen, aber es gab nichts Ernstes. Eine Prügelei im Bahnhofsviertel zwischen zwei halbseidenen Gestalten, von denen der eine mit Hilfe einer zerbrochenen Fensterscheibe von seinem Gegner ein paar kleine Schnitte im Gesicht erhalten hatte, und der andere als Revanche dafür eine etwa fünf Zentimeter lange Schnittwunde am linken Unterarm einstecken musste, die Richard nähen musste. Anschließend galt es noch, einen Splitter im Fuß eines Jungen zu ziehen, den dieser sich bei dem nächtlichen Versuch, von den Marmeladenvorräten seiner Mutter zu stibitzen, eingezogen hatte. Dazu kamen ein paar kleinere Brüche, nichts, was operativ zu versorgen war. Nach 3.00 Uhr störte ihn niemand mehr, und Richard schlief durch bis um 6.00 Uhr, als es Zeit zum Aufstehen für den Tagdienst wurde.

Nachdem Richard sich am Waschbecken des Dienstzimmers gewaschen und frische Wäsche angezogen hatte, ging er hinunter auf die Station. Vor der chirurgischen Frühbesprechung, in der die Aufteilung der Assistenten auf die Operationssäle bzw. deren Zuteilung zum Ambulanzdienst erfolgte, wollte Richard noch einmal nach Alfred Schulze sehen. Gestern Nacht hatte er, nachdem er das Patientenzimmer verlassen hatte, eine Weile überlegt, ob er Alfred Schulze nicht doch lieber gleich in das Ambulanzzimmer hätte mitnehmen sollen. Laut dem Bericht der Schwestern war die Wunde beim letzten Verbandswechsel am frühen Abend zwar unauffällig gewesen und der nächste vorgesehene Wechsel stand erst am Morgen an, aber er hätte sich die Wunde lieber selbst noch einmal angesehen, um sich zu vergewissern, das alles in Ordnung sei. Auf der anderen Seite würde er damit einen ziemlichen Wirbel verursachen, wenn er Alfred Schulze mitten in der Nacht aus dessen Morphinschlaf wecken und nach unten bringen würde. Also hatte er sich dagegen entschieden.

Als Richard die letzte Stufe der Treppe hinuntersprang, konnte er den Gang der Station einsehen. Fast ein Dutzend Menschen standen hier, für diese Uhrzeit absolut unüblich. Die Tür zu dem Zimmer, in dem Alfred Schulze lag, stand offen. Prof. Neugebauer, einige der anderen Assistenten, Schwestern und der Pfarrer Ludwig Seeler standen davor und schienen ratlos zu sein. Richard überlegte einen kurzen Moment, ob er nicht einfach die Treppe weiter nach unten gehen und weglaufen sollte. Noch hatte ihn keiner der anderen bemerkt. Aber das kam für ihn natürlich nicht infrage.

Als der Pfarrer ihn bemerkte, rief er ihm mit tränenerstickter Stimme zu: »Ihr Patient, Alfred Schulze, ist heute in den frühen Morgenstunden gestorben. Und seine Frau, mein Gott, was sage ich nur seiner Frau. Ich habe sie selbst getraut, wie furchtbar, wie unfassbar. Was soll ich nur machen?«

Als Richard näherkam, trat ein Mann aus der Menge, den er bisher nicht bemerkt hatte.

»Herr Oppermann, ich muss Sie leider mitnehmen. Sie stehen im dringenden Verdacht, am Tod Ihres Patienten Alfred Schulze schuldig zu sein. Wir haben in Ihrem Umkleidespind mehrere leere Morphinampullen gefunden. Außerdem hat ein Patient beobachtet, wie Sie Herrn Schulze etwas gespritzt haben, während dieser schlief.«

TEIL 3

KAPITEL 1

Von Reutersheim war wütend. So wütend, wie jemand mit seinem an sich friedlichen Naturell überhaupt werden konnte. Er saß im Zug nach Brandenburg und teilte sich das überfüllte Zugabteil mit sechs heimkehrenden Soldaten, zwei Marktfrauen, die von Berlin wieder zurück in ihren Heimatort fuhren, nachdem die Wochengeschäfte erledigt waren, und die, ähnlich wie die Soldaten, einen mehr als strengen Körpergeruch verströmten, und ein paar Kindern, die offensichtlich auf der Fahrt in die Schule waren und einen Höllenlärm machten.

Wie konnte Winter ihn nur alleine fahren lassen? Von Reutersheim fühlte sich richtig im Stich gelassen. Die Quälerei hier im Zug war dabei nur der Tropfen, der das Fass zum Überlaufen brachte.

»Von Reutersheim, Sie fahren raus nach Brandenburg, in dieses Sanatorium, in das sie Gertrud Richter gebracht haben. Ohne uns zu fragen, ich kann es noch gar nicht fassen. Weil sie das Bett brauchen, unglaublich! Eine Verdächtige in einem Mordfall, die spinnen wohl.« Winter schüttelte den Kopf, während er auf einer Karte das Sanatorium suchte, das ihnen Dr. Bertens, der Assistent aus der Psychiatrie, am Telefon genannt hatte. »Sie müssen da alleine hinfahren. Ich bin es meiner Cousine schuldig, den Tod ihres Mannes zu klären. Das hat Vorrang vor allem anderen.«

»Vielleicht eilt es mit der Vernehmung von Gertrud Richter gar nicht so, Herr Winter? Es wäre mir lieber, jemand mit Ihrer Erfahrung käme mit, um dort draußen zu ermitteln.«

»Von Reutersheim, Gertrud Richter hat gestern eine Wärterin mit einem Küchenmesser verletzt. Ich glaube nicht, dass es Zeit bis nächste Woche hat, um in diesem Fall weiterzukommen. Sie sitzt zwar dort in der geschlossenen Abteilung, also es geht nicht darum, die Sicherheit zu wahren, aber Sie wissen doch selbst, bei allen Beteiligten ist das Ereignis kurz danach noch am meisten präsent. Je mehr darüber geredet wird, untereinander und mit Bekannten, um so mehr verfälscht sich das Ereignis. Das ist ja keine neue Erkenntnis. Also, von Reutersheim, machen Sie sich auf den Weg. Sie sind mittlerweile lange genug im Geschäft, um das selbst machen zu können.«

Eigentlich sollte von Reutersheim froh sein, dass sein Vorgesetzter ihn für kompetent genug hielt, auch schwierige Aufgaben eigenständig zu erledigen. Aber alles, was mit Psychiatrie zu tun hatte, überforderte ihn und war ihm schlichtweg unheimlich. Und in ein Sanatorium auf dem Lande zu fahren, weit außerhalb von Berlin, in dem nur psychisch Kranke untergebracht waren, war für ihn ein Albtraum.

Langsam fuhr der Zug in Brandenburg ein. Von Reutersheim nahm seinen Hut und verabschiedete sich beim Hinausgehen von seinen Mitreisenden. Keiner antwortete. Nur die Kinder stiegen mit aus.

»Entschuldigen Sie, wie komme ich am besten zum Sanatorium?«, fragte von Reutersheim den Bahnhofswärter, der bereitwillig Auskunft gab.

Die Kinder liefen aus dem Bahnhof auf die Hauptstraße und waren bald außer Sichtweite.

»Da jehen Se am besten immer jeradeaus. Erst jeht es durch den Ort, und denn jibt es eene kleene Straße, nur für det Sanatorium.«

»Wie lange dauert es denn, um dort hinzukommen?«

»Nu, eene jute Stunde müssense schon rechnen, schneller jeht es nicht.«

»Und es gibt niemand, der einen dort hinbringen kann? Eine Pferdedroschke oder ein Auto?«

»Det müssten Se selbst bezahlen. Und det kommt richtig teuer.« Der Bahnhofswärter schüttelte bedauernd den Kopf. »Da kann ick Ihnen nisch weiterhelfen. Hammse denn Familie dort, Sie Armer? Det kann man sich ja ooch nisch immer aussuchen, wen man so vom lieben Jott mit oof den Weg bekommt. Is ooch manchmal janz jut, man weeß det vorher nisch, sonst würde man lieba jar nisch erst oof de Welt kommen wollen, sach ich Ihnen.«

»Nein, nein, ich bin dienstlich dort.«

»Een Kriminaler sind Se oder een Doktor aus de Klappsmühle, wie? Is ooch nisch anjenehm. Na, denn wünsch ick Ihnen erst mal eenen juten Marsch und kommse mir jesund wieder von dort zurück. Manchmal behaltense eenen ooch zufällig dort, hab ick jehört.« Der Bahnhofswärter lachte laut über seinen eigenen Witz, und von Reutersheim machte sich lieber schnell auf den Weg.

Von Reutersheim marschierte die holprige Straße entlang, die erst durch das Dorf und dann vom Ortskern in Richtung Norden führte. Dass hier jemals ein Auto gefahren war, bezweifelte er, egal, was der Bahnhofswärter sagte. Vielleicht ein Krankentransport oder ein von Pferden gezogener Wagen, aber ein Auto im eigentlichen Sinne, wie er es aus Berlin kannte, sicher nicht. Von Reutersheim schien es, als ob sich die Straße ewig hinziehen würde.

Es regnete, und bald stolperte er nur so vor sich hin. Nicht, dass von Reutersheim prinzipiell etwas gegen die Natur hatte, schließlich war er auf dem Land aufgewachsen, aber dieses Marschieren bei schlechtem Wetter raubte ihm den letzten Nerv. Ein paarmal hatte er schon gedacht, er sei eigentlich nur aus Versehen auf dem Land geboren und in seinem Inneren immer ein Stadtmensch gewesen. Aber das hätte er seinen Eltern nie erzählen dürfen, die die Ruhe der Landschaft und die damit verbundene geistige Muße und Kreativität immer gelobt hatten. Er, von Reutersheim, liebte hingegen die Stadt mehr als alles andere. Trotz des Krieges und der Armut. Aber alleine die Kultur, das Theater, die Kunst und die Konzerte, das entschädigte ihn für alle Unannehmlichkeiten, die die Stadt mit sich brachte.

Bald waren seine Schuhe mit Schlamm bedeckt, und er selbst vom Regen bis auf die Knochen durchweicht. Wenn er so in dem Sanatorium auftauchte, würden sie ihn vielleicht tatsächlich da behalten, wie vom Bahnhofswärter angekündigt. Was für ein Unsinn, dachte er, wie konnte er überhaupt so etwas denken, mehr um sich selbst zu beruhigen, als weil er es tatsächlich für ausgeschlossen hielt. Schließlich hatte er seinen Ausweis dabei, der ihn als Kriminalwachtmeister im Dienst von Kaiser Wilhelm auswies. Nie würden sie sich trauen, ihn da zu behalten! Er verfluchte den Bahnhofswärter, und, wie schon so oft an diesem Tag, seinen Vorgesetzten, Kriminalkommissar Winter.

Da, ein riesiges Gebäude trat in sein Blickfeld: ein Bau im Pavillonstil, malerisch von einem riesigen Park umgeben. Er sah mehr aus wie die Villa reicher Leute, umgeben von Unterkünften für Dienstboten, als ein Sanatorium. Von Reutersheim hoffte inständig, dass die Patienten hier anständig behandelt wurden. Er dachte an seine Schwester, die in einer ähnlichen Anstalt auf dem Land untergebracht war, wegen eines sogenannten *zirkulären Irreseins*. Etwas, das er sowohl bei seiner Einstellung als Kriminalwachtmeister als auch später immer verschwiegen hatte. Manchmal taten ihm seine Eltern richtig leid, ein Sohn, der blind wie ein Maulwurf war, und eine Tochter, die von frühester Geburt an anders als andere Kinder war. Die Armen, das Leben hatte es nicht wirklich gut mit ihnen gemeint.

Die Tür des Hauptportals öffnete sich, und ein Pförtner trat hinaus.

»Sie sind sicher der Herr Kriminalwachtmeister, der uns angekündigt worden ist? Kommen Sie herein, ich bringe Sie zum Leiter unserer Anstalt, Dr. Nieber.«

Von Reutersheim nickte und folgte dem Pförtner in das Gebäude. Gleich links im Erdgeschoss lag der Direktionstrakt und das Zimmer von Dr. Nieber. Auf das Klopfen öffnete sich die Tür, und ein Mann an die 70 und mit weißen Haaren begrüßte von Reutersheim.

»Guten Tag, Herr Kriminalwachtmeister, ich hoffe, Sie hatten eine angenehme Reise. Kommen Sie herein. Es ist ja doch ein gutes Stück von Berlin hierher zu uns.« Dr. Nieber gab von Reutersheim zur Begrüßung die Hand.

Von Reutersheim trat in das Zimmer. Er hatte den Eindruck, noch nie zuvor ein derart vollgestelltes Zimmer gesehen zu haben. Vor allem Bücher lagen im ganzen Zimmer verteilt: in den Regalen, auf dem Boden in Stapeln angeordnet, dazwischen waren Zeitschriften, manche schon ganz gelb an den Rändern, und ein paar einzelne Blätter.

»Setzen Sie sich doch.« Dr. Nieber wies auf einen der beiden wackligen Stühle an einem kleinen Tisch und setzte sich auf den anderen Stuhl.

Von Reutersheim musste aufpassen, beim Gehen vorsichtig die Stapel zu umschiffen und nicht aus Versehen auf etwas zu treten. Lauter Literatur über Nervenkrankheiten, Psychosen, Neurosen, und anderes, von dem von Reutersheim noch nie etwas gehört hatte.

»Ja, da sehen Sie meine ganze Sammlung. Im Laufe eines Lebens kommt da schon einiges zusammen. Meine Frau, Gott habe sie selig, hat mir verboten, zu Hause noch ein einziges Buch anzuschleppen, wie sie es nannte. Jetzt könnte ich es, sie ist letztes Jahr gestorben, aber das macht mir keinen Spaß mehr. Also bleibt erst einmal alles hier, solange ich noch arbeite. Eigentlich sollte ich schon längst im Ruhestand sein, aber dann haben sie mich wieder zurückgeholt. Im Dienst des Vaterlandes, wie es hieß. Aber genug davon, deshalb sind Sie nicht gekommen.«

»Wie wir gehört haben, ist Gertrud Richter hierher verlegt worden und hat gestern eine Wärterin angegriffen.«

»Das stimmt leider. Sie kam vorgestern hier an. In Berlin werden wohl überall die Betten knapp, wegen der ganzen Kriegsverletzten, und daher wurde sie hier in die geschlossene Abteilung verlegt. Am Abend ist nichts Besonderes passiert, sie schlief in dem großen Saal auf der anderen Seite des Gebäudes. Und heute Morgen dann, als das Frühstück gebracht wurde – nicht, dass man das eigentlich noch Frühstück nennen kann – springt sie plötzlich auf, rennt zur Tür und sticht mit einem Messer vom Küchenwagen auf die Frau ein. Mir ist nach wie vor unbegreiflich, warum die Schwestern beim Essenausteilen nicht besser aufgepasst haben. Aber wenn längere Zeit nichts passiert, werden alle wieder nachlässig. Zum Glück war das Messer stumpf und hat nicht allzu viel angerichtet. Bei der Kraft, die das Mädchen hat, ist trotzdem eine hässliche Wunde entstanden und ich musste die Wärterin nach Hause schicken.«

»Schade, ich hätte gerne mit ihr gesprochen«, meinte von Reutersheim. »Wo wohnt sie denn?«

»Am anderen Ende der Stadt, das schaffen Sie heute, glaube ich, nicht mehr. Aber Sie können gerne mit den Schwestern sprechen, die da sind. Und ich kann Sie noch zu Gertrud bringen. Wir haben sie jetzt in einem Einzelzimmer eingeschlossen. Kommen Sie mit, ich bringe Sie hin.«

Zielsicher umrundete Dr. Nieber die Stapel und Blätter auf dem Boden, während von Reutersheim ihm vorsichtig folgte.

»Die ist selbst schuld, die Wärterin. Das ist eine ganz gemeine Frau, sag ich Ihnen.« Eine kleine Frau mit vielen Falten und ungewaschenen grauen Haaren beugte sich zu von Reutersheim hinunter, der in einem Stuhl vor Gertruds Krankenzimmer auf Dr. Nieber wartete. Der Arzt wollte zuerst sehen, in welchem Zustand Gertrud war und ob ihr ein Besuch zugemutet werden konnte. »Vor der habe ich auch immer Angst. Schon seit ich hier angekommen bin, und das ist schon fast 20 Jahre her.«

Von Reutersheim hatte nicht gehört, wie die Frau näherkam und sich richtig erschrocken, als sie ihn ansprach. Zum Glück konnte er sich schnell fangen und lächelte der Frau freundlich zu.

»Die schlägt uns manchmal, wenn keiner hinsieht. Richtig böse und fest, aber so, dass es hinterher keiner sieht.

Hier, schauen Sie mal, das hat sie mir mit einem Bügeleisen eingebrannt!« Die Frau entblößte den linken Unterarm und, tatsächlich, auf der Außenseite befand sich eine einige Zentimeter große Brandwunde. »Den Schwestern und Dr. Nieber hat sie erzählt, es sei ihr aus der Hand gefallen. Können Sie sie nicht verhaften und nach Berlin mitnehmen?«

»Aber die Wärterin ist doch angegriffen worden und nicht umgekehrt. Wie soll ich sie denn da mitnehmen?«, stotterte von Reutersheim.

»Ja, das habe ich mir schon gedacht.« Seufzend setzte sich die Frau auf den Stuhl neben von Reutersheim. »Aber einen Versuch war es wert gewesen. Glauben Sie, damit würden Sie uns allen eine Freude machen.«

Die Tür zu Gertruds Zimmer ging auf, und Dr. Nieber kam heraus. Als er die Frau neben von Reutersheim sitzen und auf ihn einreden sah, lachte er.

»Ah, wie ich sehe, haben Sie schon Bekanntschaft mit Frau Sitter gemacht. Sie ist eine unserer ältesten Patientinnen, nicht wahr, Frau Sitter? Leider ist sie nicht gut auf die Wärterin zu sprechen und versucht mit allem, was in ihrer Macht steht, sie hier zu vertreiben. Seit fast 20 Jahren ist das so eine Art Hassliebe. Stimmt es, Frau Sitter? Geben Sie es zu!«

»Sie nehmen mich nicht ernst, Dr. Nieber, da kann ich sagen, was ich will. Ich finde das unglaublich! Sie sind schließlich Arzt und haben trotzdem keinerlei Verständnis für Ihre Patienten. Hier versteht mich sowieso keiner. Ich versuche nur, dem jungen Mädchen zu helfen, sonst nichts.« Beleidigt stand Frau Sitter auf und ging von dannen, ohne Dr. Nieber oder von Reutersheim noch eines einzigen Blickes zu würdigen.

»Jetzt wird sie ein paar Tage kein Wort mehr mit uns reden. Und dann ist auf einmal alles wieder vergessen. Ein ewiges auf und ab, sage ich Ihnen. Aber nun zu Gertrud Richter, Sie können mit ins Zimmer kommen.«

Von Reutersheim folgte Dr. Nieber. Als sie näherkamen, blickte Gertrud auf. Von Reutersheim schien es, als ob sie wacher aussah als beim letzten Mal, als er sie gesehen hatte. Aber das war auch kein Wunder, schließlich war es in der Wohnung in der Großen Hamburger Straße neben ihren toten Großeltern gewesen. Jetzt saß sie am Tisch des Krankenzimmers und kritzelte merkwürdige Zeichen und Figuren auf ein altes Stück Papier.

»Gertrud, hier ist ein Herr von der Polizei. Er möchte gerne wissen, warum du gestern die Wärterin mit einem Messer verletzt hast.«

Gertrud sah Dr. Nieber direkt ins Gesicht und schien abzuwägen, ob es sich lohnte, ihm zu antworten. Nach einer Weile entschied sie sich dafür.

»Drachen, da waren nur Drachen«, antwortete Gertrud. »Die sind direkt auf mich zugeflogen und wollten mich umstoßen. Da war keine Wärterin.«

»Aber da ist doch immer eine Wärterin.«

»Nein, nein, da war keine Wärterin, nur die beiden Drachen.«

»Und konntest du etwas gegen die Drachen machen?«

»Ja, ich habe sie vertrieben. Die kommen nicht mehr zurück.« Gertrud nickte bestätigend.

»Schau mal, Gertrud, der nette Herr hier von der Polizei will dich auch noch einmal zu deinen Großeltern befragen.«

Gertrud sah verwirrt von einem zum anderen.

»Welche Großeltern?«

»Deine Großeltern in der alten Wohnung in Berlin. Erinnerst du dich nicht mehr daran?«, fragte Dr. Nieber.

Gertrud schüttelte den Kopf und blickte nur noch auf ihr Papier. Dann nahm sie ihren Stift wieder in die Hand und malte weiter.

»Und was ist mit Emil? Der war doch immer nett zu dir und hat sich um dich gekümmert, oder?«, schaltete sich von Reutersheim ein.

»Ja, Emil, Emil ist nett. Aber er hat mich auch alleine gelassen, alleine bei den Drachen.«

»Kommen Sie, Herr Kriminalwachtmeister. Ich glaube, für heute reicht es. Gehen wir und lassen wir Gertrud etwas zur Ruhe kommen.« Dr. Nieber legte seine Hand sanft auf von Reutersheims Oberarm und zog ihn nach draußen. Er schloss die Tür hinter sich ab. »Ich denke, es wird noch viel Zeit vergehen, bis Sie mehr erfahren. Vielleicht können Sie diesen Jungen einmal vorbei bringen, ihn mag Gertrud offensichtlich. Kann sein, dass Sie dann mehr erfahren.«

Plötzlich ertönte ohrenbetäubendes Geschrei von draußen. Dr. Nieber stürzte an das nächste Fenster und blickte in den Hof hinaus.

»Mein Gott, jetzt geht das wieder los!« Er zeigte auf die Droschke, die vollbepackt mit menschlichen Gestalten im Hof parkte. »Wieder eine Fuhre mit kranken Soldaten, ich weiß gar nicht mehr, wo ich sie noch unterbringen soll. Wir haben schon den Pferdestall umgebaut. Alles Nervenkranke, Kriegszitterer und was Sie sich sonst noch vorstellen können. Wie ich sie ernähren soll, weiß ich nicht mehr. Wir bekommen fast keine Lebensmittel mehr geliefert.«

Dr. Nieber eilte nach draußen, von Reutersheim im

Schlepptau. Von Reutersheim traute seinen Augen fast nicht, als er die Soldaten sah. Einige saßen in der Droschke und bewegten sich gar nicht, andere schien es immer wieder zu schütteln, und dann gab es noch den einen, der über den Hof lief und schrie. Solche Gestalten als Soldaten, unvorstellbar, was der Krieg anrichtete.

»Herr Kriminalwachtmeister, wie Sie sehen, muss ich mich um anderes kümmern. Nichts für ungut, aber ich glaube, der Fall Gertrud Richter kann warten. Wir waren etwas unvorsichtig und haben sie nicht genug im Auge behalten, aber so etwas wird nicht mehr passieren. Und wie gesagt, bringen Sie doch mal diesen Jungen mit, vielleicht kommen Sie dann mit Ihrem Mordfall weiter.«

Von Reutersheim nickte und war froh, entlassen zu werden. Eilig machte er sich auf den Rückweg durch die Nässe zum Bahnhof und kam erst wieder zur Ruhe, als er im Zug zurück nach Berlin saß.

KAPITEL 2

Es hämmerte an die Tür. Winter legte die Zeitung auf den kleinen Tisch neben dem Sofa. Es war schon spät am Abend, fast 22.00 Uhr, und eigentlich erwarteten sie keinen Besuch. Winter wollte heute nur noch in Ruhe seine Zeitung lesen und dann früh zu Bett gehen. Morgen stand ein langer Tag an, mit all den Verhören, die geplant waren.

»Max, gehst du an die Tür? Ich kann gerade nicht weg«, rief Helene aus der Küche und klapperte mit dem Geschirr vom Abendessen.

»Ja, mache ich.« Winter stand auf und ging den Gang entlang nach vorne.

Er öffnete die Tür. Draußen stand seine Kusine Luise, ganz in Schwarz gekleidet, mit starrem Gesichtsausdruck. Winter trat einen Schritt zur Seite, um sie hereinzulassen. Ohne ein Wort der Begrüßung betrat Luise die Wohnung. Winter schloss die Tür hinter ihr und folgte ihr den Gang entlang.

»Max, wer ist denn da?« Helene kam, eine Schürze über dem Hauskleid und sich die nassen Hände in einem Tuch abtrocknend, aus der Küche. Als sie Luise sah, stoppte sie. »Aber, das ist ja die Luise, so eine …«

Ein Blick von Luise genügte, um sie zum Schweigen zu bringen. Helene drehte sich um und verschwand leise in der Küche.

»Max«, Luise drehte sich zu Winter, »Max, stimmt es, dass du von den Todesfällen in der Charité wusstest?«

»Ja, aber Luise, ich hatte doch keine Ahnung, dass Alfred dort Patient war. Wenn ich das gewusst hätte, hätte ich dir sofort Bescheid gesagt. Aber wir hatten auch lange nichts voneinander gehört und ich wusste gar nicht, dass Alfred wieder von der Front zurück ist.«

»Du wusstest also die ganze Zeit, dass junge Männer dort auf mysteriöse Art und Weise starben, und hast nichts dagegen unternommen? Was bist du nur für ein Mensch, Max, ich kann das nicht glauben!«

»Aber wir wussten doch nicht, ob es wirklich unklare Todesfälle waren. Luise, es ist Krieg und es handelte sich um Soldaten.«

»Du wusstest es also die ganze Zeit, die ganze Zeit.« Luise schien Winter gar nicht zu hören.

Plötzlich holte sie mit ihrer rechten Hand aus und gab Winter eine Ohrfeige, erst eine links, dann eine rechts, dann wieder links, immer wieder. Winter bewegte sich nicht und ließ es geschehen. Fast schien es ihm seine gerechte Strafe zu sein. Irgendwann wurden die Schläge schwächer.

»Luise, es tut mir so leid um Alfred. So ein feiner Mensch. Und ihr habt so gut zusammengepasst.« Winter flehte fast. »Glaub mir, wenn ich gewusst hätte, dass er in Gefahr war, ich hätte doch alles unternommen, um ihn zu schützen. Aber wer denkt denn an so etwas?«

Luise sah ihn noch einmal an, schüttelte den Kopf und stürmte dann genauso schnell, wie sie gekommen war, aus der Wohnung. Die Tür knallte hinter ihr ins Schloss.

»Max, es tut mir so leid.« Helene blickte vorsichtig um die Ecke. »Bitte mach dir keine Vorwürfe. Du konntest das wirklich nicht ahnen und du hättest es doch auch nicht verhindern können.«

Winter schüttelte den Kopf und war sich dessen gar

nicht so sicher. Als Helene kam und ihn in den Arm nahm, lehnte er sich dankbar an sie und drückte sie fest.

Winter drehte sich in seinem Bett hin und her. Es war 4.00 Uhr morgens, und er konnte nicht schlafen. Der Tod von Alfred Schulze und Luises Vorwürfe belasteten ihn einfach zu sehr. Was, wenn sie recht hätte und er den Mord hätte verhindern können? Vielleicht war er doch zu nachsichtig gewesen und hätte den Arzt, Dr. Oppermann, gleich beim ersten Verdacht festnehmen sollen. Aber er hatte eigentlich keinen wirklichen Hinweis auf dessen Schuld gehabt.

In Gedanken ging er noch einmal das für morgen geplante Verhör mit Richard Oppermann durch. Er musste die Einvernahme richtig aufbauen und durfte Richard Oppermann keine Möglichkeit lassen, auszuweichen. Ihm durfte kein Fehler passieren, diesmal nicht.

Irgendetwas stimmte in dieser Klinik nicht. Es lag ein Hauch des Bösen über dem Ganzen, das spürte Winter ganz deutlich. Aber von wem ging er aus, wirklich von Richard Oppermann? Und was hatte dessen Rivale, Dr. Hoffmann, damit zu tun, der ihn offensichtlich am liebsten persönlich aufs Schafott bringen würde? Oder der andere Assistent, wie hieß er doch gleich, Ferdinand Krüger? Angeblich war er mit Richard Oppermann befreundet, aber was bedeutete das schon in so einem Klima, das von Rivalität geprägt zu sein schien. Galten da Freundschaften überhaupt etwas oder waren sie nur Mittel zum Zweck? Allianzen, die sich bildeten, um gegenüber anderen weniger verwundbar zu sein? Winter wusste es nicht. Sicher, in der Polizei gab es auch öfter Ärger und sie stritten sich, gerade wenn er an Scheuner und die ungerechte Aufteilung der Arbeit zwischen ihnen beiden dachte. Oder an von Riedel, der sich so gerne verdrückte und trotzdem die Lorbeeren einheimste. Aber alles hielt sich noch in Grenzen, und der Ärger war meistens nach ein paar Tagen verraucht.

Oder hatte es vielleicht gar nichts mit Richard Oppermann zu tun, sondern es gab einen anderen Grund, Patienten zu beseitigen, von dem bisher kein Mensch etwas ahnte. Was konnte das sein? Vielleicht hatten die jungen Männer Geld oder etwas anderes Wertvolles bei sich gehabt und es unvorsichtigerweise in ihrer Nähe deponiert. Vielleicht im Nachtkästchen oder unter dem Kopfkissen. Und jemand, der dringend Geld brauchte, hatte es entdeckt und an sich genommen. Und war dabei vom Besitzer ertappt worden und wurden umgebracht, bevor sie den Dieb anzeigen konnten. Oder jemand wollte die Männer nur betäuben und hatte aus Versehen zu viel Morphium gespritzt. Winter nahm sich vor, von Reutersheim gleich morgen damit zu beauftragen, etwas über die Vermögensverhältnisse der Soldaten in Erfahrung zu bringen. Und am besten auch gleich herauszufinden, ob einer der Ärzte oder eine der Schwestern in finanziellen Schwierigkeiten steckte. Vielleicht hatte er bisher in eine völlig falsche Richtung ermittelt, und die Gründe für den Tod der Patienten waren ganz banaler Natur. Außerdem musste er morgen unbedingt zu Prof. Meinert in die Gerichtsmedizin und dessen Urteil nach der Obduktion von Alfred Schulze einholen. Am liebsten persönlich, dann konnte ihm der Herr Professor hoffentlich endlich erklären, ob es sich nun definitiv um Mord handelte oder nicht. Prof. Meinert hatte ihm versprochen, dem Fall Alfred Schulze höchste Priorität zu geben und alles andere erst einmal ruhen zu lassen.

Winter stand leise auf und schlich im Dunkeln aus dem

Zimmer. Erst in der Küche machte er Licht und setzte sich an den Küchentisch. Auch ein Schnäppchen vom Trödelmarkt, das Helene ergattert hatte. Eines der Tischbeine war ein gutes Stück kürzer als die drei anderen, und der Tisch stand nur mithilfe mehrerer Bierdeckel halbwegs gerade. Aber Winter störte es nicht, im Gegenteil, es rührte ihn an, dass sich seine Frau ausgerechnet in so einen wackligen und schiefen Tisch verliebt hatte und ihn unbedingt haben wollte.

Dann dachte er an von Riedel und sein gestriges Gespräch mit ihm.

»Winter, Sie wissen, ich müsste Sie eigentlich von dem Fall abziehen«, hatte von Riedel erklärt. »Schließlich handelt es sich bei einem der Toten um den Gatten Ihrer Cousine. Das heißt, Sie sind hier nicht mehr objektiv.«

Forschend hatte von Riedel Winter angeblickt.

»Herr von Riedel, meine Cousine und ich sind uns nie besonders nahe gestanden«, hatte Winter gelogen. »Ich kenne sie nicht wirklich gut, zumindest nicht so, dass es meine Ermittlungen in irgendeiner Art beeinflussen könnte.«

Von Riedel hatte einen Moment gezögert und dann genickt.

»In Ordnung, Winter, Sie bleiben am Ball! Aber alles ganz korrekt und nach Vorschrift, das versteht sich. Blut ist dicker als Wasser, das wissen wir alle. Aber wenn Sie Ihrer Cousine nicht so nahe stehen und den Fall nun schon einmal kennen, werde ich ein Auge zudrücken.«

»Herr Oppermann, nun erklären Sie mir doch, wie es sein kann, dass innerhalb weniger Wochen drei Ihrer Patienten unter ungeklärten Umständen versterben. Und keine schwerkranken Fälle, sondern alles junge, gesunde Männer.«

»Ich habe Ihnen doch schon gesagt, ich weiß es nicht«, erwiderte Richard entnervt. »Sie fragen mich hier seit Stunden immer dasselbe. Was soll ich denn noch antworten, außer dass ich es nicht weiß.«

Winter beugte sich drohend nach vorne. Sie saßen in dem Verhörzimmer, in dem er und von Reutersheim auch den jungen Emil Küppers nach der Ermordung von Gertrud Richters Großeltern befragt hatten.

»Und ich werde Sie auch so lange verhören, bis ich eine Antwort habe. Drei junge Männer, die ihre ganze Zukunft vor sich hatten, werden auf Ihrer Station ermordet, und Sie wollen nichts davon bemerkt haben? Entweder Sie lügen wie gedruckt oder Sie kümmern sich nicht ordentlich um Ihre Patienten. Da weiß man ja fast nicht, was schlimmer ist. Grob fahrlässige Schlamperei oder ein heimtückisches Verbrechen. Und das von einem Arzt, dessen Aufgabe es ist, für das Wohl seiner Patienten zu sorgen.«

»Das lasse ich mir nicht unterstellen! Das ist wirklich eine Unverschämtheit«, Richard sprang auf. Von Reutersheim eilte zu ihm und drückte ihn nicht gerade sanft auf seinen Stuhl zurück. »Ich würde mich nicht um meine Patienten kümmern, das ist eine Frechheit! Sie haben doch gar keine Ahnung, wie das ist, Patienten zu versorgen, wenn man die ganze Nacht nicht geschlafen hat. Und immer weiter arbeiten muss. Sie haben doch nur mit den Toten zu tun. Und damit, andere Menschen in die Enge zu treiben, um ein Geständnis zu erpressen.«

»Herr Oppermann, mäßigen Sie sich mit Ihrem Ton und in Ihren Aussagen. Sie vergessen, es geht hier um Ihre

Patienten und deren Tod. Und ich verhöre Sie und nicht umgekehrt.«

Richard Oppermann schwieg und lehnte sich erschöpft in seinem Stuhl zurück. Heute Morgen hatte ihn Winter aus seiner Zelle im Gefängnis Moabit kommen lassen, und mittlerweile war es Nachmittag. In der kargen Zelle ohne Licht hatte Richard die ganze Nacht kein Auge zugemacht und immer wieder die Ereignisse vor seinem inneren Auge Revue passieren lassen. Was hatte er übersehen, wo war sein Fehler? Was, wenn sie ihm nicht glaubten und er den Rest seines Lebens in einer Zelle verbringen musste? Vorausgesetzt, er wurde nicht zum Tode verurteilt und hingerichtet. Schauderhaft, allein der Gedanke. Richard hatte immer noch das Gefühl, all das passierte nicht ihm, sondern jemand anderem. Als ob er im falschen Film wäre.

»Herr Kommissar, Sie können mich immer wieder dasselbe fragen, ich werde Ihnen nichts anderes antworten. Weil es nichts anderes zu antworten gibt.«

Und weil es die Wahrheit ist, dachte Richard, aber solche Plattitüden hörte der Kommissar sicher den ganzen Tag lang.

»Herr Oppermann, also fangen wir noch mal ganz von vorne an. Seit wann sind Sie an der Klinik, seit wann auf dieser Station, wie ist Ihr Verhältnis zu Ihren Vorgesetzten, Prof. Bier und Prof. Neugebauer, wie ist Ihr Verhältnis zu Ihren Kollegen? Warum sind Sie nicht einberufen worden? Wann kamen die ersten Soldaten auf Ihre Station, wie war Ihr Verhältnis zu ihnen? Wann ist Ihnen das erste Mal aufgefallen, dass etwas nicht stimmte? Was haben Sie unternommen, nach Ihrem Gespräch mit dem Verwaltungsdirektor, in dem er Sie noch einmal ausdrücklich auf die Geschehnisse hingewiesen hat? Was haben Sie getan, um Ihre Patienten zu schützen? Das gehen wir noch einmal alles Punkt für Punkt durch. Und wenn es auch noch die ganze Nacht dauert. Ich habe Zeit und ich rate Ihnen, zu kooperieren.«

KAPITEL 3

»Das kommt gar nicht Frage. Du spielst heute auf jeden Fall.« Lotte hatte Sophie noch nie in einem so scharfen Tonfall sprechen gehört. »Ich will mich nicht umsonst für dich eingesetzt haben. Wenn du mich jetzt im Stich lässt, sind wir geschiedene Leute. Dann will ich nichts mehr mit dir zu tun haben.«

Lotte wurde es kalt. Das war eine ganz neue Seite von Sophie, das war nicht mehr die freundliche Mentorin, die Lotte bisher gekannt hatte.

»Aber Sophie, Richard ist verhaftet worden, wegen Mordverdacht. Das musst du doch verstehen. Ich glaube nicht, dass ich heute auftreten kann. Sieh mich doch an, ich bin ja ganz verheult!« Lotte fing wieder an zu weinen. »Vielleicht wird er ja wegen Mordes hingerichtet, ich mache mir solche Sorgen.«

»Das spielt jetzt keine Rolle. Eine richtige Schauspielerin spielt immer, egal was passiert. Das Spielen ist das Allerwichtigste. Jetzt hör auf zu heulen und wasch dir erst einmal das Gesicht. Mit kaltem Wasser, damit sich die Augen wieder beruhigen.«

»Aber wenn etwas mit deinen Kindern wäre? Würdest du dann immer noch spielen? Wenn sie krank wären und dich bräuchten?«

Sophie schwieg eisern. Lotte wurde klar, dass es überhaupt keine Frage für Sophie war. Auch wenn sie es jetzt nicht aussprach, sie würde immer und in jedem Fall spielen. Und wenn die Welt unterginge.

»Und was ist, wenn ich meinen Text vergesse? Ich bin so durcheinander.«

»Das wird nicht passieren. Du beruhigst dich jetzt und sagst dir deinen Text erst einmal ganz in Ruhe wieder auf. Ich frage dich ab. Wir haben noch eine Stunde, bevor wir in die Maske müssen. Das ist mehr als genug Zeit. Und um Richard sorgen kannst du dich auch später. Damit hilfst du ihm jetzt nicht weiter.«

Mit diesen Worten schob Sophie Lotte in Richtung Bad und ließ keinen Zweifel daran, dass sie ein Nein nicht akzeptieren würde.

Lotte wusch sich das Gesicht und legte sich ein mit kaltem Wasser getränktes Handtuch auf die Augen. Es konnte doch nicht sein, dass sie Theater spielte, während Richards gesamte Existenz zugrunde ging. Was war sie nur für ein Mensch? Auf der anderen Seite hatte Sophie natürlich recht, und es half Richard nicht wirklich, wenn sie ihre Rolle als Hexe verlor. Und das würde sie unweigerlich, wenn sie nicht spielte, daran hatte Sophie keinen Zweifel gelassen.

Als Lotte aus dem Bad in den Probenraum kam, hatte Sophie schon den Text aus der Tasche geholt und hielt ihn Lotte unter die Nase.

»Hier, der Text. Jetzt sagst du mir alles ganz in Ruhe auf. Du bist die Hexe in Macbeth und nicht mehr Lotte, die sich um ihren Verlobten sorgt.«

Am Anfang stockend und den Tränen nah, dann immer flüssiger sprach Lotte ihren Text. Bald war sie so konzentriert, dass sie zum ersten Mal seit Tagen nicht an Richard dachte. Danach ging es in die Maske, und kurze Zeit später stand Lotte auf der Bühne des Deutschen Theaters und spielte vor dem ausverkauften Saal erneut die Hexe.

Die Zuschauer sah Lotte nicht, sie ging völlig im Spiel

auf. So bemerkte sie auch den Mann nicht, der in dunkler Kleidung halb versteckt hinter einer der Säulen saß und jede ihrer Bewegung mit äußerster Konzentration verfolgte. Er schien die anderen Schauspieler gar nicht zu bemerken, den Blick immer auf Lotte gerichtet. Als Lotte ihren letzten Satz sprach und von der Bühne abtrat, stand er auf und verließ den Saal. Als sich der Vorhang erneut hob und die Schauspieler ihren Applaus von einem begeisterten Publikum erhielten, fiel niemandem auf, dass der Sitz plötzlich leer war.

In der Tram auf dem Heimweg vom Deutschen Theater zu ihrem kleinen Haus in Charlottenburg dachte Lotte über den Abend nach. Zwar hatten Sophie und sie sich nach der Vorstellung lange in den Arm genommen und sich beide entschuldigt, Sophie für ihren Ton und Lotte dafür, dass sie beinahe die Vorstellung hätte platzen lassen, aber Lotte wusste, dass sie Sophie ihr heutiges Verhalten nie verzeihen würde. Mit welcher Gleichgültigkeit Sophie über Richards Schicksal gesprochen hatte, als sei es völlig nebensächlich im Vergleich zur hehren Kunst des Theaterspielens. Ein Menschenleben gegen ein Theaterstück, was für ein Vergleich.

Während draußen die dunkle Stadt – nur mit einer Notbeleuchtung versorgt – an ihr vorbeizog, ließ Lottes Anspannung langsam nach. Allerdings gewann nun die Sorge um Richard wieder die Oberhand. Wenn sie ihm nur irgendwie helfen könnte, selbst etwas zur Aufklärung beitragen könnte. Aber sie fühlte sich so hilflos.

»Junge Dame, Ihr Ticket bitte.« Die Kontrolleurin musste Lotte fast anstoßen, so sehr war sie in Gedanken versunken. »Ick weeß, es is schon spät.«

Lotte nickte und holte ihren Fahrschein aus der Handtasche. Seit Kriegsbeginn gab es im Gegensatz zu früher fast nur noch Frauen zur Ticketkontrolle. Auch etwas, das der Krieg verändert hatte.

»Danke und eenen schönen Abend noch.«

Die Kontrolleurin ging nach hinten, sich immer an den Sitzen festhaltend, um in der wackelnden Tram nicht hinzufallen, und kontrollierte die beiden anderen Passagiere im Wagen. Der ganze Aufwand wegen den paar Leuten, das lohnt sich doch gar nicht, dachte sie. Wie schön könnte ich es jetzt zu Hause haben, im Warmen, statt hier in der dunklen Bahn durch die Stadt zu fahren. Und ging wieder nach vorne, um wenigstens einen kleinen Schwatz mit dem Fahrer halten zu können.

Eine Ewigkeit später, wie es Lotte schien, kamen sie an ihrer Haltestelle an. Lotte stieg aus und blickte sich um, ob sonst noch jemand ausstieg. Niemand war zu sehen. Seit einigen Tagen hatte Lotte ein merkwürdiges Gefühl, so, als ob sie beobachtet würde. Gerade jetzt wäre es ihr lieber, sie stünde nicht allein an der Haltestelle, sondern andere Leute wären in der Nähe. Zumal der Weg zu ihrem Häuschen durch ein paar kleine Gassen ging.

Aber es half nichts, es gab niemanden, der sie abholte, und eine andere Wohnung konnte sie sich nicht leisten. Sie war ohnehin mehr als froh, das Haus ihrer Tante geerbt zu haben und keine Miete zahlen zu müssen. Eine Frau alleine in einem Haus mitten in Berlin, das kam nicht häufig vor. Auch wenn das Haus klein war, mit einem Zimmer und einer Küche im Erdgeschoss und einem Schlafzimmer im 1. Stock, es war doch immerhin ihres.

Lotte machte sich auf den Weg und marschierte stramm durch die Gassen. Alles war menschenleer, sie traf keinen einzigen Passanten. Aber immerhin belästigte sie keiner. Als sie zu Hause ankam und die Tür hinter sich abschloss, war Lotte erleichtert. In der Regel ängstigte sie sich nicht leicht, aber seit einigen Tagen schien sie sich vor allem zu fürchten. Kein Wunder, wenn man bedenkt, was alles passiert ist, überlegte Lotte und stieg die Treppe zu ihrem Schlafzimmer nach oben. Vorsichtshalber sah sie sich noch einmal um, öffnete kurz die Abstellkammer, um sicherzugehen, dass sich dort niemand versteckt hatte, schalt sich deswegen eine Närrin und ging dann in ihr Schlafzimmer, um sich endlich schlafen zu legen.

Allerdings gelang es Lotte nicht, einzuschlafen. Sobald sie sich fürs Bett hergerichtet, ihren Schlafanzug angezogen und sich hingelegt hatte, war sie hellwach. Sie dachte an Richard in der Gefängniszelle und fing an zu weinen. Ihr schönes Leben zu zweit, das sie sich so oft ausgemalt hatte, lag in Trümmern. Ihre Streitereien in den letzten Wochen erschienen ihr nun überflüssig und sie schämte sich dafür. Wie hatte sie Richard in einer so schweren Zeit noch zusätzlich unter Druck setzen können? Er hatte ihr doch immer gesagt, dass er sie liebte. Warum hatte sie daran gezweifelt? Und ihre Kinder, wie oft hatten sie sich zusammen vorgestellt, wie sie aussehen würden. Wem sie mehr ähneln würden, Lotte oder Richard. Bei dem Gedanken, dass es vielleicht nie gemeinsame Kinder geben würde, fing Lotte an zu schluchzen. Neben ihrem Bett türmten sich die Taschentücher, mit denen sie sich die Nase geputzt hatte. Ein wahres Bild des Jammers, dachte Lotte, gut, dass sie niemand so sah.

Irgendwann in den Morgenstunden fiel sie dann in einen unruhigen Schlaf. Als Lotte am nächsten Tag gegen Mittag aufwachte und ins Bad ging, um ihre Morgentoilette zu machen, erschrak sie über ihr Spiegelbild. Die Augen waren rot und dick verquollen, sie erkannte sich fast nicht wieder.

Aber das ändert nichts, dachte Lotte. Sie hatte in der Nacht einen Entschluss gefasst, von dem sie nicht abweichen wollte.

Lotte zog sich an, kämmte sich und machte sich auf den Weg.

»De jnädige Frau is nisch zu sprechen.« Das Dienstmädchen musterte Lotte und deren verheulte Augen abfällig und verzog ihr Gesicht. »Die Familie hat jenug Kummer und kann sich nisch ooch noch um andere kümmern.«

»Ich bin keine Bittstellerin, ich will Frau Stadtrat Oppermann in einer persönlichen Sache sprechen.« Lotte hatte Mühe, ruhig und freundlich zu bleiben.

»Det jeht nisch, det hab ick Ihnen doch jesagt. Ick soll niemanden vorlassen. Und schon jar nischt jemand in einem so schlampijen Zustand.«

»Jetzt reicht's!« Lotte versuchte, das Dienstmädchen zur Seite zu drängen und an ihr vorbeizukommen. Aber sie hatte die Kraft des Dienstmädchens unterschätzt. Bald rangen sie miteinander, das Dienstmädchen fest entschlossen, ihren Auftrag zu erfüllen, und Lotte mindestens genauso entschlossen, sich nicht abweisen zu lassen.

»Was ist denn das für ein Lärm hier?« Elfriede Oppermann stand in der Tür vom Wohnzimmer zum Flur und starrte fassungslos auf die beiden Frauen, die in ihrer Wohnung heftig miteinander kämpften. »Kann mir vielleicht jemand erklären, was hier los ist?«

Das Dienstmädchen und Lotte ließen voneinander ab,

als sie Frau Oppermanns energische Stimme hörten, beide in ziemlich derangiertem Zustand. Lotte strich sich Haare und Kleid wieder zurecht, während sich das Dienstmädchen lautstark beschwerte: »Diese dreiste Person hat sich eenfach reinjedrängt.« Und nur unter Einsatz ihres persönlichen Lebens habe sie die ungebetene Besucherin davon abhalten können, ins Wohnzimmer zu gelangen.

»In Ordnung, in Ordnung, jetzt seien Sie bitte einen Moment still, Agathe«, meinte Frau Oppermann. »Und Sie, junge Frau, erklären mir bitte, wer Sie sind und was Sie von uns wollen.«

Lotte stand nun Frau Oppermann gegenüber und brachte kein Wort heraus. Auch Frau Oppermann sagte nichts mehr, und die beiden Frauen sahen sich nur an. Lotte konnte es nicht fassen, dass sie es gewagt hatte, einfach hier aufzukreuzen und dann noch eine Prügelei mit dem Dienstmädchen anzufangen. Und vor ihr stand nun Richards Mutter, von der er immer so viel erzählt hat. Sie erkannte Richard in den Zügen seiner Mutter, die schönen blauen Augen und den hohen Wuchs, und sie ahnte, wie Richard im Alter aussehen würde. Wenn es je dazu kam, dass sie gemeinsam das Alter erleben würden. Vor allem nun, nach ihrem Auftritt hier.

Frau Oppermann schien etwas zu ahnen, während sie Lotte genau betrachtete. Mit dem Instinkt einer Mutter wusste sie nach ein paar Momenten, dies war die Frau im Leben ihres Sohnes und der Grund dafür, dass Richard alle Verkupplungsversuche ihrerseits bisher immer entschieden abgewehrt hatte.

»Ich bin Lotte Lehnhardt, die Verlobte Ihres Sohnes«, brachte Lotte dann nach einer Weile stockend heraus.

Frau Oppermann nickte und nahm Lottes Arm.

»Guten Tag, Lotte. Dann würde ich sagen, Sie kommen mit mir ins Wohnzimmer, und ich stelle Sie dem Rest der Familie vor. Wie Sie wissen, sind wir alle im Moment völlig fassungslos über das, was mit Richard passiert ist. Vor allem seinem Vater hat die ganze Geschichte fast das Herz gebrochen. Wir können im Moment jede Unterstützung gebrauchen, und jeder, der auf Richards Seite ist, ist uns willkommen. Agathe, bitte nehmen Sie Fräulein Lotte den Mantel ab und bringen ihn zur Garderobe.«

KAPITEL 4

»Meine Herren, ich habe die Sitzung einberufen, da wir einen weiteren Raubmord zu verzeichnen haben. In unmittelbarer Nachbarschaft der Großen Hamburger Straße, gleich um die Ecke, in der Auguststraße.« Kriminalinspektor von Riedel blickte bedeutungsvoll in die Runde. »Ein älterer alleinstehender Mann ist gestern Abend brutal niedergestochen und all seiner Wertgegenstände beraubt worden. Es gab wohl eine beträchtliche Menge Bargeld und Schmuck in der Wohnung. Eine Nachbarin hat einen großen schwarz gekleideten Mann weglaufen sehen.«

Winter und seine Mitarbeiter, Dr. Schmidt und Kriminalwachtmeister von Reutersheim, sahen sich erstaunt an. Von Riedel hatte die Sitzung heute Morgen eilig einberufen, und sie saßen nun alle im Besprechungsraum der Mordkommission im Polizeipräsidium. Draußen wurde es allmählich hell.

»Meinen Sie, der Fall hat etwas mit der Ermordung des Ehepaars Kaminski zu tun?«, fragte Winter. »Das würde ja bedeuten, wir hätten die ganze Zeit in die falsche Richtung ermittelt und uns zu früh auf Gertrud Richter und den Nachbarjungen als mögliche Täter festgelegt.«

»Emil Küppers kann es ja diesmal nicht gewesen sein, er sitzt noch in Untersuchungshaft«, warf von Reutersheim ein. »Und Gertrud ist in Brandenburg in einer geschlossenen Anstalt. Nicht, dass sie für diesen Mord ernsthaft in Betracht käme.«

»Außerdem kann man Emil Küppers nicht wirklich als großen schwarzen Mann bezeichnen. Er ist doch noch ein halbes Kind. Und ich dachte die ganze Zeit, der Mann sei eine Erfindung von ihm, um uns abzulenken. Ein großer schwarzer Mann, der vom Tatort wegläuft, wie oft wird uns das erzählt …« Winter schüttelte den Kopf.

»Einen Unterschied gibt es allerdings, denn bei den Kaminskis hat ja Emil Küppers die Wertgegenstände an sich genommen«, bemerkte Dr. Schmidt. »Aber vielleicht ist der Mann, wenn er es denn war, auch nur überrascht worden. Oder die Sachen waren so gut versteckt, dass er sie nicht gefunden hat.«

»Aber diese brutale Art, jemanden umzubringen, mit vielen Messerstichen. Das sieht doch eher nach einer Beziehungstat aus«, gab von Reutersheim zu bedenken. »Deshalb hatten wir auch Gertrud Richter verdächtigt, ihre Großeltern umgebracht zu haben.«

»Es ist allerdings so, dass der ältere Mann ebenfalls auf eine unnötig brutale Art und Weise ermordet wurde. Also, es muss keine Beziehungstat gewesen sein. Es könnte auch jemand als Täter in Frage kommen, der sehr viel Wut in sich hat und sie dann an seinen Opfern auslässt. Wir wissen ja, wie im Moment die Kriminalität ansteigt und wie brutaler die Verbrechen werden. Lassen Sie jemanden mal im Krieg gewesen sein, Kriegsinvalide sein, kein Geld haben, aber dafür eine unheimliche Wut im Bauch haben. Und die kriegen dann unschuldige Leute ab.«

Von Riedel schwieg einen Moment. Dann fuhr er fort.

»Winter, ich schlage vor, Sie fahren zusammen mit Dr. Schmidt und von Reutersheim zum Tatort und ermitteln dort, ob es mögliche Zusammenhänge zwischen den Taten gibt. Ich komme dann später nach.«

»Herr von Riedel, ich habe heute Morgen ein Gespräch mit Prof. Neugebauer in der Charité. Ich würde den Termin gerne einhalten, um endlich weiterzukommen. Aber ich denke, Herr von Reutersheim hat mittlerweile genug Erfahrung, um die Ermittlung vor Ort zu leiten. Außerdem ist er mit dem Fall Kaminski bestens betraut und kann mögliche Zusammenhänge sofort erkennen.«

»In Ordnung, Winter, Sie haben vermutlich recht. Die Todesfälle in der Charité haben oberste Priorität. Von Reutersheim, Sie fahren zusammen mit Dr. Schmidt in die Auguststraße und erstellen danach einen detaillierten Bericht für Kriminalkommissar Winter und mich. Wir treffen uns heute Abend wieder hier im Präsidium. Viel Erfolg, meine Herren, und geben Sie Ihr Bestes!«

»Ich kann mir das immer noch nicht erklären. Wie konnte der junge Oppermann so etwas nur tun?« Prof. Neugebauer strich sich über den Bart. »Er war ein vielversprechendes Nachwuchstalent, wir haben große Stücke auf ihn gehalten. Und dann passiert so etwas? Unfassbar.«

Prof. Neugebauers Zimmer lag im 1. Stock des Haupthauses der Chirurgischen Klinik und hatte die Fenster nach hinten auf den Hof. Draußen sah Winter, wie die Versorgungswagen Nachschub lieferten, der in die Lagerräume gebracht wurde. Was in den Kisten war, ließ sich nur erahnen, vermutlich Bedarfsmaterial für die Operationen, vielleicht auch Medikamente wie Morphium und andere Betäubungsmittel. Das Zimmer von Prof. Neugebauer war eher spartanisch eingerichtet, der Schreibtisch übervoll mit Unterlagen. Der Professor schien nicht allzu viel Wert auf die Ausstattung seines Zimmers zu legen. Alles war nach praktischen Gesichtspunkten angelegt, nichts diente nur der Verzierung.

»Wie war denn Ihr Verhältnis zu Dr. Oppermann?«

Einen Moment hatte Winter überlegt, Prof. Neugebauer zu sich aufs Präsidium zu laden, nachdem er sich so lange vergeblich um einen Termin bemüht hatte. Aber er zog es im Allgemeinen vor, die Leute in ihrem eigenen Umfeld zu befragen. Das war in der Regel am aufschlussreichsten, und er bekam die meisten Informationen. Und nach dem letzten Todesfall schien auch Prof. Neugebauer mehr Entgegenkommen zu zeigen und hatte mit Winter einen Termin für den heutigen Vormittag vereinbart.

»Gut, um nicht zu sagen, sehr gut. Ich hatte ihn schon als meinen Nachfolger gesehen. Er war der Einzige unter den Mitarbeitern, der das richtige Gespür für die Forschung hatte und dabei gleichzeitig ein guter Operateur war.«

»Und privat, kannten sie sich da näher?«

»Nein, das kann man nicht wirklich sagen. Ich trenne meist Berufliches und Privates. Allerdings habe ich mich immer als seinen Mentor gesehen. Wissen Sie, meine Frau und ich haben keine Kinder, und da hat es mir Spaß gemacht, wenigstens einen jungen Kollegen zu fördern und etwas weiterzugeben. Wenn Sie verstehen, was ich meine. Aber dass ich mich so in ihm täuschen konnte, das kann ich immer noch nicht fassen, so ein vielversprechender junger Mann.«

»Sind Sie sich denn absolut sicher, dass er für die Todesfälle verantwortlich ist?«

»Wissen Sie, vor einiger Zeit hat Dr. Oppermann angefangen, sich zu verändern. Er ist immer wieder zu mir gekommen und wollte von der Routinearbeit befreit werden, also weniger operieren. Das konnte ich natürlich nicht durchgehen lassen, und da hat es zwischen uns ein paarmal richtig geknallt. Ich hätte es ihm gar nicht zugetraut, dass er so aggressiv werden konnte. Er hat mir vorgeworfen, wir würden ihn hier ausnützen und sein Forschertalent ruinieren. Als ob nicht alle anderen auch neben den Operationen am Abend und am Wochenende forschen, nicht zu fassen. Einmal habe ich ihn sogar aus meinem Zimmer geworfen, das war einfach inakzeptabel, wie er sich verhalten hat. Dann hat er mir damit gedroht, die Abteilung zu verlassen, und etwas von Robert Koch gefaselt, der auch gegangen sei. Aber für einen Chirurgen gibt es außerhalb der Universität gar keine Möglichkeiten zu forschen. Ich bin immer davon ausgegangen, dass ihm dies letztendlich klar war.«

»Aber selbst gesetzt den Fall, Dr. Oppermann hätte die Patienten getötet, um mehr Zeit für seine Forschung zu haben, das macht doch trotzdem keinen Sinn, es kommen doch immer neue Patienten nach, oder?«

»Stimmt, da haben Sie natürlich recht. Aber solche Übergriffe auf Patienten sind in der Geschichte der Medizin immer wieder vorgekommen. Das hat natürlich nichts Rationales, wie Sie schon sagen, aber manche scheinen den Druck, der mit der Versorgung schwerkranker Patienten verbunden ist, einfach nicht auszuhalten. Und lügen sich dann noch in die eigene Tasche, sie würden den Opfern einen Gefallen damit tun und ihnen Leid ersparen, unvorstellbar. Da spielen Menschen Gott, deren Aufgabe es ist, für das Wohl der Patienten zu sorgen. Aber ich bin kein Psychiater, da bekommen Sie vermutlich eine fundiertere Auskunft. Ich habe nur versucht, Aufzeichnungen über historische Fälle zu bekommen und einiges nachgelesen. Vielleicht sprechen Sie einmal mit Prof. Bonhoeffer, wenn Sie mehr über mögliche Motive in Erfahrung bringen wollen.«

»Aber kann es nicht einfach nur Nachlässigkeit gewesen sein? Vielleicht hatte Dr. Oppermann sich bei all seinen Aufgaben nicht die nötige Zeit genommen, sich um seine Patienten zu kümmern. Schlimm genug, aber doch etwas ganz anderes, als die Männer bewusst zu töten. Wir wissen schließlich nicht, woran die Männer gestorben sind.«

»Stimmt, es gab keine Autopsien.« Prof. Neugebauer schüttelte den Kopf. »Was für ein Versäumnis – und das in meiner Abteilung!«

»Die Leiche von Alfred Schulze wird im Moment obduziert, und wir werden hoffentlich bald die nötigen Hinweise auf die Todesursache bekommen. Ihrer Einschätzung nach kann es nur einfach eine gravierende Fahrlässigkeit mit Todesfolge gewesen sein?«, hakte Winter nach.

»Hmmm, sicher, alle sind überarbeitet, und in Kriegszeiten passieren mehr Fehler als sonst. Es wäre unehrlich, das nicht einzugestehen. Aber Nachlässigkeit passt einfach nicht zum Charakter von Richard Oppermann. Er ist für meinen Geschmack fast zu pedantisch, und manchmal muss man in solchen Ausnahmesituationen pragmatisch vorgehen. Nein, nur Schlamperei als Grund wie bei anderen kann ich mir bei ihm nicht vorstellen.«

Nach diesen Worten sah Prof. Neugebauer auffällig zur tickenden Wanduhr und schwieg. Winter nickte und stand auf. Er begriff, dass er nun entlassen war. Da ihm für den Moment nichts weiter einfiel, was er den Professor unbedingt noch fragen sollte, verabschiedete er sich. Zusammen mit Prof. Neugebauer, der sich rasch seinen Visitenrock übergezogen hatte, verließ Winter das Büro.

Als Winter in Richtung Ausgang ging, konnte er sich des Gefühls nicht erwehren, dass Prof. Neugebauer ihm gerade seinen vermeintlichen Schützling Richard Oppermann ans Messer geliefert hatte.

»Der Tatort sah fast identisch zu dem in der Wohnung der Kaminskis aus«, berichtete Dr. Schmidt. »Überall war Blut, der Körper des Opfers mit Messerstichen übersät. Jemand hat offensichtlich weiter auf den Mann eingestochen, obwohl dieser schon längst tot war. Und das Messer wurde an Ort und Stelle zurückgelassen, es war eines der Messer aus dem Haushalt des Toten.«

»Die Nachbarin hat Lärm aus der Wohnung gehört und sich gedacht, dass etwas nicht stimmte, da der Mann ja alleine lebte«, ergänzte von Reutersheim. »Aber sie hat sich nicht getraut, nachzusehen, da sie Angst hatte. Irgendwann hörte sie eine Tür zuschlagen und ist ans Fenster gegangen. Auf dem Hof hat sie von hinten einen Mann weglaufen gesehen. Sie konnte nichts erkennen, außer, wie gesagt, dass der Mann groß war und schwarze Kleidung trug. Zur Haarfarbe konnte sie nichts sagen, er hatte eine Mütze auf dem Kopf. Nach einer Stunde hat sie sich aus der Wohnung getraut und den Ermordeten gefunden.«

»Das klingt nicht sehr ergiebig! Aber es bestärkt unsere Vermutung, dass möglicherweise auch im Fall Kaminski ein unbekannter Täter zu suchen ist«, meinte von Riedel.

Die anderen rund um den Besprechungstisch nickten zustimmend. Draußen war es mittlerweile dunkel. Die Abschlussbesprechung des heutigen Tages würde bei einigen der Anwesenden dafür sorgen, dass sie viel zu spät zum Abendessen nach Hause kamen.

»Aber wie sollen wir jemals den Täter finden? Wir haben niemanden, der ihn wirklich beschreiben kann. Vielleicht lohnt es sich, Emil Küppers diesbezüglich noch einmal zu befragen. Was meinen Sie, von Reutersheim?«, fragte Winter seinen jungen Kollegen.

»Ja, ich denke auch, ein Versuch wäre der Mühe wert. Das letzte Mal haben wir ihn eigentlich nur zu Gertrud Richter und deren Großeltern befragt und nicht dazu, was er sonst möglicherweise gesehen hat.«

»In Ordnung, dann verhören Sie den jungen Küppers noch einmal. Und Winter, Sie berichten mir morgen von den Verhören in der Klinik.« Von Riedel stand auf. »Ich muss mich jetzt verabschieden, auf mich wartet ein wichtiger Termin. Nichts mit Feierabend, ein echter Kriminaler ist immer im Dienst, nicht wahr, meine Herren? Einen angenehmen Abend noch.«

Als von Riedel den Raum verlassen hatte, wollten Winter und Dr. Schmidt ebenfalls aufstehen. Winter dachte daran, dass sich Helene heute zum ersten Mal an einem Auflauf versuchen wollte. Da durfte er nicht zu spät kommen und Helene enttäuschen. Schließlich hatte sie ihren Plan heute Morgen schon angekündigt.

»Herr Winter, warten Sie doch noch einen Moment.« Von Reutersheim machte eine Handbewegung, wie um Winter zurück in den Stuhl zu dirigieren. Winter setzte sich, auch Dr. Schmidt wollte hören, was von Reutersheim so Wichtiges zu berichten hatte.

»Ich war nach der Untersuchung in der Auguststraße noch einmal in der Wohnung der Kaminskis in der Großen Hamburger Straße. Ich habe mir gedacht, vielleicht gibt es Parallelen zwischen den Fällen, die uns bisher nicht aufgefallen sind.«

»Sie nehmen den Fall zu persönlich, von Reutersheim. Das junge Mädchen hat es Ihnen angetan und Ihren

Beschützerinstinkt geweckt. Da müssen Sie aufpassen, das kann den Blick trüben.«

»Mag sein, Herr Winter, vielleicht haben Sie recht. Aber wie dem auch sei, ich bin noch einmal in die Wohnung gegangen. Da ist mir zwar nichts mehr aufgefallen, aber ich habe noch einmal im Briefkasten nachgesehen. Niemand hat das Namensschild bisher entfernt. Und da war ein Brief aus dem Osten, aus Danzig. Es sieht so aus, als hätte Maria Kaminski, die Großmutter, eine Schwester. Aufgrund des Krieges haben sie sich wohl seit zwei Jahren nicht gesehen. Die Schwester schreibt, sie mache sich Sorgen um ihre Schwester, aber sie würde das Geheimnis sorgfältig hüten.«

»Sie haben den Brief doch nicht einfach geöffnet, Herr von Reutersheim«, warf Dr. Schmidt empört ein. »Und was, wenn Sie damit alle Spuren verwischt haben?«

Von Reutersheim errötete.

»Ich glaube nicht, dass es auf dem Brief irgendwelche Spuren gab. Und ja, ich habe den Brief geöffnet. Schließlich wusste ich doch nicht einmal, ob er überhaupt irgendeine Bedeutung hatte.«

»Und was stand sonst noch drinnen?«, fragte Winter.

»Nur, dass das Geheimnis bei ihr in sicheren Händen sei. Zwar verstehe sie nicht, warum ihre Schwester sich so in Gefahr bringe, aber dass sie deren Wunsch respektiere. Schließlich hätte ihre Schwester schon ein Kind verloren und das sei das Schlimmste, was einer Mutter passieren könne.«

»Ich denke, wir sollten mit der Schwester Kontakt aufnehmen. Wo wohnt sie denn, in Danzig selbst oder im Umland?«

»Sie wohnt zwar in der Stadt, aber es könnte trotzdem

schwierig werden. Jetzt, mit der Ostfront, weiß ich nicht, ob wir mit den Depeschen überhaupt durchkommen. Aber ich werde es versuchen und sie zumindest über den Tod ihrer Schwester informieren. Vielleicht ist sie dann auch bereit, das Geheimnis zu lüften.«

»Machen Sie, von Reutersheim. Wenn Sie das so rasch wie möglich klären könnten, dann wären wir endlich einen Schritt weiter. Und ich würde sagen, jetzt gehen wir nach Hause. Der Tag war lange genug.«

Winter erhob sich, und zusammen verließen sie den Besprechungsraum. Von Reutersheim dachte noch, dass ihn zu Hause niemand erwartete, keine nette Frau und kein warmes Essen, nicht wie bei den beiden anderen. Aber dafür konnte er auch keinen Rüffel bekommen, er käme zu spät. Wenn er nur klären könnte, was an diesem tragischen Tag in der Großen Hamburger Straße wirklich passiert war, dachte er auf dem Nachhauseweg, dann würde er endlich wieder seine Ruhe finden.

KAPITEL 5

»Wo kommt das her? Was hast du dafür getan?«, schrie Maries Mutter. »Hast du das gestohlen oder dich doch mit einem dieser feinen Herren eingelassen? Einem der Ärzte, da wette ich drauf. Ich habe doch gemerkt, dass da was im Busch ist, du kannst mich doch nicht für dumm verkaufen. Die vielen Nächte, die du angeblich in der Klinik gearbeitet hast. Da warst du bei deinem Liebhaber, du Flittchen.«

Marie verfluchte sich innerlich. Wie hatte sie nur so unvorsichtig sein können und die Kette auf dem Fensterbrett liegen lassen können.

»So, mein Fräulein, jetzt erzählst du mir ganz ausführlich, woher du die Kette hast. Da gibt es keine Ausreden, und wenn ich es aus dir rausprügeln muss!«

Die beiden Kleinen versteckten sich hinter dem Bett und blieben mucksmäuschenstill. Sie verstanden ohnehin nicht, warum ihre Mutter auf Marie einschrie. Nur dass Marie offensichtlich etwas Verbotenes getan hatte.

»Mama, die Kette hat mir jemand geschenkt, eine Patientin«, versuchte sich Marie herauszureden.

»Eine Patientin, dass ich nicht lache. Meinst du, du kannst mich für dumm verkaufen?« Maries Mutter holte aus und gab ihr eine Ohrfeige. Die kleine Erna begann hinter dem Bett leise zu weinen und drückte sich näher an ihren Bruder. »Hier hast du eine Schelle und hier noch eine. Und wenn du mich noch einmal so anlügst, dann schlage ich dich grün und blau. Haben wir uns verstanden, mein Fräulein?«

Maries Wangen waren gerötet. Das war im Laufe des Abends nicht die erste Ohrfeige gewesen, die sie bekommen hatte. Und immer wieder fuchtelte ihre Mutter mit der Kette vor ihrem Gesicht herum, ihrer schönen, heiß geliebten Kette. Aus zartem Gold und mit einem kleinen Kreuz als Anhänger. Marie hatte noch nie etwas so Schönes besessen. Und deshalb wollte sie auch nicht, dass die Kette beim Waschen schmutzig wurde, und hatte sie abgenommen. Was für ein Fehler! Am liebsten hätte sie ihrer Mutter die Kette aus der Hand gerissen.

»So und jetzt fangen wir wieder von vorne an. Woher hast du die Kette?« Drohend packte die Mutter Marie am Handgelenk. »Wer hat sie dir gegeben? Wer hätte gedacht, dass meine Tochter so ein Flittchen ist! Oder hast du sie gestohlen? Da reiß ich mir ein Bein aus, um dir die Stelle als Schwesternschülerin zu besorgen, und dann so etwas. In die Fabrik gehörst du, und ab jetzt wird richtig Geld verdient, meine Liebe. Ich nehme dich morgen von der Schwesternschule, jetzt reicht es.«

»Nein, das kannst du nicht machen«, schrie Marie. »Die Schule ist alles, was ich habe.«

Nebenan klopfte ein Nachbar an die Wand, nicht zum ersten Mal an diesem Abend, und brüllte: »Ruhe, verdammt noch mal, wann hört der Krach endlich auf! Wenn das so weitergeht, rufe ich die Polizei!« Für einen kurzen Moment bemühten sie sich, ruhiger zu werden, was allerdings nicht lange anhielt.

»Von der Schule nehme ich dich, und dann wirst du das richtig harte Leben kennenlernen. Den ganzen Tag am Fließband stehen und schuften, das treibt die Flausen aus dem Kopf, sage ich dir. Gleich morgen gehe ich zur Mutter Oberin und melde dich ab.«

»Nein, bitte nicht«, flehte Marie. »Alles, nur das nicht.«

Erna weinte nun immer lauter, bis es in ein richtiges Heulen überging. Der Nachbar klopfte wieder wütend an die Wand.

Marie hielt es nicht mehr aus. Als ihre Mutter einen kurzen Moment durch Ernas Wehgeschrei abgelenkt war, riss sie ihr die Kette aus der Hand, griff eilig ihren Mantel und rannte aus dem Haus. Hinter sich hörte sie noch das empörte Gezeter ihrer Mutter durch den ganzen Hof schallen.

»Marie, wie siehst du denn aus, was ist denn los?«, rief Ferdinand aus, als er die Tür öffnete. »Komm rein, du Arme.«

Ferdinand umarmte sie kurz und schob Marie dann in die Wohnung. Marie war völlig durchnässt, es hatte auf dem Weg bis zu Ferdinands Wohnung die ganze Zeit geregnet. Ferdinand nahm ihr den Mantel ab und holte ihr ein Handtuch aus der Wäschekammer.

»Störe ich dich auch nicht, es ist doch schon so spät?«, fragte Marie.

»Nein, natürlich nicht. Du störst nie, das weißt du. Ich bringe erst einmal deinen Mantel in mein Zimmer. Willst du derweil ins Bad gehen, um dich abzutrocknen?«

»Das wäre gut. Und deine Vermieterin, sie ist noch bis Ende nächster Woche weg, oder?«

»Ja, mach dir deshalb keine Sorgen, wir haben die Wohnung für uns. Und jetzt ab ins Bad mit dir, meine Süße.«

Marie lächelte Ferdinand dankbar an, nach all dem, was sie sich in den letzten Stunden hatte anhören müssen, waren Ferdinands aufmunternde Worte Balsam für ihre Seele. Während sie sich im Bad trocken rieb, hörte sie Ferdinand in der Küche klappern. Offensichtlich setzte er gerade Wasser für einen Tee auf, genau das, was sie jetzt brauchte. Als sie aus dem Bad kam, die nassen Haare in ein Handtuch gewickelt, trug Ferdinand gerade zwei Tassen Tee in Richtung seines Zimmers. Auch wenn die Vermieterin nicht da war, so vermieden sie es doch, ihre Räume zu benutzen, wie schon beim ersten Mal, als Marie in der Wohnung war. Außerdem war Ferdinands Zimmer groß genug und auch gemütlich eingerichtet, mit einem schönen Teppich und Möbeln aus einem Holz in warmem Braun. Am meisten liebte Marie den Sekretär, der am Fenster stand, und an dem Ferdinand seine Post erledigte. Von so etwas konnte sie nur träumen, wenn sie an ihre Wohnung im Hinterhaus dachte.

Sie setzte sich auf das Sofa, während Ferdinand den Tee, das Kännchen mit Milch und den Zucker auf den kleinen Marmortisch mit den Jugendstilverzierungen vor dem Sofa stellte.

Ferdinand reichte ihr die Tasse und setzte sich ebenfalls auf das Sofa, nicht ohne ihr vorher noch einen Kuss auf die Wange gegeben zu haben.

»Meine Liebe, jetzt erzähl doch, was passiert ist«, ermunterte Ferdinand Marie. »So schlimm kann es doch nicht sein!«

»Meine Mutter hat die Kette von dir gefunden und mich ganz wüst beschimpft. Sie will mich von der Schwesternschule nehmen und in eine Fabrik stecken. Damit ich endlich lerne, was harte Arbeit ist und endlich Geld nach Hause bringe. Ich verdiene ja fast nichts, das deckt gerade meinen eigenen Lebensunterhalt, aber extra Geld für die Kleinen ist nicht drinnen.«

»Das hat sie doch nur in der ersten Wut gesagt. Nie im Leben wird sie dich von der Schule nehmen, dazu ist sie viel zu stolz darauf, dass du Krankenschwester wirst. Du hast mir doch immer erzählt, dass es auch ihr Traum war, bevor du kamst. Sie hat nur Angst, dass dir etwas Ähnliches passiert wie ihr.«

»Ich hoffe nur, du hast recht und sie macht nicht Ernst. Nicht auszudenken, wenn sie mich von der Schule nehmen würde.«

»Nein, sie wird dich nicht von der Schule nehmen, da habe ich schließlich auch noch ein Wörtchen mitzureden.« Ferdinand legte den Arm um Marie und zog sie zu sich heran. »Das soll einmal jemand versuchen, der bekommt es mit mir zu tun.«

Marie musste lachen. Ferdinand klang so sicher und selbstbewusst; sie wollte, sie hätte etwas von seiner Sicherheit.

»Und was willst du dann machen, die Mutter Oberin bestechen?«, fragte Marie.

Ferdinand verschluckte sich fast am Tee und schüttelte lachend den Kopf.

»Das wäre, glaube ich, keine gute Idee. Da müsste ich mir schon etwas anderes einfallen lassen.« Er zögerte einen Moment. »Wir könnten zum Beispiel heiraten, was meinst du?«

»Meinst du das ernst oder willst du mich nur trösten?«

»Natürlich meine ich das ernst, was glaubst du denn? Eine solche Frage stellt kein Mann im Spaß!« Ferdinand gab sich empört. »Und jetzt warte ich auf deine Antwort: Willst du meine Frau werden?«

»Natürlich will ich, das ist doch gar keine Frage. Nichts lieber als das!«, antwortete Marie. »Was glaubst denn du? Du weißt doch, ich liebe dich mehr als alles andere auf der

Welt. Außer vielleicht meine Geschwister oder die Arbeit im Krankenhaus.«

»Da siehst du mal! Und schon komme ich als Letzter an die Reihe, so schnell kann das gehen. Und wann bekomme ich einen Kuss von meiner zukünftigen Frau?«

Sie küssten sich und schon bald hatten die Küsse nichts Tröstendes mehr, sondern wurden immer leidenschaftlicher. Kurze Zeit später fanden sie sich auf Ferdinands riesigem Bett wieder, und bald dachte Marie nicht mehr an den Streit mit ihrer Mutter.

»Meine Süße, ich muss jetzt gehen. Du hast geschlafen wie ein Stein. Draußen wird es langsam hell.« Ferdinand beugte sich zu Marie, die aus dem Halbschlaf erwachte. »Warte nicht auf mich, ich muss heute Nacht arbeiten. Seit Richard verhaftet wurde, teilen wir uns seine Dienste, und heute bin ich dran.«

»Wie geht es Richard denn?« Marie war mit einem Schlag wach. Sie mochte Ferdinands Freund sehr gern. »Hast du wieder was von ihm gehört?«

»Nicht wirklich, er darf im Moment keinen Besuch empfangen und wird wohl die ganze Zeit verhört. Ich habe gestern mit seiner Schwester gesprochen, aber die wissen auch nichts Neues und kommen fast vor Sorge um.«

»Und wie geht es Lotte? Das muss doch schlimm für sie sein. Wenn ich mir vorstelle, du wärst im Gefängnis, ich würde tausend Tode sterben.«

»Lotte, stimmt. Ich muss gestehen, ich habe vergessen, bei ihr nachzufragen, ob wir ihr irgendwie helfen können. Schande über mich. Weißt du was, wir besuchen sie am Wochenende und gehen mit ihr raus, vielleicht können wir sie zum Wannsee mitnehmen oder in den Grunewald.«

»Das ist eine gute Idee. Wenn wir ihr etwas helfen könnten, das wäre schön.«

»So, mein Schatz, jetzt muss ich aber gehen. Schlaf ruhig weiter, gestern war schließlich ein anstrengender Tag – und dann noch eine anstrengende Nacht, nicht zu vergessen.« Ferdinand grinste und gab Marie einen Abschiedskuss.

Beim Hinausgehen schloss er leise die Tür hinter sich.

Marie zog sich noch einmal die Bettdecke bis über die Ohren und kuschelte sich tief ins Bett hinein. Mit einem Mal war sie zuversichtlich, dass sich der Streit mit ihrer Mutter in Luft auflösen würde. Alles würde gut werden, sie würde Ferdinands Frau werden und ihre Ausbildung als Krankenschwester beenden wie vorgesehen. Warum hatte sie sich nur solche Sorgen gemacht, alles sah doch gut aus, oder?

KAPITEL 6

»Kommen Sie herein, Herr Pfarrer. Wir sind so froh, dass Sie hier sind!« Magda Schreiber zog Ludwig Seeler fast in den Flur ihrer Wohnung. Ihr Mann, Robert Schreiber, stand neben ihr und nickte bestätigend. »Sie spricht kein Wort, sie isst nichts und sie schläft nicht mehr. Die ganze Nacht brennt das Licht in ihrem Zimmer. Was sollen wir nur machen?«

Ludwig Seeler versuchte, in dem engen Gang an den beiden vorbeizukommen, was angesichts der Fülle von Robert Schreiber nicht gerade einfach war. In ihrer Aufregung versperrten sie ihm fast vollständig den Weg in die Wohnung.

»Wir haben uns gedacht, Sie haben sie doch getraut, vielleicht spricht sie mit Ihnen«, fuhr Magda Schreiber fort. »Mit uns redet sie nicht. Und sonst kennen wir keinen Pfarrer, wir haben es bisher nicht so mit der Kirche gehabt.«

Die letzten Worte waren Magda Schreiber sichtlich unangenehm. Pfarrer Ludwig Seeler kümmerte es nicht weiter, die Schäfchen kamen eben meistens nur, wenn sie Hilfe brauchten. Das war für ihn nichts Neues. Die Schreibers hatten sich seine Adresse über die Chirurgische Klinik besorgt und ihm eine Nachricht mit der Bitte, ihrer Tochter in dieser schweren Lage seelischen Beistand zu leisten, zukommen lassen.

»Das ist schon in Ordnung, Frau Schreiber. Wo ist Ihre

Tochter denn?« Ludwig Seeler zog seinen Mantel aus; Robert Schreiber eilte hinzu, um ihm den Mantel abzunehmen.

»Da den Gang hinter ist Luises Zimmer, ich bringe Sie zu ihr.« Magda Schreiber ging voraus und klopfte vorsichtig an die Tür ihrer Tochter. Nichts rührte sich. Magda Schreiber klopfte ein zweites Mal und öffnete dann die Tür, als wieder keine Reaktion kam.

Luise lag auf dem Bett, auf die Seite gerollt und blickte starr vor sich hin. Sie sah auch nicht auf, als ihre Mutter und der Pfarrer zusammen ins Zimmer kamen.

»Luise, mein Liebes, hier ist der Pfarrer, der dich und Alfred getraut hat. Vielleicht tut es dir gut, ein Weilchen mit ihm zu sprechen. Er kannte Alfred doch auch. Ich lasse euch dann mal alleine.« Leise trat Magda Schreiber den Rückzug an.

Dem Schweigen ihrer Tochter stand sie völlig hilflos gegenüber. Mit Wutausbrüchen oder Schreianfällen hätte sie umgehen können, aber mit dem Nichts an Reaktion seitens Luises war sie völlig überfordert.

»Frau Schulze, dann setze ich mich einmal zu Ihnen, wenn Sie erlauben.« Pfarrer Seeler zog den Stuhl, der am Schreibtisch stand, sachte neben das Bett und nahm darauf Platz. »Das ist eine schwere Zeit für Sie, ich weiß. Jemanden zu verlieren, den man liebt, ist das Schlimmste, das einem Menschen passieren kann.«

Luise reagierte nicht. Pfarrer Seeler wusste nicht, ob sie ihn überhaupt wahrnahm.

»Es geht vielen Menschen so wie Ihnen, Mütter, die ihre Kinder verlieren, oder Frauen, denen der Mann an der Front gestorben ist. Ich weiß, bei Ihnen kam es unerwartet, aber es ist einfach für alle eine schlimme Zeit. Eine

Prüfung, die Gott uns auferlegt hat. ER hat dafür sicherlich seine Gründe, auch wenn wir das im Moment nicht so sehen und nicht verstehen können. Und Ihr Mann ist jetzt bei IHM, und da geht es ihm sicher gut. ER sorgt für seine Schäflein dort oben im Himmel.«

Ludwig Seeler wurde allmählich unruhig angesichts der bewegungslosen Gestalt vor ihm. Nichts, was er sagte, schien zu ihr durchzudringen.

»Und wissen Sie, vielleicht war es auch das Beste für Ihren Mann. Mit dem amputierten Arm, was hatte er da noch für Chancen? Vielleicht hätte er seine alte Arbeit – er war Buchhalter, nicht wahr – wieder bekommen, aber vielleicht auch nicht. Wer weiß das schon? Und dann wäre er auf der Straße gestanden. Frau Schulze, ich kann Ihnen sagen, soweit ich mitbekomme, ist das Leben als Kriegsinvalide alles andere als ein Zuckerschlecken. Der Kaiser sorgt nicht gerade gut für seine Männer, unter uns gesagt. Ich habe da Schicksale erlebt, kann ich Ihnen sagen, davon wollen Sie nichts hören. Da wäre es in manchen Fällen tatsächlich besser gewesen, derjenige wäre gleich an der Front gestorben.«

Täuschte er sich oder blinzelte Luise gerade heftig mit den Augen. Hatte er es doch geschafft, an sie heranzukommen? Da, nun bewegten sich ihre Lippen und sie flüsterte ihm etwas zu.

»Frau Schulze, ich verstehe Sie nicht. Sie müssen etwas lauter sprechen.«

Dann kam ein klares und deutliches »Raus hier! Raus aus meinem Zimmer!« aus Luises Mund.

Ludwig Seeler war entsetzt. Wie hatte er so missverstanden werden können, er hatte es doch nur gut gemeint. Eilig stand er vom Stuhl auf und trat den Rückzug an. Draußen vor der Tür stieß er fast mit den Schreibers zusammen, die wartend davor standen. Auf die ängstliche Frage Magda Schreibers, wie es denn gelaufen sei, murmelte er vor sich hin: »Schwierig, schwierig, ein besonders schwieriger Fall«, und beeilte sich, aus der Wohnung zu kommen.

Ludwig Seeler rannte fast auf dem Weg nach Hause. In der Oranienburger Straße stolperte er über das ausgestreckte Bein eines Bettlers, der am Boden lag und ihm dann noch seine zerrissene Mütze für ein paar Groschen hinhielt.

»Nein, mein Sohn«, stammelte er. »Heute nicht. Ich kann dir nichts geben. Gottes Gnade sei mit dir!«

»Von Jottes Gnaden kann ick mir ooch nischt koofen. Wat Warmes und een juter Schluck wären ma lieba.« Der Bettler grinste frech. »Ooch noch eenen juten Tag, Herr Pfarrer. Jott habe Se selich«.

Nun machte sich der Bettler noch über ihn lustig. Erst das Fiasko bei den Schreibers und dann dieser Bettler – alles hatte sich gegen ihn verschworen. Er brauchte dringend einen Schluck. Der Keller des Pfarrhauses neben der Sophienkirche war immer noch gut gefüllt, voller Flaschen Bier, Wein und auch Schnaps. Nur er und seine Frau besaßen die Schlüssel dafür. Ludwig Seeler wollte sich gar nicht vorstellen, wie es wäre, wenn der Keller eines Tages leer wäre.

Er bog von der Oranienburger Straße in die Krausnickstraße und dann weiter in die Große Hamburger Straße. Vor ein paar Tagen hatte direkt nebenan ein schrecklicher Mord stattgefunden. Ein älteres Ehepaar war brutal erstochen und die Enkeltochter völlig verstört in der Wohnung aufgefunden worden. Seine Frau hatte ihm davon erzählt, und Ludwig Seeler fühlte sich verpflichtet, sich der Enkeltochter Gertrud Richter anzunehmen. Innerlich war er erleichtert, als ihm dieser junge Kriminalwachtmeister erzählte, Gertrud Richter sei bereits in die Psychiatrie gebracht worden. Wenigstens musste er sich darum nicht auch noch kümmern.

»Ludwig, was ist mit dir?«, fragte ihn seine Frau Bertha besorgt, als er in den Flur der düsteren Wohnung im Erdgeschoss gleich neben der Kirche eintrat. »Du siehst ganz bleich aus, als hättest du einen Geist gesehen.«

»Immer dieses Elend, ich kann es nicht mehr sehen! Und da versucht man, im Namen Gottes zu helfen und bekommt nichts als Undank dafür! Alle nehmen immer nur und saugen einen aus, das ist alles, was sie können.« Er drängte sich an ihr vorbei in die Küche. Er wollte nichts erzählen und erklären, er wollte nur rasch an ihr vorbei. Ein guter Schluck, ja, das war es, was er brauchte.

»Aber Ludwig, du warst doch früher nie so. Du hattest immer so viel Mitgefühl und Verständnis. Ich kenne dich gar nicht mehr wieder. Das muss der Krieg sein, der bringt uns alle an den Abgrund.« Bertha Seeler runzelte die Stirn, die Lachfalten, die Ludwig Seeler früher an ihr liebte, waren in der letzten Zeit immer mehr in Sorgenfalten übergegangen. Manchmal hatte Ludwig Seeler das Gefühl, seine Frau könne direkt in sein Innerstes sehen und all die düsteren Gedanken und Geheimnisse erraten. Nicht auszudenken, wenn es so wäre.

»Bertha, kannst du mir aus dem Keller die Flasche Birnenschnaps holen? Du weißt doch, die wir vor einiger Zeit geschenkt bekommen haben? Die aus Werder. Ich brauche jetzt erst einmal etwas Kräftiges.« Ludwig Seeler setzte sich an den Küchentisch und machte sich nicht die Mühe, seinen Mantel auszuziehen. Er war zu erschöpft und öffnete nur die Knöpfe, um mehr Bewegungsraum zu haben.

»Ludwig, langsam fange ich an, mir Sorgen zu machen. Es gibt kaum noch einen Abend, an dem du nichts trinkst. Das gefällt mir nicht!« Bertha Seeler schüttelte den Kopf.

»Bertha, holst du mir jetzt endlich diesen verdammten Schnaps! Du sitzt den ganzen Tag in der Küche und gibst kluge Ratschläge. Geh du doch raus und sieh dir das Elend an, vielleicht vergeht dir dann das Reden. Und sag du mir nicht, was ich zu tun und zu lassen habe!« Ludwig Seeler wurde immer lauter und brüllte die letzten Worte fast. Wenn seine Frau nur ihren Mund halten und ihm einfach den Schnaps holen würde. Warum war das verdammte Weib nicht in der Kirche oder zum Tratschen bei einer ihrer Nachbarinnen? Das konnte sie doch am besten, rumsitzen und reden, und alles blieb an ihm hängen. Er wollte allein sein und mit niemandem sprechen müssen.

»Ludwig, ich kenne dich nicht mehr wieder! Du bist wie ein Fremder für mich in der letzten Zeit. Ich gehe jetzt runter in den Keller und hole dir den Schnaps, damit du zufrieden bist, aber so geht es nicht mehr weiter.«

Wieder sah sie ihn mit ihrem intensiven Blick an, und Ludwig Seeler verstummte.

KAPITEL 7

Winter klopfte energisch an die Tür zum Institut für Rechtsmedizin. Diesmal hatte er mit von Reutersheim und einem uniformierten Beamten Verstärkung mitgebracht und war fest entschlossen, sich nicht wieder vom Pförtner herumkommandieren zu lassen. Seinen Dienstausweis hatte er sicherheitshalber diesmal dabei.

»Na, kommen Se rein, kommen Se rein, keene falsche Scheu, ick kenn Se doch«, der Pförtner winkte sie mit seiner Hand hinein. Er schüttelte müde den Kopf. »Und de janze Kavallerie hätten Se auch nicht mitbringen müssen, det war doch nicht nötig.«

Von Reutersheim und der Beamte sahen bei dem Vergleich nicht gerade erfreut aus, und Winter fühlte sich ertappt.

»Wat da im Kriech los is, bin ick froh, det ick een Invalide bin. Und schon so alt«, stöhnte der Pförtner.

Zum Beweis zog er seine Beine unter dem völlig mit Zeitungen überladenen Schreibtisch hervor. Ein unangenehm fauliger Geruch breitete sich aus. Winter und seine Mitarbeiter sahen auf dicke, geschwollene Unterschenkel, die notdürftig mit schmutzigen Stofflappen umhüllt waren. An einigen Stellen schienen die Lappen feucht und gelblich verfärbt. Sie waren offensichtlich schon seit einiger Zeit nicht mehr gewaschen worden.

»Und was haben Sie denn an Ihren Beinen?«, fühlte Winter sich verpflichtet zu fragen.

»Nischt der Rede wert, irgendwas mit eener Stauung. Versteh icke ooch nicht so richtig. Aber se werden imma dicker und es suppt durch. Aber keen Vergleich zu dem, wat unsere Jungs da draußen an der Front erleben müssen.«

Er klopfte mit der flachen Hand auf die Zeitung, die ausgebreitet vor ihm lag. Also ist sogar der grimmige Pförtner ein Mensch mit Mitgefühl, dachte Winter.

»Nun jehen Se, mir können Se ohnehin nicht helfen«, brummte der Pförtner. »Helfen Se mal, dat den Lebenden nischt mehr jeschieht. Obwohl, det hier ist sicher ooch nischt der richtige Ort für de Lebenden, det kann ick Ihnen sajen. Aba manchmal sprechen die Toten und verkündigen die Wahrheit, sagt unser Professor imma. Also jehen Se mal weiter!«

Winter und seine Mitarbeiter gingen erleichtert an ihm vorbei, die Treppe bis hinauf zum Trakt von Prof. Meinert. Oben angekommen, schien es Winter im Vergleich zum letzten Besuch auffallend still. Keine offene Tür, kein Kaffeegeruch, keine fröhliche Vorzimmerdame mehr. Winter klopfte an die Tür des Sekretariats von Prof. Meinert.

»Da brauchen Sie nicht mehr zu klopfen.« Die Tür nebenan öffnete sich, und Prof. Meinert kam heraus. Er war unrasiert, und seine Kleidung sah verknittert aus. »Der Bruder meiner Vorzimmerdame ist gefallen, und sie bleibt bis auf Weiteres zu Hause. Muss sich um ihre Mutter kümmern, kann ihr niemand verdenken. Kommen Sie herein, ich habe interessante Neuigkeiten für Sie.«

»Herr Schulze könnte in der Tat ermordet worden sein.« Prof. Meinert setzte sich schwerfällig in seinen Stuhl, Winter und seine Mitarbeiter nahmen auf der anderen Seite des Schreibtisches Platz. »Erstickt. Mit was, kann ich Ihnen nicht sagen. Ein Kopfkissen, eine Decke, etwas in dieser Richtung. Es gab geringe Zeichen von Einrissen in den Mundwinkeln, und die Lunge war überbläht. Das ist meist kein sehr eindeutiger Befund. Aber Herr Schulze ist sicher nicht an einer Entzündung oder einer Embolie und damit an der Folge seiner Kriegsverletzung gestorben.«

»Hat er sich gewehrt, gibt es Zeichen dafür?«, fragte Winter.

»Es gibt keine Abwehrspuren, wenn Sie das meinen. Aber ob wir die unbedingt finden würden, sei mal dahingestellt. Wenn er mit einem Messer angegriffen worden wäre, dann könnten wir Stich- und Schnittwunden sehen, aber so? Diese Art, jemanden umzubringen, wird meist genutzt, wenn es sich um Schwächere, also Ältere oder Kranke, handelt, die sich nicht wehren können.«

»Aber hätten nicht die anderen Patienten etwas davon merken müssen? Das verursacht doch Geräusche. So leise kann es doch nicht sein, jemanden umzubringen«, warf von Reutersheim ein und wurde rot, als sich die anderen ihm zuwandten. »Ich meine, in einem Krankenhaus, da kann doch auch jeden Moment jemand hereinkommen, eine Schwester oder ein Arzt.«

»Da haben Sie natürlich völlig recht, von Reutersheim«, kam ihm Winter zu Hilfe. »Was meinen Sie, Herr Professor?«

»In einem Krankenhaus gibt es viele Patienten, die stöhnen oder Geräusche machen. Außerdem hätte der Täter zum Beispiel einen Paravent zwischen den Betten aufstellen können. Jemanden zu ersticken dauert nicht lange, höchstens ein paar Minuten. Aber das ist sicher Ihre Aufgabe, dies herauszufinden, wie es passiert ist.« Prof. Meinert räusperte sich und lehnte sich in seinem Stuhl zurück.

»Es gibt allerdings noch eine Sache, die Sie wissen sollten. Ich kann nicht ausschließen, dass Herr Schulze von Morphium abhängig war. Wir sehen das ab und zu bei Patienten nach Amputation von Gliedmaßen. Die Schmerzen sind so unerträglich, dass sie sich immer mehr Morphium spritzen lassen oder selbst spritzen. Ich habe etliche Einstichstellen an seinem Körper gefunden, und laut Aussage der Oberschwester bekam Herr Schulze eine erhebliche Menge Morphium. Aber daran ist er nicht gestorben, das sieht in der Autopsie anders aus.«

»Einer der anderen Patienten hat berichtet, dass Dr. Oppermann, der unter Mordverdacht steht und deswegen im Gefängnis ist, Herrn Schulze noch eine Spritze gab.«

Prof. Meinert schüttelte den Kopf.

»Nein, am Morphium ist er, denke ich, nicht gestorben. Eine Krankenakte gibt es, wie Sie wissen, nicht mehr, die ist offensichtlich verschwunden. Dann wüsste ich wenigstens, ob die angegebenen Zeiten der Spritzen zu den Einstichstellen passen. Allerdings hat die Tatsache, dass Herr Schulze vermutlich eine hohe Dosis Morphium erhalten hatte, es für den Täter sicher einfacher gemacht.«

»Könnte es von der Kraft her auch eine Frau gewesen sein?«, hakte Winter nach.

»Wenn Herr Schulze durch das Morphium nicht mehr ganz bei sich war, ja. Es gibt zwar, im Gegensatz zur landläufigen Meinung, meist nur eine geringere euphorisierende Wirkung, wenn Patienten Morphium wegen ihrer Schmerzen nehmen. Bis auf die wenigen Ausnahmen, von denen ich eben gesprochen habe. Das sind oft junge Männer, die vorher schon ein Suchtproblem hatten. Aber natürlich ist die Reaktionszeit verlangsamt, und es ist sicher für einen Täter – oder eine Täterin – erheblich weniger Kraft erforderlich.«

»Und was ist mit den anderen jungen Männern? Könnte es bei ihnen ähnlich gewesen sein?«

»Herr Winter, Sie wissen doch, ich kann nichts dazu sagen, wenn ich die Leichen nicht gesehen habe.« Prof. Meinert seufzte tief. »Ich schlage vor, Sie suchen doch noch mal in den Akten, ob die Männer vielleicht einen hohen Bedarf an Morphium hatten, oder Sie sprechen noch mal mit den Schwestern vor Ort. Die meisten der jungen Männer waren, nach dem, was Sie mir erzählt haben, zwar mit Verletzungen aus dem Krieg gekommen, waren aber sonst in einem guten Allgemeinzustand. Mehr kann ich Ihnen im Moment nicht sagen. Außerdem muss ich jetzt los. In einer halben Stunde ist die Beerdigung von Fräulein Veronikas Bruder. Oder von dem, was noch von ihm übrig ist.«

Schweigend gingen Winter und seine Mitarbeiter die Hannoversche Straße hinunter in Richtung Alexanderplatz zum Polizeipräsidium, vorbei am Dorotheenstädtischen Friedhof auf der linken Seite. Winter überlegte kurz, ob wohl Fräulein Veronikas Bruder hier beerdigt würde. Neben den großen Philosophen wie Georg Wilhelm Friedrich Hegel oder Baumeistern wie Karl Friedrich Schinkel. Es ist vermutlich schwierig, hier einen Platz zu bekommen, dachte Winter. Nicht, dass Fräulein Veronikas Bruder noch etwas davon hätte. Nur könnte sie dann wenigstens das Grab ohne größere Umstände besuchen, in der Mittagspause oder nach der Arbeit. Wenn sie überhaupt wieder zur Arbeit käme. Winter schalt sich selbst – was dachte er darüber nach. Seine Aufgabe war es, den Mörder von Alfred Schulze zu finden und die jungen Soldaten in Zukunft zu schützen. Fräulein Veronikas Schicksal war nur ein weiteres Beispiel für die Sinnlosigkeit des Krieges.

Aber sie hatte so fröhlich gewirkt und ihrem Vorgesetzten diese koketten Blicke zugeworfen. Damit war es wohl erst einmal vorbei.

»Wie sollen wir vorgehen, was sollen wir als Nächstes machen?«, unterbrach von Reutersheim Winters düstere Gedanken. Der junge Kriminalwachtmeister rannte fast, um mit Winters forschen Schritten mithalten zu können.

Sie bogen nach rechts von der Hannoverschen Straße in die Friedrichstraße. Winter sah sich um. Nur vereinzelt waren Passanten unterwegs, und niemand war in Hörweite.

»Am besten sehen Sie sich noch einmal auf der Krankenstation nach den Akten der anderen Soldaten um. Es kann doch nicht sein, dass die Akten in allen Fällen verschwunden sind. Auch wenn der Mörder Akten mitgenommen oder vernichtet hat. Vielleicht hat er doch etwas übersehen. Am besten suchen Sie nach den Akten aller jungen Soldaten mit Amputationen, die in den letzten Monaten verstorben sind.«

»Aber, Herr Winter, das habe ich doch schon mehrere Mal versucht. Ich bin die Listen mit den Namen aller möglichen Opfer bereits mehrfach mit den Schwestern durchgegangen. Sie lassen mich nicht nach den Akten auf der Station oder im Archiv suchen, sondern bestehen darauf, das selbst zu machen. Wegen der Schweigepflicht gegenüber ihren Patienten«, erklärte von Reutersheim.

Winter stutzte. Es sah seinem jungen Mitarbeiter gar nicht ähnlich, ihm zu widersprechen. Von Reutersheim fühlte sich sichtlich unwohl dabei.

»Was ist los mit Ihnen, von Reutersheim, haben Sie Angst vor Schwester Elisabeth? Die ist vielleicht etwas ruppig, lebt aber für das Wohl ihrer Patienten.«

»Ich denke nur, es wird nichts mehr bringen«, wand sich von Reutersheim. »Und wir haben noch eine Reihe von anderen Fragen zu klären.«

Offensichtlich kam Winter hier nicht weiter, und wenn er ehrlich zu sich selbst war, hatte von Reutersheim vermutlich sogar recht. Sogar wenn sie die Akten fanden, wussten sie nicht, wie genau der Zustand der Patienten darin beschrieben worden war und ob die für sie wichtigen Informationen überhaupt enthalten waren. Nach allem, was er in den Gesprächen heraushörte, wurde immer weniger aufgeschrieben und dokumentiert, je mehr Arbeit war. Wer weiß, vielleicht waren sogar keine Akten für die Patienten angelegt worden.

»Apropos, was macht eigentlich der andere Fall, der Fall Kaminski? Haben Sie mehr über die Depesche von der Schwester der Toten herausgefunden?«, fragte Winter. »Und was ist mit diesem ermordeten älteren Mann aus der Auguststraße? Sind Sie da weiter?«

Winter dachte mit schlechtem Gewissen daran, dass er sich den anderen Tatort gar nicht erst angesehen hatte und gleich von Reutersheim geschickt hatte. Es war ihm viel wichtiger, den Mörder der Soldaten zu finden, wenn er ehrlich zu sich war. Wenn es denn wirklich in den anderen Fällen auch Mord war. Winter wollte vor allem seiner Cousine Luise endlich wieder unter die Augen treten können.

»Bei dem älteren Mann gibt es nichts Neues. Es sieht nach wie vor nach einem sehr brutalen Raubmord aus. Die Nachbarin hat sich noch mal genau in der Wohnung umgesehen. Sie hat ab und zu für den Mann geputzt. Offensichtlich ist alles aus der Wohnung entfernt, was sich zu Geld machen lässt«, berichtete von Reutersheim. »Es gibt aber Neuigkeiten im Fall Kaminski. Als ich vorgestern versucht habe, eine Depesche nach Danzig zu senden, war das aufgrund technischer Probleme nicht möglich. Der Beamte hatte mir dann empfohlen, selbst hinzufahren. Nach Danzig, können Sie sich das vorstellen?«

Winter konnte sich gut vorstellen, wie sich der Beamte über den jungen, kurzsichtigen von Reutersheim lustig machte. Auch er hatte eine Weile gebraucht, um sich an die Berliner Mentalität zu gewöhnen. In Templin hätte sich ein Beamter erst einmal für die technischen Probleme entschuldigt und dann alles versucht, einen Kriminalwachtmeister zu beruhigen. Nicht so in Berlin, hier war Angriff die beste Verteidigung, und das nicht nur im Krieg. Das hatte er selbst schmerzlich lernen müssen und offensichtlich ging es von Reutersheim ähnlich.

Mittlerweile waren sie in der Oranienburger Straße und passierten die Synagoge auf der linken Straßenseite.

»Aber gestern hat der Depeschendienst wieder gearbeitet, und ich habe heute Morgen die Antwort bekommen.« Von Reutersheim konnte einen gewissen Stolz nicht verbergen. »Die Schwester der Toten macht sich große Sorgen um ihre Großnichte Gertrud. Offensichtlich ist Gertruds Mutter vor zwei Jahren gestorben, und daraufhin haben die Großeltern sie zu sich genommen. Sie haben ihr wohl nie erzählt, wie die Mutter gestorben ist.«

»Und, von Reutersheim, machen Sie es nicht so spannend! Erzählen Sie schon, woran ist die Mutter gestorben?«

»Die Mutter ist von Dr. Oppermann operiert worden und während der Operation an einer inneren Blutung gestorben. Gertrud war wohl vorher auch schon ängstlich, aber seit ihre Mutter tot ist, ist sie in dem Zustand, in dem wir sie kennen.«

KAPITEL 8

»Dr. Oppermann, wie es aussieht, haben Sie nicht nur junge Männer auf dem Gewissen, weil Sie überfordert sind.« Winter spuckte das Wort förmlich aus. »Wie wir erfahren haben, sind Sie auch noch ein Pfuscher im Operationssaal. Ja, so nennen wir das im Volksmund! Sie haben eine junge Mutter auf dem Gewissen, die sich Ihnen anvertraut hat.«

»Nein, das stimmt nicht«, stammelte Richard Oppermann. »Das war ein unglücklicher Verlauf.«

Sie saßen wieder in dem rauchigen Verhörzimmer, umgeben von der ewigen Wolke aus Schweiß und Angst, die diesen Raum nicht zu verlassen schien. Richard Oppermanns schönes, männliches Gesicht schien in sich zusammengefallen zu sein. Der Bart, der ihm hier im Gefängnis gewachsen war, und die Blässe seines Gesichtes ließen ihn wie eine der Hunderten von Hungergestalten aussehen, die in den Straßen Berlins bettelten. Von dem vertrauenserweckenden Chirurgen war wenig übriggeblieben.

»Ein unglücklicher Verlauf? Das ist alles, was Sie dazu zu sagen haben? Das ist es sicher auch für deren Tochter Gertrud. Ein sehr unglücklicher Verlauf, was meinen Sie?«

»Gertrud war ohnehin schon gestraft genug. Und dann kam das mit der Mutter dazu, wirklich tragisch.«

»Wieso war Gertrud gestraft genug?«, fragte Winter fast drohend. »Versuchen Sie nicht, von sich abzulenken. Sie haben Ihre Mutter umgebracht, deshalb ist sie so verschreckt.«

»Meinen Sie nicht, Herr Kommissar, dass es für mich ohnehin schon schwer genug ist, wenn ein Patient auf meinem Operationstisch verstirbt? Damit muss ich leben. Aber dann noch diese Anschuldigungen zu hören, das ist wirklich unerträglich!«

»Ja, jetzt geht es um Ihr Leid, wenn Patienten versterben! Was ist mit deren Leid?«

»Ach glauben Sie doch, was Sie wollen. Gesine Kaminski hatte einen sogenannten Situs inversus, das heißt, die Organe im Körper sind genau entgegengesetzt, wie wir es kennen, angeordnet. Das können Sie von außen nicht sehen. Eine Arterie ist genau im Operationsschnitt verlaufen, wo ich sie nie erwartet hätte. Wir haben alles versucht, die Arterie zusammenzudrücken und zu vernähen, aber Gesine Kaminski war innerhalb kürzester Zeit verblutet.«

»Sie haben sie also umgebracht!« Richard Oppermann war kurz davor, ein Geständnis abzulegen, Winter spürte das.

»Nicht ich habe sie umgebracht, sondern das Monster, mit dem sie verheiratet war und das sie regelmäßig verprügelt hat.«

Winter war sprachlos.

»Ja wussten Sie das denn nicht?«, fragte Richard Oppermann ungläubig, als er die Überraschung in Winters Gesicht sah. »Gesine Kaminski wollte an diesem Abend mit einer Freundin ausgehen. In die Markthalle, um sich ein Stück von Max Reinhardt dort anzusehen. Das war kurz vor dem Ausbruch des Krieges. Sie hat wochenlang dafür gespart. An dem Abend hat sie die Tochter in die Obhut ihrer Eltern gegeben und war mit ihrer Freundin vor dem Theater verabredet. Ihr Mann dachte, sie würde einen Liebhaber treffen, und hat ihr auf dem Weg zum

Theater aufgelauert. Er hat sie dann mitten in der Stadt in einem Gebüsch so verprügelt, dass sie das Bewusstsein verlor und ins Krankenhaus gebracht wurde. Da alle Anzeichen für eine innere Blutung sprachen, musste sie sofort operiert werden. Es blieb gar keine andere Wahl. Womit ich nicht gerechnet habe, war diese anatomische Besonderheit.«

»Und weiter?«

»Mit ihren Eltern, den Großeltern von Gertrud, habe ich lange gesprochen und ihnen das Ganze erklärt. Die Mutter meinte immer wieder, sie hätte es kommen sehen. Der Mann hatte die Tochter wohl über Jahre misshandelt, aber sie wollte ihn nicht verlassen. Wegen der Kleinen natürlich und auch, weil sie nicht wirklich wusste, wohin sie sollte. Die Eltern haben ihr immer wieder angeboten, zu ihnen zu ziehen. Gertrud musste wohl oft genug ansehen, wie der Vater die Mutter verprügelt hat, und offensichtlich hat sie selbst auch einiges abgekriegt.« Richard Oppermann schüttelte den Kopf. »Die Eltern hatten selbst Angst um ihr Leben, da der Ehemann sie immer wieder bedroht hat. Vor allem für den Fall, dass sie ihm seine Frau und sein Kind nehmen würden. So hat er es genannt. Absurd, oder? Dann kam der Krieg, und die Familie hat meines Wissen seither vor ihm Ruhe, da er sofort eingezogen wurde.«

»Wollen Sie auch noch zynisch werden? Was heißt hier Ruhe?«, fragte Winter erbost. »Ermordet zu werden, passt wohl nicht ganz darunter.«

»Was meinen Sie damit?«

»Das Ehepaar Kaminski ist brutal ermordet worden, erstochen. Wussten Sie das denn nicht? Und Gertrud war erst hier in der Psychiatrie und ist dann verlegt worden, in ein Sanatorium in Brandenburg.«

»Nein, das wusste ich nicht! Woher auch, ich bin doch nur dabei, mich wegen absurder Vorwürfe zu verteidigen. Und seit einigen Tagen sitze ich, wie Sie selbst bestens wissen, auf Ihre Veranlassung im Gefängnis.« Richard Oppermann klang bestürzt. »Und was ist mit dem Ehemann? Ist er an der Front oder ist er wieder zurück?«

Wenn ich das wüsste, dachte Winter, wenn ich das nur wüsste.

Die Tür zum Verhörzimmer wurde aufgerissen, und von Reutersheim stürmte hinein.

»Herr Winter, können Sie kommen? Ich habe eine wichtige Nachricht für Sie.«

Winter sah auf Richard Oppermann, doch dieser schien in Gedanken weit weg zu sein. Er nickte dem uniformierten Beamten zu und stand auf.

»Herr Oppermann, wir unterbrechen hier. Der Kollege wird Sie zurück nach Moabit bringen, und dann sehen wir die nächsten Tage weiter.«

Er verließ mit von Reutersheim das Verhörzimmer, und sie gingen zusammen in Richtung Winters Zimmer.

»Was gibt es denn so Wichtiges, von Reutersheim?«

»Sie ahnen nicht, was es noch für Zusammenhänge gibt«, von Reutersheim stockte, »das ist wirklich unglaublich. Die Tochter der Kaminskis …«

»Ich weiß, von Reutersheim, ich weiß. Die Tochter der Kaminskis wurde von Dr. Oppermann operiert und verstarb noch auf dem Operationstisch.«

Von Reutersheim hielt mitten im Gehen inne.

»Woher wissen Sie das?«, er klang ganz enttäuscht. »Hat Ihnen wohl Dr. Oppermann selbst erzählt?«

Winter nickte.

»Aber erzählen Sie trotzdem. Woher haben Sie denn davon gehört?«

»Ich wollte mir noch einmal den zweiten Tatort, den mit dem alleinstehenden Mann, ansehen und mit der Nachbarin sprechen. Im Treppenhaus dort, raten Sie mal, wen ich getroffen habe? Diesen Pfarrer, Seeler heißt er, Sie wissen schon, der immer so angestrengt aussieht. Wir haben uns unterhalten und kamen dann darauf, wie beängstigend es für die Leute ist, dass zwei Mordfälle so kurz hintereinander und direkt in der Nachbarschaft passiert sind. Er hat mir dann erzählt, dass er die Kaminskis kannte, und vom Schicksal ihrer Tochter berichtet. Offensichtlich sind die Kaminskis aus Angst vor ihrem Schwiegersohn innerhalb Berlins umgezogen. Sie wollten nicht, dass er wusste, wo sie wohnen. Was natürlich auch bedeutete, dass er keine Ahnung mehr hatte, wo sich seine Tochter aufhielt. Frau Kaminski hat dem Pfarrer anvertraut, dass sie meinte, ihren Schwiegersohn vor Kurzem wieder in Berlin gesehen zu haben. Was bedeuten würde, dass er desertiert ist. Daraufhin haben sie und ihr Mann erwogen, von Berlin zurück nach Danzig zu ziehen. Darauf bezog sich auch die Depesche ihrer Schwester. Die verstand die Angst ihrer Schwester nur zu gut, wollte sie aber noch einmal vor den katastrophalen Lebensbedingungen in Danzig warnen. Deswegen waren die Kaminskis ursprünglich von Danzig weg nach Berlin gezogen.«

Für Winter fing alles langsam an, zusammenzupassen. Der brutale Mord, die verängstigte Gertrud, der Nachbarsjunge Emil Küppers, der versucht hatte, für das Mädchen die Besitztümer der Großeltern zu Geld zu machen. Allerdings war ihm nicht klar, wie und ob die beiden Fälle in der Nachbarschaft zusammenhingen. Sie mussten den

Ehemann von Gesine Kaminski dringend finden, ob in Berlin oder an der Front. Dringend. Wenn er tatsächlich der Täter war, dann war er eine tickende Zeitbombe. Nun war eine weitere Depesche, diesmal in Richtung Westfront, rasch erforderlich.

»Gut gemacht, von Reutersheim! Sie haben wieder den richtigen Riecher gehabt, wie vor Kurzem schon bei dem Nachbarsjungen, diesem Emil.«

Auf der Station war es ruhig. Schwester Elisabeth ging noch einmal durch die Zimmer ihrer Patienten. Die meisten Patienten schliefen, es war kurz vor Mitternacht. Schwester Elisabeth hatte Nachtschicht, zusammen mit einer Schwesternschülerin. Seit den Ereignissen der letzten Wochen teilte sie sich am liebsten selbst für die Nächte ein. Ab und zu musste sie schlafen, aber wenn es ging, blieb sie auf der Station. Sie vermisste Richard Oppermann. Seine Kollegen, Ferdinand Krüger und Konrad Hoffmann, waren gute Chirurgen, aber ihrer Meinung nach war vor allem Richard Oppermann Arzt mit Leib und Seele. Manchmal wurde es ihm zu viel und er wollte nur noch seine Forschung betreiben. Aber das machte er in ihren Augen durch seinen Einsatz wett, wenn er da war. Und Schwester Elisabeth hatte schon viele, junge und ältere, Ärzte gesehen.

»Schwester Elisabeth, darf ich Sie kurz stören?«, fragte Marie, die Schwesternschülerin, zaghaft. »Der Patient von Zimmer 6, Herr Meier, klagt über Schmerzen im Operationsbereich.«

»Ja, schon gut. Ich gehe bei ihm vorbei«, antwortete Schwester Elisabeth. »Ich mache das gleich.«

Seit den Todesfällen und dem verschwundenen Morphium passte sie noch strenger auf, dass niemand, auch keine der anderen Schwestern und schon gar keine Schwesternschülerin, in die Nähe des Medikamentenschranks mit den Betäubungsmitteln kam.

Nachdem sie Herrn Meier beruhigt und ihm ein Schmerzmittel verabreicht hatte, kehrte sie ins Schwesternzimmer zurück. Marie putzte gerade einen der Schränke. Schwester Elisabeth freute sich insgeheim, dass sie zusammen mit Marie Dienst hatte. Sie wusste zwar, dass die meisten Schülerinnen, und Marie ganz besonders, sie fürchteten, dabei schätzte sie Marie sehr. Zeigen würde sie ihr das allerdings nie, dafür war sie selbst in einer preußischen Familie großgeworden, in der Lob so gut wie nie ausgesprochen wurde.

»Schwester Elisabeth, darf ich Sie etwas fragen?« Schüchtern kam Marie näher. »Meinen Sie auch, dass Dr. Oppermann Herrn Schulze umgebracht hat, wie so viele andere hier?«

»Nein, mein Kind. Das stimmt in keinem Fall. Ich denke, Herr Schulze ist an der Erschöpfung durch den Krieg gestorben. Ganz sicher hat weder Dr. Oppermann noch sonst jemand hier in der Klinik etwas damit zu tun. Die Polizei sieht Gespenster.«

Marie zögerte und stand immer noch im Raum.

»Gibt es sonst noch etwas, Marie?«

»Nein, nichts mehr. Das mit Herrn Oppermann kann ich mir auch nicht vorstellen, er ist immer so nett und zuvorkommend.«

Schwester Elisabeth hatte das Gefühl, Marie wollte noch etwas fragen, aber sie schwieg. Eigentlich müsste sie nachhaken, sie war schließlich die Oberschwester und hatte die Verantwortung. Aber bei Gott, sie war einfach zu müde. Heute hatte sie noch mal auf Bitten eines Kriminalwachtmeisters die ganze Station nach diesen Akten abgesucht. Es war nicht der freundliche und zurückhaltende Herr von Reutersheim gewesen, sondern einer seiner Kollegen, den sie noch nicht kannte. Hoffentlich hatte sie den jungen Kriminalwachtmeister nicht verschreckt. Er tat, genau wie sie, nur seine Pflicht. Das verstand sie nur zu gut. Manchmal erschien sie nach außen einfach zu streng. Vielleicht hielt das die Menschen davon ab, sich ihr anzuvertrauen. Wie eben gerade Marie. Nein, nicht die Patienten, zu denen war sie liebevoll und fürsorglich und diese erzählten ihr oft ihre ganzen Lebensgeschichten.

Warum hatte sie der Polizei nicht die Wahrheit gesagt? Sie hatte sich das die letzten Tage oft gefragt. Über die verschwundenen Wertsachen der Patienten. Wen wollte sie damit schützen, die Patienten, damit diese keine Angst hätten, ihre Mitarbeiter oder am Ende sich selbst? Sie hatte dem jungen Kriminalwachtmeister ins Gesicht gelogen, als er danach fragte. Dabei kam das immer wieder in Krankenhäusern vor. Es gab einfach Menschen, die die Wehrlosigkeit von Patienten ausnützten und Wertsachen von Schwerkranken stahlen. Schwester Elisabeth verabscheute Menschen zutiefst, die so handelten. Aber sie war dafür verantwortlich, die ihr Anvertrauten zu schützen. Warum hatte sie nur so versagt? Es war allein ihre Schuld. Und was war mit Marie los? Irgendetwas stimmte nicht mit dem Mädchen.

KAPITEL 9

»Meine liebe Lotte, es hat mich sehr gefreut, Sie wiederzusehen und in Ruhe eine Tasse Tee mit Ihnen zu trinken. Diesmal ohne Agathe.« Frau Oppermann stellte ihre Tasse auf die Untertasse und zwinkerte Lotte zu. »Aber in Kürze kommt mein Mann, Richards Vater, nach Hause. Dann wäre es gut, er würde Sie nicht hier sehen. Das bleibt am besten unser Geheimnis.«

Frau Oppermann hatte dem Dienstmädchen Agathe heute Nachmittag freigegeben, um sich mit Lotte unterhalten zu können. Bei Agathe bekamen die Wände oft Ohren.

»Für meinen Mann ist das alles sehr hart«, fuhr Frau Oppermann fort. »Er war immer so stolz auf Richard gewesen, auch wenn er es nicht gezeigt hat. Aber Richard ist immer sein Lieblingssohn gewesen. Vielleicht sind sie sich in manchen Punkten einfach zu ähnlich. Vor allem diese Sturheit. Zum Verzweifeln.«

Lotte musste lachen, wurde aber gleich wieder ernst. Sie hatte heute Morgen erneut versucht, Richard im Gefängnis zu besuchen, war aber nicht zu ihm vorgelassen worden. Offensichtlich hatte Kriminalkommissar Winter beschlossen, dass Richard keinen Besuch haben durfte. Auch seine Familie durfte ihn nicht besuchen.

»Wir können Sie Richards Vater erst vorstellen, wenn Ihr Verhältnis zu Richard legimitiert ist. In Ihrem Zustand ist eine offizielle Verlobung mit einer Feier schließlich nicht mehr möglich. Das heißt, Sie können meinen Mann erst auf der Hochzeit kennenlernen. Ich werde ihn zwar schon vorwarnen, aber wir sollten es nicht überziehen. Nach außen können wir alles mit dem Krieg erklären. Ich bin auf Ihrer Seite, das müssen Sie wissen, auch wenn ich es mir anders vorgestellt habe.«

Lotte wurde rot und fing an zu stammeln.

»Welchen Zustand meinen Sie denn?«

»Mein liebes Kind, es ist doch nicht zu übersehen, dass Sie schwanger sind. So zart, wie Sie gebaut sind und dann so ein Bäuchlein. Ich habe selbst drei Kinder geboren. Das erkenne ich sofort. Ich würde mal schätzen, es ist der vierte Monat. Habe ich recht?«, fragte Frau Oppermann ernst, allerdings war sich Lotte nicht sicher, ob sie nicht den Anflug eines Lächelns in ihren Augen sah. Hatte sie es auch beim letzten Mal schon gewusst?

»Wir waren doch schon verlobt und wollten heiraten«, rechtfertigte sich Lotte. »Und Richard wollte es die ganze Zeit seinem Vater sagen. Bei Ihnen hatte er keine Bedenken, aber vor seinem Vater hatte er Angst. Wir haben uns oft deshalb gestritten.«

Lotte biss sich auf die Zunge. Es war vermutlich nicht sehr geschickt, ausgerechnet Richards Mutter gegenüber die Streitereien mit Richard zuzugeben.

»Ich weiß, Richards Vater kann sehr einschüchternd sein. Aber er meint es nur gut. Manchmal ist er einfach zu sehr überzeugt, nur er wisse, was gut für seinen Sohn ist. Bei Richards Bruder war es immer einfacher. Und bei Hilde sowieso.«

»Ja, das hat Richard mir auch immer erzählt. Und Hilde auch.«

»Sie kennen Hilde schon? Dann muss ich mit meiner Tochter einmal ein Hühnchen rupfen. Wie konnte sie mir das nur verschweigen?« Gespielt empört schüttelte Frau Oppermann den Kopf. »Zwei meiner Kinder stecken unter einer Decke und erzählen ihrer alten Mutter nichts. Nein, so was! Lotte, aber im Ernst: Wir müssen eine Lösung finden, dass Sie das Kind bekommen können, ohne als gefallenes Mädchen dazustehen. Am besten wäre es vermutlich, Sie tauchten für eine gewisse Zeit unter und gingen aufs Land. Weg aus Berlin.«

Den ganzen Weg von der Wohnung der Oppermanns in der Prinzregentenstraße zu ihrem Hause in Charlottenburg lief Lotte zu Fuß, und ihr liefen die Tränen über das Gesicht. Sie freute sich auf ihr Kind, ganz sicher. Nur der Zeitpunkt war so ungünstig, dass sie Angst bekam. Frau Oppermann hatte es auf den Punkt gebracht, Lotte war nun ein gefallenes Mädchen. Und Richard war im Gefängnis, und sie durfte nicht einmal zu ihm. Ja, Frau Oppermann würde ihr helfen, aber Lotte müsste von allem weg, was ihr lieb und teuer war. Ihrem kleinen Häuschen, dem Theater, Berlin, einfach von allem. Und dann alleine auf dem Land bei einer verschwiegenen Tante oder Cousine der Oppermanns auf die Geburt warten. In der Hoffnung, dass Richard eines Tages freikäme und sie heimlich heiraten könnten. Vielleicht könnten sie die Rückkehr mit einem Säugling dann mit einem Einsatz von Richard an der Front erklären. Aber Lotte wollte um keinen Preis der Welt, dass Richard in den Krieg zog. Auch nicht für ihren guten Ruf. Sie hörte so schreckliche Geschichten von der Front, von Massentötungen und Giftgas. Richard durfte dort nicht hin, da war es ihr noch lieber, er war im Gefängnis. Sein Vater sah dies sicher ganz anders. Und kein Theater mehr, wie schrecklich. Sie hörte schon Sophie Engels verächtliche Kommentare. Und sah diesen harten Blick, den sie schon einmal gespürt hatte. Nein, Sophie würde kein Verständnis dafür haben, wenn Lotte nun ausfiel.

»Mein liebes Kind«, hörte Lotte die verständnisvollen Worte von Frau Oppermann noch einmal in ihrem Inneren, »ich weiß, das ist immer eine Umstellung für uns Frauen. Vieles geht einfach nicht mehr. Und mit Ihrer Begeisterung für das Theater noch einmal ganz besonders. Aber meine liebe Lotte, Sie können in ein paar Wochen ohnehin nicht mehr spielen. Die Hexe in Macbeth, die darf doch nicht schwanger sein, oder?«

Da hatte sie sicher recht. Es ging nicht mehr. Vielleicht konnte Lotte noch ein paar Vorstellungen spielen und versuchen, ihren Bauch unter dem wallenden Kostüm der Hexe zu verbergen, aber dann war Schluss für sie im Theater. Zunächst einmal.

Wenn sie doch schon mit Richard verheiratet wäre. Dann wäre alles einfacher. Dann könnte sie zwar auch einige Zeit nicht mehr spielen, aber in Berlin bleiben und wenigstens den Aufführungen zusehen oder auf eine andere Art mit dem Theater verbunden bleiben. Sie hatte sich doch immer eine große Familie mit Richard gewünscht, mit vielen Kindern. Wieso war alles im Moment so vergiftet?

Lotte kam am Volkspark vorbei, überquerte den Ludwigkirchplatz, erreichte schließlich den Savignyplatz und ging weiter in Richtung Bahnhof Charlottenburg. Es fing an zu regnen, und die zarten Knospen, die sich in den letzten Tagen ausgebildet hatten, zogen sich wieder zurück. Der Regen ging schon beinahe in Schnee über, und Lotte fing an zu frieren. Ein paar Schritte noch und sie wäre endlich zu Hause, bei sich in der Pestalozzistraße.

Als sie um die Ecke bog, hatte sie wieder dieses merkwürdige Gefühl, beobachtet zu werden. Das musste sie sich einbilden. Es war vermutlich nur ihr schlechtes Gewissen. Sie hatte schließlich versucht, die Schwangerschaft vor Richards Mutter und allen anderen zu verheimlichen. Dafür schämte sie sich am meisten. Nein, für die Schwangerschaft selbst nicht. Warum auch, es war schließlich Richards Kind?

Als sie das Gartentor aufschloss und die paar Schritte zu ihrem Häuschen lief, sah sie die Schmierereien unterhalb des Fensters erst gar nicht. Es wurde immer noch früh dunkel, und sie war lange gelaufen und müde. Erst als sie die Haustür aufschloss, bemerkte sie die mit brauner Farbe geschriebenen Schriftzüge: *Mörderhure* und *Dein Bastard ist verflucht*. Die Schriftzüge waren krakelig, fast wie von einem Kind geschrieben. Lotte wurde es eisigkalt. Wer tat ihr nur so etwas an, und vor allem, wer wusste davon? Zum ersten Mal, seit sie das Häuschen vor ein paar Jahren bezogen hatte, schien es ihr nicht mehr wie der sichere Hafen, in den sie jeden Tag zurückkam. Jemand war hier gewesen, in ihrem Garten, an ihrem Haus und hatte sich da zu schaffen gemacht. Jemand, der ihr Böses wollte. Sie überlegte kurz, ob sie nicht gleich zu den Oppermanns zurücklaufen und dort um Schutz bitten sollte. Aber dann fiel ihr Richards gestrenger Vater wieder ein. Nein, wenn sie in dieser Familie auf Dauer angenommen werden wollte, musste sie erst mit Richard verheiratet sein. Also überwand sie sich, schloss die Haustür auf und ging in den dunklen Flur hinein.

KAPITEL 10

Der Schwarzmarkt auf dem Potsdamer Platz florierte. Die feinen Leute, die vorbeigingen, sahen weg oder waren selbst unterwegs, um etwas zu verkaufen oder zu kaufen. Was von Besitztümern – Schmuck, Tafelsilber, Porzellan – zu Geld gemacht werden konnte, wurde verkauft oder getauscht. Oft gegen Lebensmittel oder Alkohol. Die Lebensmittel kamen meist aus den umliegenden Regionen, aus Brandenburg, Mecklenburg-Vorpommern und gelegentlich sogar von noch weiter weg. Die Bauern, die sie verkauften, bekamen meist nur einen Bruchteil von dem, was sie wert waren. Milch, Fleisch, Kartoffeln, alles wurde langsam zur Mangelware. Jeder, der ein kleines Stückchen Garten ergattern konnte, baute etwas Essbares an. Auf dem Land konnten die Bauern ihrer Gärten und Felder nicht mehr sicher sein. Über Nacht wurde oft die gesamte Ernte gestohlen. Auch die Marketender hatten ihre eingespielten Verkaufswege, und vieles, was eigentlich den Familien von verstorbenen Soldaten gehörte, fand sich hier wieder. Schuhe, warme Jacken, alles, was sich zu Geld machen ließ. Die Familien der Soldaten wurden immer ärmer und ärmer, zumal oft der Hauptverdiener ausfiel.

Ja, dafür würde mancher sogar seine Großmutter verkaufen, dachte der hagere Mann mit den langen, zotteligen Haaren, die schon seit Wochen nicht mehr gewaschen worden waren. Und der eine oder andere hat sie schon verkauft. Er kicherte. Das Gesicht, als er auf die

Alte zugegangen war. Ihr Entsetzen, und gleichzeitig war sie zu gelähmt gewesen, um wegzulaufen. Und der Alte, auch nutzlos. Wollte seiner Frau zu Hilfe eilen, wie überflüssig. Die Alte war zuerst dran gewesen. Die hatte ihm immer die ganzen Vorwürfe gemacht, damals als Gesine noch lebte.

»Walter, du bist doch ein anständiger Kerl. Warum lässt du die Gesine nicht in Ruhe? Die ist dir eine treue Frau und hat das nicht verdient«, hatte sie ihn angefleht, damals, vor dem Krieg. Und gedacht, dass er sich davon beeinflussen lassen würde.

Nein, die Frau hatte nur bekommen, was sie verdient hatte. Sie war ständig mit anderen Männern unterwegs gewesen, und er hatte das Nachsehen.

»Und die Gertrud, die muss das immer mit ansehen, was du mit ihrer Mutter machst. Das macht das Mädchen doch kaputt!«

Wenn die Alte nur einmal den Mund gehalten hätte, das verdammte Weib. Vielleicht wäre Gesine dann noch am Leben. Ja, bestimmt, die Alte hatte ihn so gereizt, dass er nicht anders konnte. Und dann hatte sie ihm noch die Gertrud weggenommen. Dafür hat sie jetzt bekommen, was sie verdient. Und ihr Alter auch. Wenn nicht dieser verflixte Junge dazwischengekommen wäre und die Nachbarn, dann hätte er die ganzen Wertsachen mitnehmen und hier verscherbeln und die Gertrud zu seiner Mutter aufs Land bringen können.

Wenn er sich allerdings an die letzte Begegnung mit seiner Mutter in ihrem halb verfallenen Haus mit der abblätternden Farbe in Lübben, seinem Heimatort, erinnerte, wurde er wieder wütend. Da kam er direkt von der Front, und statt sich zu freuen, ihn zu sehen, warf sie ihm vor, ein Deserteur zu sein.

»Mir kommst du nicht ins Haus! So ein Feigling, ein verdammter Deserteur bist du!«, hatte sie ihn angezischt, die dünnen grauen Haare in einen Knoten gebunden. »Verletzt bist du nicht, wie ich sehe. Also warum bist du wieder da? Die anderen Männer kämpfen, und mein Sohn schleicht ums Haus wie ein räudiger Hund. In ein paar Tagen weiß es der ganze Ort. Der Sohn vom Gerhardt, der ist auch abgehauen, den haben sie wieder eingefangen. Und erschossen haben sie den, der ganze Ort hat davon gewusst.«

»Mutter, du weißt doch gar nicht, wie das ist, da draußen. Ich werde doch nicht meinen Kopf hinhalten, damit es sich der Kaiser weiter gut gehen lassen kann«, rechtfertigte er sich. »Darum geht doch der ganze Krieg, der ist nur für die Reichen, die mit Geld. Wir armen Schlucker bekommen nichts davon. Hier kann ich wenigstens Geld machen.«

»Erklär mir du nicht, was Sache ist. Weggelaufen bist du, du feiger Hund!«

Aber das klang schon weniger empört. Mit der Gier auf das Geld und den Neid auf die, die mehr hatten, bekam er seine Mutter doch immer. Egal wie sie schimpfte.

»In der Scheune kannst du schlafen. Aber wehe, du machst Licht oder einer der Nachbarn sieht dich. Und nur für eine Nacht, hörst du! Dann gehst du nach Berlin und versuchst dort dein Glück. Ich will dich hier nicht haben.«

Immer dieses Gekeife, es war wirklich nur die Not gewesen, die ihn hierher brachte. Und jemand musste sich um Gertrud kümmern.

»Deinen Balg, den kannst du behalten, den will ich nicht. Die war schon immer komisch, anders als die anderen Kinder«, schimpfte seine Mutter weiter.

Aber wenn er mit Gertrud vor der Tür stehen würde, blieb seiner Mutter gar nichts anderes übrig, als sie aufzunehmen. Er konnte Gertrud in Berlin nicht versorgen. Komfortabel würde es sie hier zwar nicht haben, aber er wusste wenigstens, wo sie war und könnte sie jederzeit besuchen, wenn er Zeit hatte.

»Dann bring mir wenigstens genug Geld mit. Ich zahl nichts extra für deinen Balg!« Das klang ganz nach seiner Mutter. Er hatte sie in der Tasche. Nur ohne Geld brauchte er nicht wiederzukommen, das war ihm klar.

»Nun zeigen Sie mal her, was Sie haben.« Der dickliche Mann mit dem Kaiser-Wilhelm-Schnauzbart kam näher und hielt die Hand auf. »Meine Männer haben mir gesagt, Sie hätten etwas zu verkaufen.«

»Ja, hier ist es. Die Münzen und ein paar Medaillen. Wenn es Ihnen zusagt, habe ich noch mehr.«

Der Mann nahm die Münzen mit der einen Hand und hielt mit der anderen seinen Mantel wie einen Sichtschutz darüber. Sie standen ein Stück weit von den anderen Händlern entfernt. Der Hehler hob die Hand mit den Münzen ein Stückchen höher und spuckte plötzlich angewidert aus, als das Licht der untergehenden Sonne darauf fiel.

»Da ist doch noch Blut dran! Die will ich nicht!« Der Händler gab die Münzen zurück. »Wir fragen hier nicht danach und wollen auch gar nicht wissen, woher die Gegenstände kommen. Aber dass sich einer nicht mal die Mühe macht, das Blut abzuwaschen, nein danke! Nehmen Sie das Zeug und verschwinden Sie. Wird's bald, wir wollen hier nicht unnötig die Polizei auf dem Hals haben.«

Das durfte doch nicht wahr sein. Ein Schwarzmarkthändler, der auf seine Ehre pochte? So ein Heuchler! Der

Deserteur spürte die alte Wut in sich aufsteigen. Dem würde er es zeigen. Ihm erst Hoffnung auf Geld machen und ihn dann so auflaufen lassen.

»Versuchen Sie es gar nicht erst«, der Händler sah ihn drohend an, »wir sind hier noch ganz andere Kaliber gewöhnt.«

Der hatte keine Ahnung. Hier gemütlich auf dem Schwarzmarkt handeln und dann davon sprechen, was er alles kannte. Der Deserteur war das Töten gewöhnt. Nach Gesine war die Hemmschwelle gesunken, und er hatte aufgehört zu zählen. An der Front hatte er ein lukratives Geschäft aufgebaut und bei manchem Soldaten war es nicht weiter aufgefallen, dass der Tod aus den eigenen Reihen kam. Und dann hatte er alles Wertvolle an sich genommen und verkauft. Er hatte sich ein richtiges Netzwerk aufgebaut, wie ein Geschäftsmann. Und es war richtig gut gelaufen, aus jeder Sparte gab es jemanden, der verdienen wollte. Er hatte das richtige Gespür, wen er dafür ansprechen konnte. Einer erkannte den anderen, keiner war sich zu schade. Manchmal reichte ein Blick, um seinesgleichen zu entdecken. Nein, er war nicht gegangen, weil er das Töten nicht mehr ertragen hatte oder weil er so sehr unter dem Krieg litt. Diese Geschichte konnten andere erzählen. Aber er wollte wieder das Leben genießen, etwas Schönes sehen und diesen Gestank nicht mehr um sich haben. Schließlich konnte er sich auch in Berlin etwas Lohnendes aufbauen. Bei den Kaminskis hatte es zwar nicht geklappt, aber das war ohnehin persönlich gewesen. Der Mann ein paar Häuser weiter hingegen, da war alles reibungslos verlaufen. Wie konnte man in Kriegszeiten seine Tür nicht abschließen, als ob die Welt ein friedliches Paradies wäre? Und jetzt machte ihm dieser Händler hier einen Strich durch die Rechnung. Das würde er sich nicht gefallen lassen. Er machte einen weiteren Schritt auf den Händler zu. Der machte eine Bewegung mit seiner Hand, und plötzlich kamen wie aus dem Nichts zwei große, grobschlächtig aussehende Männer auf ihn zu.

»Keinen Schritt weiter oder du bist ein toter Mann«, drohte ihm der Händler. »Wir lassen uns hier keinen Ärger an den Hals hängen. Verschwinde und wasch erst mal das Blut von deiner Beute ab.«

Der Deserteur lief vom Potsdamer Platz über die Lennéstraße in den Tiergarten. Kurz hinter dem Lessingdenkmal spürte er plötzlich jemanden dicht hinter sich. Es war mittlerweile dunkel, und er konnte gerade im schwachen Mondlicht den Weg vor sich sehen. Niemand war hier noch unterwegs, dazu war die Angst der Bürger viel zu groß. Und die anderen, die Armen und Bettler hatten sich vielleicht in das Dunkel zurückgezogen, aber zu sehen war niemand hier. Der Deserteur blieb stehen und blickte sich um.

»Na, mein Lieber, das ist eben wohl nicht sehr gut vonstattengegangen«, die spöttische Stimme war ihm nur zu vertraut. »Da wolltest du wohl der König des Schwarzmarkts werden, und die anderen haben nicht mitgespielt. Die wussten doch gleich, mit wem sie es zu tun hatten. Dass es sich hier nicht um harmlose Erbstücke handelt, ist doch offensichtlich.«

»Bist du mir den ganzen Weg gefolgt? Du hast doch immer bereitwillig mitgemacht und dir ein hübsches Sümmchen nebenbei verdient. Woher auf einmal die Skrupel? Hast du Angst, entdeckt zu werden?«

»Ich werde nicht entdeckt, dazu bin ich viel zu schlau.

Und Wertsachen von Soldaten, die weit weg an der Front gefallen sind, zu verkaufen, ist doch etwas anderes, als die Beute eines Raubmordes gleich um die Ecke. Das fliegt doch sofort auf, dafür wandert kein anderer gerne ins Gefängnis.« Die Stimme fuhr fort: »Weißt du, ich habe keine moralischen Bedenken, weil einer wie du desertiert. Im Gegenteil, ich finde es mehr als vernünftig. Aber dass sich jemand so tölpelhaft anstellt, wenn er die Beute zu Geld machen will, das finde ich sträflich.«

»Willst du mich reizen? Du hast doch genug mit mir verdient, oder? Ich könnte auch alles über dich erzählen, da würde sich mancher wundern.« Der Deserteur wurde wütend. »Leg dich nicht mit mir an, du weißt, wozu ich imstande bin!«

»Ich bin keine alte Frau oder ein wehrloser Soldat auf dem Sterbebett, den du einfach ins Jenseits befördern kannst. Bei mir brauchst du schon etwas mehr Grips, mein Alter.«

Der Deserteur ballte die Fäuste zusammen. Gut, er war bereit, auszuteilen, und zwar gewaltig. So würde er sich nicht behandeln lassen. Als er mit seinem rechten Arm ausholte, um zuzuschlagen, spürte er plötzlich einen Stich in seiner rechten Brust.

»Tja, mein Guter, das war es dann wohl für dich. Verabschiede dich schon mal vom Diesseits, im Jenseits warten schon einige ganz sehnsüchtig auf dich.«

Der Deserteur spürte, wie der Stich immer stärker wurde, und er bekam keine Luft mehr. Kurze Zeit später sank er zu Boden und fühlte schon nicht mehr, wie die Klinge wieder aus seinem Brustkorb gezogen wurde. Zufrieden wischte der Angreifer das Messer an einem Stofffetzen ab und steckte es wieder in seine Umhängetasche.

KAPITEL 11

Von Reutersheim eilte durch die Budapester Straße Richtung Süden, zur rechten Hand lag der Tiergarten. Es war früh am Vormittag. Er bog nach rechts in die Lennéstraße. Vor einer halben Stunde war die Nachricht ins Polizeipräsidium gekommen, sie hätten eine männliche Leiche im Tiergarten gefunden. Mit Schmuck, der der Beschreibung nach zu den Besitztümern des kürzlich ermordeten Mannes in der Auguststraße passte. Erstaunlich, dass sich noch niemand an der Leiche zu schaffen gemacht und die Münzen entwendet hatte. Der Mann sah wohl auch tot noch furchteinflößend genug aus. Groß, hager, schwarze Haare, dunkler Umhang. Der schwarze Mann. Wenn das stimmte, hätten sie den Fall gelöst. Der brutale Schwiegersohn, der die Kaminskis und den Mann in der Auguststraße auf dem Gewissen hatte. Sein, von Reutersheims, erster Fall. Ob ein Fall auch als von ihnen gelöst galt, wenn sie im Prinzip gar nichts dazu beigetragen hatten? Weil ein anderer zuerst da war? Immerhin, wenn sich die Leiche als der Schwiegersohn herausstellte, hatte das Morden in dem Viertel erst einmal ein Ende. Also doch ein Erfolg. Von Reutersheim bog in den Kiesweg um die Ecke und sah von Weitem schon seine Kollegen, die den Tatort sicherten. Eigentlich war es nicht mehr von Reutersheims Revier, aber offensichtlich wollten die Kollegen zusammenarbeiten und hatten ihnen deshalb Bescheid gesagt.

»Guten Tag, Kollege«, wurde er von einem Kollegen

mit Vollbart begrüßt, den er schon einmal auf dem Polizeipräsidium gesehen hatte, aber an dessen Namen er sich nicht mehr erinnerte. »Das ist doch Ihr Mann hier, oder?«

»Ja, sieht von der Beschreibung her so aus«, bestätigte von Reutersheim. »Ich habe ihn selbst noch nie gesehen. Ich habe dem Pfarrer aus der Gemeinde Bescheid gegeben, der hat ihn vor Jahren einmal im Krankenhaus zu Gesicht bekommen. Nachdem er seine Frau fast totgeprügelt hatte, hatte er noch die Dreistigkeit, im Krankenhaus nach ihr zu fragen. Rausgeworfen haben sie ihn damals. Das hat der Pfarrer mitbekommen. Das war noch vor dem Krieg. Aber erkennen wird er ihn ja wohl noch.«

»Übrigens, während wir warten – es gab noch eine Reihe von Gegenständen in den Taschen des Mantels, die wir nicht zuordnen können«, meinte der Beamte. »Hier sehen Sie, ein Ehering, ein Medaillon mit einem Hochzeitsbild von der Jahrhundertwende und einen Anhänger in Herzform.«

»Da hat er wohl noch mehr gestohlen. Wir haben die Beschreibungen des Schmucks und des Tafelsilbers aus dem Besitz des Ermordeten in der Auguststraße. Da war kein Medaillon mit Hochzeitsbild dabei. Auch kein Ehering oder Anhänger in Herzform, wenn ich mich nicht täusche. Ich werde das noch einmal mit Herrn Winter besprechen. Hoffentlich gibt es nicht noch mehr Tote im Viertel.«

Der Pfarrer Ludwig Seeler ließ sich schon aus einiger Entfernung an seinem hektischen Gang erkennen. Gar nicht, wie ich mir einen Pfarrer vorstelle, in sich ruhend und über den Dingen stehend, dachte von Reutersheim. Aber seine Frau hatte schon angedeutet, dass ihr Mann früher anders gewesen war und sich in letzter Zeit so verändert hatte.

»Guten Tag, Herr von Reutersheim. Guten Tag, meine Herren.« Der Pfarrer fuhr sich mit einem Stofftaschentuch über die schweißnasse Stirn. »Ich bin so schnell gekommen, wie ich konnte.«

Von Reutersheim zog das Tuch, das sie über das Gesicht des Toten gelegt hatten, zurück.

»Ist das der Mann? Der Ehemann von Gesine Richter, geborene Kaminski? Erkennen Sie ihn wieder?«

Der Pfarrer warf einen Blick auf den Toten und wandte sich dann schauernd ab.

»Ja, das ist er, die arme Seele! Nun hat ihn der Herr zu sich geholt.« Er faltete die Hände wie zum Gebet. »Vor den Augen des Herrn sind alle gleich.«

Von Reutersheim dachte insgeheim, dass es doch eher der Teufel gewesen war, der seinen Diener zu sich geholt hätte. Aber das sprach er lieber nicht aus und nickte dem Pfarrer zur Bestätigung zu.

Dann fiel der Blick des Pfarrers auf das Medaillon mit dem Hochzeitsbild, das von Reutersheim immer noch in der Hand hielt.

»Woher haben Sie das?«, fragte er.

»Das war im Mantel des Toten. Offensichtlich wollte er es zu Geld machen. Wieso, kennen Sie es, haben Sie es schon mal gesehen?«

»Ich weiß nicht, ich weiß nicht. Ja … nein. Irgendwie kommt es mir bekannt vor. Aber ich wüsste nicht mehr woher. Tut mir leid, Herr Kriminalwachtmeister, da kann ich Ihnen nicht weiterhelfen. Ich sehe so viel den ganzen Tag, wenn Sie wüssten, was alles.«

Bevor der Pfarrer anfangen konnte, ihm wie beim letzten Mal sein Leid und sein Entsetzen über die Welt zu klagen, unterbrach ihn von Reutersheim. Er hatte genug zu tun, da konnte er dieser Litanei nicht zuhören. Und dass er einen Pfarrer tröstete, war die verkehrte Welt. Sollte es nicht umgekehrt sein und der Pfarrer ihm und den anderen Schäflein Trost spenden?

»Vielen Dank, Herr Pfarrer. Wenn Ihnen noch was einfällt, können Sie jederzeit zu mir kommen. Oder zu Herrn Winter. Jetzt muss ich rasch auf das Polizeipräsidium, um meinem Vorgesetzten zu berichten. Die warten schon.«

Von Riedel sah die beiden mit ihm am Besprechungstisch sitzenden Männer an und nickte.

»Sehr gut, meine Herren«, brummte er. »Von Reutersheim, Sie haben den Fall praktisch im Alleingang gelöst, Respekt.«

»Nein, nein. Ohne die Unterweisung von Herrn Winter hätte ich das nie geschafft«, stotterte von Reutersheim und wurde rot.

Aus den Augenwinkeln meinte er, den leichten Anflug eines Lächelns bei Winter zu sehen.

»Auch noch loyal, sehr gut, junger Mann. Aus Ihnen wird noch einmal etwas werden«, murmelte von Riedel.

Von Reutersheim wusste nicht mehr, was er sagen sollte, und schwieg lieber.

»Aber ein Punkt macht mir Sorgen«, fuhr von Riedel fort. »Und das geht an Sie, Herr Winter. Der andere Fall, der mit den jungen Männern, was gibt es denn da Neues? War es nun dieser Chirurg, ja oder nein? Sie wissen, sein Vater ist im Stadtrat von Wilmersdorf, und seine Kollegen fragen ständig nach, was wir denn für Beweise hätten. Und fordern die Freilassung von diesem Oppermann. Ich will jetzt von Ihnen wissen, was Sache ist.«

»Ich weiß es nicht, Herr Kriminalinspektor. Ich würde

Ihnen gerne eine klare Antwort geben, das können Sie mir glauben.«

»Mir ist es vor allem wichtig, dass nicht noch ein Kämpfer für unser Vaterland umkommt. Ein ›weiß ich nicht‹ reicht mir nicht. Kommen Sie mir nicht damit!« Von Riedel fing an, sich immer mehr zu echauffieren. »Wir kämpfen zwar hier um das Wohl des Vaterlandes und nicht an der Front, aber es ist genauso ernst. Merken Sie sich das, Winter.«

Allerdings war das Kämpfen hier nicht ganz so hart wie an der Front, vor allem nicht für den Kriminalinspektor, dessen Embonpoint eher zugenommen hatte, dachte von Reutersheim. Und schalt sich gleich selbst dafür. Ich darf nicht so zynisch werden, dachte er, in 20 Jahren vielleicht, aber noch ist es zu früh dafür.

Luise Schulze erhob sich schwerfällig von ihrem Bett. Die Vorhänge ihres Zimmers waren zugezogen. Jedes Mal, wenn ihre Mutter hereinkam, um mit einem »Luise, lass mich doch endlich einmal lüften, du musst doch mal etwas Luft und Licht hier reinlassen« einen neuen Versuch zu starten, schickte sie sie wieder hinaus. Meist schüttelte sie nur wortlos den Kopf und drehte sich zur Seite. Ihre Mutter wagte nicht, sich darüber hinwegzusetzen. Beim letzten Mal hatte sie ihr eine Schachtel auf den Schreibtisch unter dem Fester gelegt.

»Das sind Alfreds Sachen. Die hat jemand vom Kran kenhaus vorbeigebracht. Ich soll sie dir geben. Du warst schließlich seine Frau, und andere Angehörige gibt es nicht. Besonders schwer ist sie nicht. Hier, ich leg sie mal hin.« Leise ging sie aus dem Zimmer.

Wenigstens die Kette könnte sie sich noch einmal

ansehen, die zarte Kette. Luise ging zu der Schachtel am Fenster und öffnete sie. Sie fand Alfreds Soldatenmarke, ein Bild von ihm als kleines Kind mit seiner Mutter, ein paar ihrer eigenen Briefe, oft gelesen und nicht mehr ganz sauber, und einen Schal, den sie ihm geschenkt hatte, als er einberufen wurde. Die Kette, wo war nur die Kette? Sie war nicht bei seinen Sachen, das konnte doch nicht sein. Luise wurde immer hektischer. Sie drehte die Schachtel um und ließ alles auf den Tisch fallen. Dann fühlte sie noch mal den Boden der Schachtel, nichts, keine Kette. Luise hob jedes Teil einzeln an, um zu sehen, ob sich die Kette vielleicht in einem der Teile verfangen hatte. Nichts.

»Wo ist die Kette?« Luise stürmte fast in das Wohnzimmer, wo ihre Mutter saß und häkelte. »Wo ist die Kette, hast du sie?«

»Welche Kette meinst du denn?« Frau Schreiber drehte sich erschrocken zu ihr. »Ich habe nur die Schachtel bekommen, sonst nichts.«

»Die goldene Kette mit dem Kreuz als Anhänger. Die hat mir Alfred zu unserer Hochzeit geschenkt. Die war von seiner Mutter. Nur der Verschluss war defekt. Deshalb hatte Alfred sie bei sich behalten. Um sie zu reparieren, wenn er aus dem Krankenhaus entlassen würde.« Luise schnappte nach Luft. »Mein Gott, die Kette. Ich habe gar nicht mehr an sie gedacht.«

Die Kette. Sie hatte sich so darüber gefreut. Auf der Rückseite war eingraviert: Für meine Liebste. Und Schande über sie, sie hatte sie ganz vergessen. Wie konnte sie nur? Eines der wenigen Dinge, die sie von Alfred noch hatte, außer den Erinnerungen und seinen Briefen. Luise lief in ihr Zimmer zurück und stand wenige Minuten später angezogen im Flur.

»Aber mein Kind«, rief ihre Mutter, als sie sie sah, »du kannst doch nicht alleine rausgehen, nicht in dem Zustand. Du bist doch ganz neben dir!«

Schwerfällig kam sie den Gang entlang und versuchte, sich zwischen Luise und die Tür zu drängen.

»Luise, warte auf mich. Ich komme mit.«

Luise schob sie nur zur Seite ohne ein Wort zu sagen, aber mit einer Kraft, die ihr keiner zugetraut hätte, der sie eben noch im Zimmer liegen gesehen hatte. Sie hatte keine Zeit, auf jemanden zu warten, sie musste ins Krankenhaus, und da würde sie nicht mehr weggehen, bevor sie die Kette wieder hatte. Und wenn sie jeden Zentimeter im Krankenhaus selbst absuchen müsste. Luise lief aus dem Hause auf die Straße und in Richtung Ziegelstraße.

KAPITEL 12

Drohend baute sich die dunkle Fassade des Königlichen Untersuchungsgefängnisses in Moabit vor Lotte auf. Wie oft war sie in den letzten Tagen hier gestanden, mit dem fast sicheren Wissen, dass sie wieder weggeschickt werden würde. Nicht einmal Richards Familie wurde zu ihm vorgelassen. Der düstere Komplex mit dem großen Männergefängnis, dem Frauengefängnis und seit Neuestem sogar dem kleinen Männergefängnis mit Lazarettabteilung erstreckte sich zwischen Rathenower Straße und der Straße Alt-Moabit. Er flößte Lotte immer Angst ein. Wenn sie nur daran dachte, dass Richard hier gefangen gehalten wurde, schauderte sie. Aber heute würde sie sich nicht abweisen lassen. Sie musste mit Richard sprechen und ihm das Geschehen berichten. Wer weiß, vielleicht konnten sie sogar im Gefängnis heiraten? Sie klopfte an die schwere Gebäudetür, und ein Sichtfenster öffnete sich, gerade groß genug, damit sie den fast kahlen Kopf des älteren Wächters sehen konnte.

»Und Sie, Fräulein, was machen Sie schon wieder hier? Ich habe Ihnen doch schon so oft gesagt, Sie können nicht zu ihm. Order von oben. Da kann ich nichts machen«, beschied sie der Wächter bedauernd. »Und Sie sollten nicht so oft hierher kommen. Das ist keine gute Gegend für ein Fräulein wie Sie. Hier treibt sich doch allerhand Gesindel herum.«

»Ich muss mit Richard Oppermann sprechen. Es geht

um Leben und Tod. Bitte lassen Sie mich zu ihm.« Er musste doch ihre Verzweiflung verstehen.

Es ging schließlich auch nicht mehr nur um Lotte selbst, sondern auch um ihr ungeborenes Kind. Sie musste einen Weg zu Richard finden.

»Nur ein paar Minuten. Ich werde es auch niemandem weitererzählen«, flehte Lotte.

»Ich kann Sie nicht reinlassen. Wenn wir da Ausnahmen machen, dann stehen eines Tages alle hier vor der Tür. Außerdem, eine hübsche junge Frau wie Sie. Was meinen Sie, was das hier für einen Aufruhr verursachen würde, wenn die Männer Sie sehen würden. Die haben alle seit Ewigkeiten keine Frau mehr gehabt. Das geht nicht. Das gibt eine Revolte, und Sie wären Ihres Lebens nicht sicher.«

»Aber gibt es denn keinen Weg, ohne dass mich jemand sieht? Oder Sie bringen Richard Oppermann in einen anderen Teil des Gefängnisses, vielleicht in die Krankenstation. Er ist Arzt, da gibt es doch sicher einen Grund, dass er dorthin muss.«

»Fräulein, Fräulein«, der Ton des Wächters wurde strenger, »ich bin hier nur Wächter. Wenn Sie eine Sonderregelung wollen, dann müssen Sie schon ganz nach oben gehen. Und wenn ich dann eine andere Order bekomme, dann lasse ich Sie auch rein. Aber so nicht.«

Der Fenster schloss sich laut und entschieden. Lotte verharrte noch einen Moment. Sie überlegte, es wieder zu versuchen, aber die Fruchtlosigkeit ihres Unterfangens war zu offensichtlich. Lotte drehte sich um, und die Tränen liefen ihr über das Gesicht. Wohin sollte sie gehen, wer konnte ihr helfen? Mit einem Schlag fiel ihr ein, an wen sie sich noch wenden konnte. Wer ihr auch beistehen würde, Richards Unschuld zu beweisen. Ja, das war eine gute Idee. Sie machte sich auf den Weg, die Straße Alt Moabit hinunter zur Spree.

Im Polizeipräsidium am Alexanderplatz überlegten Kriminalkommissar Winter und Kriminalwachtmeister von Reutersheim gerade, wie sie in der verfahrenen Aufklärung der Todesfälle in der Chirurgischen Klinik weiter kommen könnten.

»Wir könnten noch einmal alle verhören. Vor dem Hintergrund, dass wir nun wissen, wie der Mord an Alfred Schulze passiert ist. Das heißt höchstwahrscheinlich passiert ist«, fuhr Winter fort. »Genau wissen wir es auch nach der Obduktion immer noch nicht. Ein Kissen, ein Tuch, viel Mutmaßen dahinter, wie der Professor gesagt hat. Sie sehen nicht gerade begeistert aus, von Reutersheim.«

»Ich kann mir nicht vorstellen, dass wir viel Neues dadurch erfahren. Mit wem sollten wir sprechen? Noch einmal mit allen Ärzten und Krankenschwestern? Ich weiß nicht.« Von Reutersheim schob die Brille, die herunter gerutscht war, wieder auf die Nase. »Wir könnten höchstens die Sachen, die wir bei dem toten Schwiegersohn der Kaminskis gefunden haben, noch einmal im Krankenhaus zeigen. Aber wie sollten sie in den Besitz des Toten gelangt sein? Niemand im Krankenhaus hat je von einem auffälligen schwarzgekleideten Mann berichtet. Vielleicht konnte er sich hereinschleichen, aber dass er niemandem aufgefallen wäre, kann ich mir einfach nicht vorstellen. Das ist doch sehr weit hergeholt, und nur weil wir ein paar Wertsachen bei dem Toten gefunden haben, die wir noch nicht zuordnen können. Die müssen doch gar nicht von den verstorbenen Soldaten stammen.«

»Nein, das stimmt. Aber es würde sich vermutlich lohnen, mit den Angehörigen der Verstorbenen noch einmal zu sprechen. Schwester Elisabeth hat uns zwar versichert, es sei nichts weggekommen, aber vielleicht ist es ihr nur nicht aufgefallen. Ich hatte auch den Eindruck, es sei ihr peinlich und sie wolle um jeden Preis den Eindruck vermeiden, dass die Wertsachen der Patienten auf ihrer Station nicht sicher seien.«

»Vielleicht wollte sie auch nur ihre Schwestern schützen«, überlegte von Reutersheim. »Ich befrage sie noch einmal, vielleicht finden wir doch noch etwas heraus.«

Er erhob sich und war auf dem Weg zur Tür, als draußen lautes Geschrei ertönte. Die Tür zu Winters Zimmer wurde aufgerissen, und von Reutersheim konnte sich gerade noch in Sicherheit bringen. Hinein stürmte Winters Cousine Luise Schulze. Durch die offene Tür konnte Winter das verweinte Gesicht der Schwesternschülerin Marie sehen. Bürger hieß sie mit Nachnamen, wenn sich Winter nicht täuschte.

»Max, die war es! Die hat meinen Alfred umgebracht!«, schrie Luise. »Du musst sie festnehmen, nicht dass sie wegrennt!«

Winter stand auf und ging auf Marie zu. Die machte keine Anstalten, wegzulaufen und stand nur regungslos auf dem Gang.

»Kommen Sie herein, Fräulein Bürger.« Winter zog sie fast am Arm zu sich ins Büro. »Sie sind doch die Schwesternschülerin aus der Chirurgie.«

Marie nickte und ließ sich von Winter ins Zimmer führen. Luise sah weiterhin so aus, als würde sie Marie am liebsten an die Gurgel springen. Sie starrte auf Luises Hals.

»Da, das ist die Kette! Deswegen hat sie meinen Alfred getötet. Nimmst du sie jetzt fest, Max?«

Marie fasste instinktiv an die Kette und schüttelte vehement den Kopf.

»Jetzt frage ich Sie, Fräulein Bürger. Ist das die Kette von Alfred Schulze, und wenn ja, woher haben Sie sie?«

»Nimm sie endlich von deinem dreckigen Hals, du Miststück«, keifte Luise. »Und gib sie her, dann zeige ich euch allen, dass dies die Kette ist, die mir Alfred Schulze zur Hochzeit geschenkt hat.«

Marie wich einen Schritt zurück.

»Ich denke auch, Fräulein Bürger, es wäre am besten, wenn Sie die Kette nun abnehmen und uns geben.« Winter versuchte ruhig zu bleiben.

»Das ist meine Kette, die habe ich geschenkt bekommen«, beteuerte Marie noch einmal ihre Unschuld. »Und mit dem Tod von Alfred Schulze habe ich nichts zu tun. Das war ein sehr netter Mann, im Gegensatz zu seiner …«

Marie nestelte an der Kette, um den Verschluss aufzubekommen. Es war eine zarte goldene Kette mit einem Kreuz als Anhänger.

»Da, sie bekommt sie nicht auf. Das ist der kaputte Verschluss«, rief Luise triumphierend.

»Langsam, langsam, Luise. Jetzt lass sie die Kette doch erst einmal in Ruhe abnehmen. Dann sehen wir weiter.«

Endlich, es schien eine Ewigkeit zu dauern, löste Marie die Kette von ihrem Hals und hielt sie Winter hin.

»Da, dreh sie um, Max. Da steht *Für meine Liebste*, da bin ich mir sicher«, Luise drängte sich näher an Winter heran, um die Kette besser sehen zu können.

Dieser drehte sie um und nickte langsam zur Bestätigung. Mit zart geschwungenen Buchstaben stand hier *Für meine Liebste*.

»Fräulein Bürger, jetzt frage ich sie offiziell: Wie kommen Sie in den Besitz dieser Kette?« Winter blickte ernst auf Marie.

»Ich habe sie geschenkt bekommen, wie ich Ihnen schon gesagt habe.« Marie sah kalkweiß aus. »Herr Winter, kann ich Sie alleine sprechen? Ich bin nämlich eigentlich aus einem ganz anderen Grund da, ich muss Ihnen etwas melden.«

»Luise, ich denke auch, es ist besser, ich unterhalte mich noch einmal in aller Ruhe mit Fräulein Bürger. Weshalb bist du eigentlich hierher ins Präsidium gekommen?«

»Nachdem keiner auf der Station etwas von der Kette wusste, wollte ich bei dir ganz offiziell Anzeige wegen Diebstahl erstatten und dich bitten, noch mal zu ermitteln. Und dann sah ich die hier, stolz mit Alfreds Kette um den Hals, vor deiner Tür stehen. So eine Dreistigkeit!«

Widerstrebend verließ Luise das Zimmer, allerdings schien sämtliche Energie und Wut allmählich von ihr abzufallen. Sie sah nur noch müde aus und griff beim Herausgehen nach der Kette, die sie dann ganz fest mit ihrer Hand umschloss. »Mein Alfred, mein Alfred«, murmelte sie noch.

Winter machte Marie mit der Hand ein Zeichen, sich zu setzen.

»So, Fräulein Bürger, jetzt erzählen Sie einmal, was wollten Sie mir melden?«

»Er hat mich nur benutzt. Er wollte immer nur sie, und ich war ihm gerade recht, damit er an sie herankommen kann.« Marie fing an zu weinen. »Ich habe auf ihn in seiner Wohnung gewartet und dann die Briefe gefunden. An sie. Liebesbriefe.«

Marie zog einen Packen Briefe aus ihrer Tasche und legte sie vor Winter auf den Tisch.

»Nicht, dass ich geschnüffelt hätte, aber ich habe einen Stift in seinem Schreibtisch gesucht und dabei habe ich die Briefe gefunden«, rechtfertigte sich Marie.

»Schon gut, Fräulein Bürger. Das ist im Moment nicht so wichtig. Das tut mir auch sehr leid für Sie. Aber warum kommen Sie mit den Briefen zu mir?«

»Da, Herr Winter, lesen Sie. Ich denke, es erklärt einiges. Er hat mich nur ausgenützt.« Marie faltete einen der Briefe auf und legte ihn Winter vor die Nase. »Er hat die Briefe nie abgeschickt.«

»Meine geliebte Lotte,

Wie hart ist es für mich, wenn ich Dich in den Armen eines anderen sehen muss, der Dich nicht verdient hat. Mein Herz wird schwer, und ich will aufspringen und Dich an mich reißen und halten. Meine Gefühle für Dich lassen sich kaum noch verbergen und sind in den letzten Wochen immer stärker geworden.

Als ich aus dem Krieg zurückkam, hat Richard Dich mir als seine Verlobte vorgestellt. Vom ersten Moment an konnte ich es nicht fassen. In der Zeit, in der ich den Schrecken und all die Qual erlebt habe, hat er das reizendste Wesen, das es auf der Welt gibt, an sich gebunden. Lotte, meine Lotte. Fühlst Du nicht auch diese Verbindung zwischen uns beiden, dieses einmalige Gefühl? Ich weiß, Du bist mit Richard verlobt und das ist eine gewisse Verpflichtung. Aber Du solltest Dich nicht scheuen, Deinen Gefühlen nachzugeben. Egal, was die anderen sagen. Was kümmert uns das, wenn wir uns erst einmal haben. Bitte lass Dich auch nicht von meinem Techtelmechtel mit Marie abhalten, Deine Gefühle zu bekennen. Durch Marie kann ich Dich sehen, und wir können etwas gemeinsam unternehmen.

Wie viel lieber allerdings wäre ich mit Dir alleine, ohne die anderen. Ich weiß, Dir geht es genauso, und ich spüre Deine Blicke, die mir dies sagen. Aber glaube mir, es ist nur eine Frage der Zeit, bevor wir zusammen sein können. Richard wird sich für seine Taten rechtfertigen müssen und für lange Zeit hinter Gitter kommen. Dann ist der Weg für uns frei. Ich weiß, Du bist in anderen Umständen. Umso wichtiger ist es, dass wir schnell heiraten, damit das Kind unter meinem Namen geboren wird. Ich bitte Dich inständig, löse die Verlobung zu Richard auf und nimm meinen Antrag an!

In ewiger Liebe,

Dein Ferdinand«

Betroffen legte Winter den Brief zur Seite und blickte Marie an, die leise vor sich hin weinte.

»Das ist wirklich eine Überraschung! Und die Kette, die hat er Ihnen geschenkt?«

»Ja, und gesagt, dass er mich liebe.« Marie schluchzte auf. »Und dabei wollte er die ganze Zeit nur sie.«

KAPITEL 14

»Lotte, wie schön, dass du zu mir gekommen bist.« Sanft nahm Ferdinand Krüger Lottes Mantel von ihren Schultern und legte ihn auf einem Stuhl ab. »Du siehst ganz erschöpft aus. Wie kann ich dir helfen? Aber setz dich doch erst einmal hin, hier auf das Sofa.«

Lotte sank auf das Sofa und blickte Ferdinand an.

»Ferdinand, ich kann nicht mehr. Sie lassen mich nicht einmal mit Richard reden. Ich muss dringend mit ihm sprechen. Kannst du mir nicht helfen?«

Das Wohnzimmer war nur schwach von einer Tischlampe beleuchtet. Als es an die Tür geklopft hatte, war Ferdinand gerade dabei gewesen, einige Uhren und Ringe zu begutachten. Vor dem Öffnen der Tür ließ er sie schnell in der Schublade seines Schreibtisches verschwinden. Einen kurzen Moment stutzte er beim Schließen des Schreibtisches. Etwas sah anders aus, der Schreibtisch wirkte so leer. Aber Ferdinand hatte keine Zeit mehr, darüber nachzudenken, und eilte zur Tür.

»Ja natürlich, Lotte. Was kann ich machen?«

»Könntest du noch einmal mit Prof. Neugebauer sprechen? Er hat wohl gegenüber der Polizei erhebliche Zweifel an Richards Integrität geäußert. Das hat Richards Vater über seine Kontakte bei den Behörden erfahren, und das ist wohl mit einer der Gründe, warum sie so an ihm als Täter festhalten.« Lotte legte ihren Kopf nach hinten.

Dadurch entblößte sich ihr Hals, und Ferdinand musste

sich zusammenreißen, nicht darauf zu starren. So eine zarte Haut und so ein schmaler Hals, wie entzückend! Kein Wunder, dass sie so viele Verehrer im Theater hatte. Auch wenn sich ihre Schönheit hinter der Maske der Hexe nur erahnen ließ. Einen Kuss, er würde sie dort so gern küssen.

»Soweit ich gehört habe, ist Richards Ansehen als Folge dieser Operation vor einiger Zeit, bei der eine junge Frau verblutet war, bei Prof. Neugebauer erheblich gesunken. Er hat ihm immer wieder vorgeworfen, die Frau nicht richtig untersucht und damit die spiegelverkehrt liegenden Bauchorgane übersehen zu haben. Aber wenn du mich fragst, Lotte, war er viel zu streng mit Richard. Das ist kaum zu fühlen, nur wenn man Glück hat.«

Insgeheim dachte Ferdinand, dass es nur eine Frage der Zeit gewesen war, bis jemand diesem Hochstapler Richard Oppermann auf die Schliche kam. Er hatte die Patientin nicht gut genug untersucht, so einfach war es, und dabei das Entscheidende übersehen. Die kleine Stimme, die ihm sagte, dass Gesine Richter ohnehin vermutlich an ihren inneren Blutungen gestorben wäre, so massiv waren dem Hörensagen nach die Schläge ihres Mannes gewesen, ignorierte er geflissentlich.

»Aber wegen eines Fehlers, das geht doch nicht! Richard hat so viel für diese Klinik gearbeitet und Prof. Neugebauer so bewundert. Das war ein ganz harter Schlag für ihn, dass auf einmal alles, was er machte, nicht mehr gut genug war. Und dann diese absurden Vorwürfe, er hätte seine eigenen Patienten umgebracht. Da muss doch etwas dagegen unternommen werden!« Lotte richtete sich wieder auf. Ihr Hals war nun von ihren Haaren verdeckt. Wie schade, dachte Ferdinand.

»Lotte, ich weiß, du glaubst ganz fest an Richard. Aber hast du dich nicht einmal gefragt, ob Richard vielleicht wirklich überlastet war. Er hat nicht nur operiert, sondern abends immer noch geforscht. Das geht eine Zeitlang gut, aber für manche ist es dann nach einer Weile einfach zu viel.« Ferdinand sprach immer schneller. »Dass er die Wertsachen an sich genommen hat, halte ich natürlich für vollkommen ausgeschlossen.«

Lotte sah ihn schweigend an und richtete sich zu ihrer vollen Größe auf. Die Müdigkeit war aus ihren Augen verschwunden, und er vermeinte, etwas anderes darin zu erblicken. Verachtung?

»Ferdinand, ich dachte, du seist sein Freund. Wie kannst du so etwas sagen und dich auf die Seite seiner Ankläger stellen?« Sie schüttelte den Kopf.

»Aber Lotte, ich bin sein Freund und auf seiner Seite. Ich meine nur, vielleicht braucht Richard Hilfe. Darum geht es mir. Ich mache mir Sorgen um ihn.«

»Wenn du dir wirklich Sorgen um ihn machst, dann hilf mir, dass er freikommt!«

Er konnte es nicht fassen. Lotte stand immer noch zu Richard, obwohl er vermutlich nie wieder aus dem Gefängnis kommen würde. Jetzt wurde er langsam wütend, er hatte so viel für sie getan, und Lotte verschwendete ihre Liebe an Richard.

»Lotte, ich glaube nicht, dass Richard so ist, wie du denkst. Ich habe gesehen, wie er versucht hat, Gegenstände an einen Händler zu verkaufen. Auf dem Schwarzmarkt am Potsdamer Platz. Mit eigenen Augen. Ich habe bisher nichts davon erzählt, um Richard zu schützen. Aber du kannst dein Leben nicht für so einen wegwerfen.«

»Das glaube ich dir nicht, Ferdinand. Und was hast du

auf dem Schwarzmarkt gemacht? Bist du zufällig da vorbei gekommen?« Lottes Stimme klang spöttisch.

Verdammt, das war der zweite Fehler, den er gemacht hatte. Der erste Fehler war gewesen, Marie die Kette zu schenken. Da hatte er sich einen Moment hinreißen lassen. Sie hatte so süß und dankbar ausgesehen. Aber keine Frage, Marie musste verschwinden, endgültig. Sie konnte die Kette von Alfred Schulze direkt mit ihm in Verbindung bringen.

»Ich habe versucht, für uns Geld zu bekommen. Richard wird nicht mehr für dich sorgen können, Lotte. Er bleibt im Gefängnis und kann froh sein, wenn er nicht hingerichtet wird. Du brauchst jemanden, der sich um dich kümmert, Lotte. Gerade in deinem Zustand. Ein Kind in diesen Zeiten zu bekommen, ohne einen Mann zu haben, der dich versorgt, Lotte, das schaffst du nicht. Ich habe viel gespart, Lotte.« Ferdinand schwitzte immer mehr und konnte Lottes Gesichtsausdruck nicht deuten. »Ich habe im Krieg viel zur Seite legen können. Das klingt seltsam, aber die armen Kerle brauchten ihr Gold nicht mehr. Du bekommst einen reichen Mann, Lotte!«

Lotte stand auf und blickte ihm direkt in die Augen.

»Du hast die Soldaten bestohlen, Ferdinand?« Sie blickte ihn drohend an. »Du hast die dir anvertrauten Menschen einfach ausgebeutet und das Ganze dann hier auf dem Schwarzmarkt verscherbelt?«

»Nein, das Verkaufen habe ich nicht selbst gemacht. Dafür gibt es Leute …« An Lottes Blick wusste er, dass er sich nun verraten hatte. Walter Richter konnte ihn zwar nicht mehr ans Messer liefern, dafür hatte Ferdinand gesorgt, aber Lotte wusste nun Bescheid.

»Ferdinand, mir graut vor dir. Wie kommst du auf die

absurde Idee, ich würde dich heiraten, wenn Richard im Gefängnis wäre. Ich würde dich auch nicht heiraten, wenn du der letzte Mann auf der Erde wärst. Einen Marketender und Dieb, schlimmer noch, jemand, der die ihm Anvertrauten umbringt, um einen Rivalen aus dem Weg zu räumen. Und das Ganze dann auch noch skrupellos zu Geld macht.«

Lotte ging in Richtung des Stuhles, auf dem ihr Mantel lag.

»Lotte, ich kann dich nicht gehen lassen.« Lotte durchzog ein eisiges Gefühl. »Du weißt zu viel. Ich habe dich geliebt, aber du hast mich zurückgewiesen. Du brauchst deinen Mantel nicht mehr.«

Lotte drehte sich um. Ferdinand stand dicht vor ihr und hielt ein Messer in der rechten Hand.

»Dein Hals, dein schöner Hals. Du bist so schön, weißt du das? Wie kann ich dieses Kunstwerk zerstören?«

Draußen klopfte es laut an die Tür. Ferdinand ließ die Hand mit dem Messer sinken.

»Geh Lotte, geh! Ich könnte dir ohnehin nie etwas zuleide tun. Ich liebe dich doch.«

Lotte ging langsam in Richtung Tür und öffnete sie. Winter und von Reutersheim traten eilig ein und erblickten Ferdinand Krüger mit dem Messer in der Hand. Beide zogen ihre Waffen.

»Meine Herren, ich denke, Herr Krüger will sich Ihnen ergeben.« Würdevoll und mit erhobenem Haupt ging Lotte an Winter und von Reutersheim vorbei. »Herr Winter, ich denke, ich kann Richard Oppermann nun doch im Gefängnis besuchen, was meinen Sie? Oder besser, ihn gleich von dort abholen?«

Ferdinand Krüger ließ das Messer zu Boden fallen. Von

Reutersheim hob es eilig auf, packte es ein und ging dann auf Ferdinand Krüger zu, drehte diesem die Hände auf den Rücken und legte ihm die Handschellen an.

»Warum haben Sie das gemacht, warum haben Sie einen wehrlosen Mann wie Alfred Schulze erstickt?« Winter ging drohend auf Ferdinand Krüger zu. »Was sind Sie für ein Mensch? Wegen des Geldes, wegen der Frau, oder weil Sie auf einen erfolgreicheren Kollegen eifersüchtig waren? War das der wahre Grund?«

»Was wäre das denn für ein Leben gewesen, mit einem amputierten Arm? Er hatte doch keine Chance mehr, wer gibt denn so jemandem Arbeit? Und keiner nimmt ihn ernst«, versuchte sich Ferdinand Krüger zu verteidigen. »Ich weiß doch, wie das ist. Keine Nacht schlafen können wegen der Schmerzen in dem Bein. Und dann am Tag arbeiten und es gerade durch den Tag schaffen, ohne dass jemand merkt, wie schlecht man arbeitet. Und wie viel besser die anderen sind. Ich bin doch gerade noch geduldet worden, weil es wegen des Krieges nicht mehr genug Chirurgen an den Krankenhäusern gibt.«

»Ein Leben mit einer Frau, die ihn liebt. Das hatte Alfred Schulze vor sich. Und Sie spielen Gott und entscheiden, wer leben darf und wer nicht.«

Winter blickte angewidert auf Ferdinand Krüger, den Mann, der das kurze Glück seiner Cousine Luise Schulze für immer zerstört hatte. Jedes Mitleid mit ihm verschwand beim Gedanken an Luise sofort.

ENDE

EPILOG

Ein harter Winter war über Deutschland gezogen. Es gab kaum etwas zu essen, und der Volksmund sprach vom Steckrübenwinter, da es statt Kartoffeln nur noch Steckrüben zu essen gab. Der Krieg tobte weiter, die Schlachten um Verdun und an der Somme waren zu Symbolen einer neuen Art von Krieg geworden. Materialschlachten und Giftgas machten diesen Krieg schrecklicher als die vorangegangenen. Die jungen Männer waren entweder an der Front oder versuchten, in Deutschland für ihre Familien Lebensmittel und Brennmaterial zum Heizen und Kochen zu ergattern. Sogar die Betuchteren bekamen die Hungersnot zu spüren, und manch wohlbeleibter Staatsdiener musste den Gürtel enger schnallen. Ärzte und Krankenschwestern waren knapp geworden, zu knapp, um die Masse der Verletzten ausreichend zu versorgen. Nach Aufklärung der Morde auf der Chirurgischen Station und der Festnahme von Ferdinand Krüger konnten sich die Verantwortlichen wieder auf ihre eigentlichen Aufgaben konzentrieren.

Richard Oppermann und Lotte Lehnhardt hatten im Juni 1916 geheiratet. Auf Betreiben von Richards Mutter war die ganze Familie zur Hochzeit gekommen, trotz Lottes nicht übersehbaren Bäuchleins. Da Richard sich von seinem Mentor, Prof. Neugebauer, während der Zeit seiner Gefangenschaft im Stich gelassen gefühlt hatte, kündigte er und kehrte nicht mehr auf die Station zurück. Er und Lotte zogen nach Köpenick, und Richard begann, dort im Lazarett als Chirurg zu arbeiten. Im Herbst kam dann Tochter Leni zur Welt, und in dem Trubel um den Umzug und die beruflichen Veränderungen von Richard ging es unter, dass der Hochzeits- und der Geburtstermin so eng beieinander lagen. Mit der Familie von Richard, vor allem seiner Mutter Elfriede und seiner Schwester Hilde, verstand sich Lotte hervorragend, nur Richards Vater Gustav stand seiner neuen Schwiegertochter skeptisch gegenüber. Allerdings verstand es die kleine Leni ausgezeichnet, ihren Großvater um den kleinen Finger zu wickeln, sodass sich das Verhältnis im Lauf der Monate spürbar entspannte. Das Theater vermisste Lotte nur heimlich, und jedes Mal, wenn sie ihre Tochter Leni ansah, ein bisschen weniger.

Luise Schulze trauerte noch intensiv um ihren verstorbenen Ehemann Alfred. Einige Monate später beschloss sie, anderen mit einem ähnlichen Schicksal zu helfen und kümmerte sich intensiv, zusammen mit Pfarrer Seeler, um heimkehrende Soldaten. Einige Zeit später lernte sie einen jungen Mann kennen, der – ähnlich wie Alfred Schulze – seinen Arm im Krieg verloren hatte. Sie verliebte sich erneut und heiratete kurz darauf ihre neue Liebe. Alfred vergaß sie jedoch nie, und seine Kette trug sie ständig um den Hals. Die Inschrift *Für meine Liebste* gab ihr sowohl in guten als auch in schweren Zeiten Kraft, und sie wurde zur Symbolfigur für viele Soldaten, die im Krieg alles verloren hatten, und um die sie sich mit ihrer ganzen Kraft kümmerte. Max Winter hatte sie inzwischen verziehen, und auch wenn sie mit seiner Frau Helene nie warm werden würde, lag ihr doch zu viel an ihrem Cousin, um diesem länger gram sein zu können.

Weitere Krimis finden Sie auf den folgenden Seiten und im Internet: www.gmeiner-verlag.de

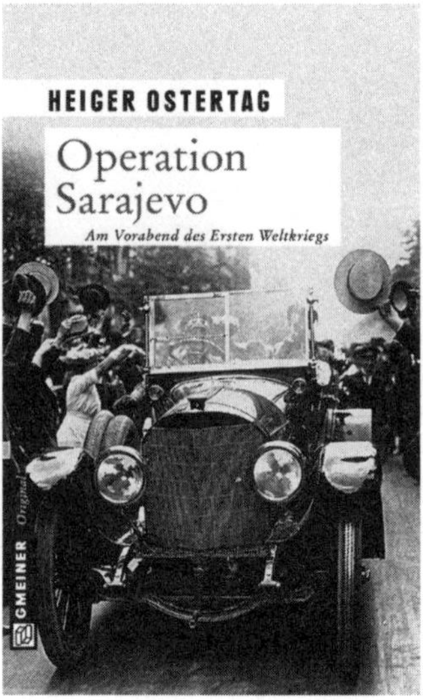

Heiger Ostertag
Operation Sarajevo
978-3-8392-1624-8

»Selten wurde die Urkatastrophe des 20. Jahrhunderts so spannend verarbeitet!«

Hauptmann Wedigo von Wedel wird Zeuge eines tödlichen Luftkampfs zweier Flugzeuge. Zur Aufklärung des Vorfalls holt Major Nicolai den jungen Offizier in die Geheimdienstabteilung des preußischen Kriegsministeriums zurück. Zunächst verdächtigt Wedel den französischen Geheimdienst, doch bald merkt er, dass viel mehr hinter dem Mordanschlag steckt. Seine Ermittlungen führen ihn in die Tiefen der Spionage und Gegenspionage und schließlich bis nach Sarajevo.

GMEINER

Wir machen's spannend

Uwe Klausner
Walküre-Alarm
978-3-8392-1622-4

»Ein weiterer Fall, der Tom Sydow mit dunklen Stunden der deutschen Geschichte konfrontiert.«

Berlin, 15. August 1966. In der Gedenkstätte Plötzensee wird der Leichnam eines erhängten Mannes entdeckt. Kurz darauf ereignet sich der nächste Mord. Wieder handelt es sich beim Opfer um ein ehemaliges Mitglied des Volksgerichtshofes, wieder wird die Abschrift eines Todesurteils gefunden. Kommissar Tom Sydow steht vor einem Rätsel. Hat der Serienmörder es auf sämtliche Mitglieder des Tribunals aus dem Jahr 1944 abgesehen? Ein Wettlauf gegen die Zeit beginnt …

GMEINER

Wir machen's spannend

Heike Maria Fritsch
Blindes Blut
978-3-8392-1594-4

»Spannend und aufwühlend – mit einem zeitgeschichtlichen Hintergrund, der einen bisher eher unbeachteten Aspekt der Forschung im Dritten Reich behandelt.«

Miriams und Boris' Mutter ist spurlos verschwunden, als sie beide Kinder waren. Jetzt werden sie mit der Gewissheit konfrontiert, dass sie damals ermordet wurde. Zur gleichen Zeit wird ein Mann vor der Wohnung der Geschwister überfahren; ein unbekannter jüngerer Bruder, wie sich herausstellt. Miriams Nachforschungen führen sie zu ihrer Großmutter, einst Blutgruppenforscherin im Dritten Reich – und zu einer Gemeinschaft, die auch heute noch gefährlich werden kann …

GMEINER

Wir machen's spannend

K. Hanke / C. Kröger
Heidegrab
978-3-8392-1597-5

»Katharina von Hagemanns neuer Fall lässt in die Abgründe menschlicher Seelen blicken, grausam spannend bis zum Schluss.«

Mitten in den Vorbereitungen für das Lüneburger Stadtfest muss Katharina von Hagemann sich mit grausigen Funden auseinandersetzen: Menschliche Körperteile werden in und um Lüneburg entdeckt. Wer treibt hier sein sadistisches Spiel? Wird in der sonst so idyllischen Hansestadt jemand qualvoll zu Tode gefoltert? Ein Zufall bringt die Kommissarin auf eine verstörende Spur und lässt sie die verworrenen Zusammenhänge hinter diesem brutalen Fall erahnen. Doch kann sie ihn auch aufklären?

GMEINER

Wir machen's spannend

Unser Lesermagazin

2 x jährlich das Neueste aus der Gmeiner-Bibliothek

24 x 35 cm, 40 S., farbig; inkl. Büchermagazin »nicht nur« für Frauen und HistoJournal

Das KrimiJournal erhalten Sie in Ihrer Buchhandlung oder unter www.gmeiner-verlag.de

GmeinerNewsletter

Neues aus der Welt der Gmeiner-Romane

Haben Sie schon unsere GmeinerNewsletter abonniert?

Monatlich erhalten Sie per E-Mail aktuelle Informationen aus der Welt der Krimis, der historischen Romane und der Frauenromane: Buchtipps, Berichte über Autoren und ihre Arbeit, Veranstaltungshinweise, neue Literaturseiten im Internet und interessante Neuigkeiten.

Die Anmeldung zu den GmeinerNewslettern ist ganz einfach. Direkt auf der Homepage des Gmeiner-Verlags (www.gmeiner-verlag.de) finden Sie das entsprechende Anmeldeformular.

Ihre Meinung ist gefragt!

Mitmachen und gewinnen

Wir möchten Ihnen mit unseren Romanen immer beste Unterhaltung bieten. Sie können uns dabei unterstützen, indem Sie uns Ihre Meinung zu den Gmeiner-Romanen sagen! Senden Sie eine E-Mail an gewinnspiel@gmeiner-verlag.de und teilen Sie uns mit, welches Buch Sie gelesen haben und wie es Ihnen gefallen hat. Alle Einsendungen nehmen automatisch am großen Jahresgewinnspiel mit attraktiven Buchpreisen teil.

GMEINER

Wir machen's spannend